Alexandra Görner

Verliebt und zugeschneit

Das Buch

Michelle hat alles hinter sich gelassen und ein neues Leben im beschaulichen Riverside, Montana angefangen. Ihr kleiner Laden läuft gut, der erste Schnee ist gefallen und nach ihrem fiesen Ex-Mann, hält sie sich von Männern fern. Doch als Tom plötzlich bei ihr im Geschäft steht, ist sie geneigt alle ihre Vorsätze über den Haufen zu werfen. Der gutaussehende Polizist ist charmant und zuvorkommend, aber Michelle ahnt, dass Tom ebenso an seiner Vergangenheit zu knabbern hat, wie sie an ihrer. Aber Weihnachten steht vor der Tür und zwischen Schneegestöber und Mistelzweig merken die beiden, dass manche Geschenke keine Schleife brauchen...

Von Alexandra Görner sind bei Forever erschienen:

In der London-City-Reihe (E-Book):

Verliebt, verlobt, vielleicht

Süße Küsse unterm Mistelzweig

Sie dürfen die Nanny jetzt küssen

Land, Luft und Liebe

Halbzeitküsse

Verlieb dich, verlieb dich nicht

Heißkalte Winterküsse

In der Montana-Kisses-Reihe:

Verlieben ausdrücklich erlaubt

Küssen ausdrücklich erwünscht

Verliebt und Zugeschneit

Küssen ist die beste Verteidigung

Die Autorin

Alexandra Görner ist 35 Jahre alt und lebt mit ihrem Mann und ihren beiden Kindern in einer kleinen Stadt in Sachsen. Sie arbeitet in einem Zuliefererbetrieb für die Automobilindustrie und schreibt nur in ihrer Freizeit. Die verbringt sie außerdem am liebsten mit ihrer Familie und natürlich mit tollen Büchern.

Alexandra Görner

Verliebt und zugeschneit

Roman

FOREVER

Forever by Ullstein
forever.ullstein.de

MIX
Papier
FSC® C083411

Originalausgabe bei Forever
Forever ist ein Digitalverlag der Ullstein Buchverlage GmbH, Berlin
Februar 2019 (1)

Umschlaggestaltung: zero-media.net, München
Titelabbildung: © FinePic®
Innengestaltung: deblik Berlin
Gesetzt aus der Quadraat Pro powered by pepyrus.com
Druck- und Bindearbeiten: CPI books GmbH, Leck

ISBN 978-3-95818-388-9

Kapitel 1

Tom

»Wer von euch kommt mit auf ein Bier ins McFoley's?«, fragte Big Mike, als er seine Uniformjacke gerade in den Spind zurückgehängt hatte und lautstark die Tür zuknallte. Big Mike wurde seit jeher so genannt, eben einfach, weil er wirklich riesengroß war, und zwar über zwei Meter.

»Bin dabei«, gab ich knapp zurück. Mittlerweile war es zu einer Art Tradition geworden, dass wir jeden Freitag nach Dienstschluss ein Bierchen im McFoley's tranken.

Das McFoley's war eine Bar, die in der Nähe des Reviers lag. Hier waren wir alle gleich. Egal, ob Captain, Detective oder Officer. Dienstgrade existierten im McFoley's nicht.

»Auf mich müsst ihr heute Abend verzichten«, erwiderte Cade, der mein Partner und gleichzeitig mein allerbester Kumpel war.

»Lässt Penny dich etwa nicht von der Leine?«, gab Big Mike scherzhaft zurück und Cade schüttelte grinsend den Kopf.

»Nee, daran liegt es bestimmt nicht. Ich bin einfach müde. Die Schicht hat mich ziemlich geschlaucht. Ich will nur noch nach Hause und endlich mein Wochenende mit Penny und den Kindern genießen.«

Es stimmte, was Cade gerade gesagt hatte. Die Schicht war anstrengend gewesen. Ich war mindestens genauso fertig und hätte gut daran getan, ebenfalls nach Hause zu fahren. Doch etwas Wesentliches unterschied mich von Cade: Auf mich warteten zu Hause keine hübsche Ehefrau und auch keine drei Kinder. Ich würde den Abend allein in meinem

Dreizimmerapartment verbringen. Daher zog ich einen Absacker im McFoley's vor.

»Vergiss es, Kumpel, die Ausrede lasse ich nicht gelten. Außerdem schuldest du Tom noch ein Bier«, erwiderte Big Mike und wandte sich dann an mich. »Stimmt doch, oder?«

Ich nickte. »Ich fürchte, Big Mike hat tatsächlich recht. Komm schon. Penny wird es sicher verkraften, wenn sie noch ein paar Stunden auf dich verzichten muss.«

Cade schüttelte grinsend den Kopf. »Ihr beiden nervt wirklich gewaltig. Na gut, meinetwegen, dann lasst uns gehen. Aber ich bleibe nur auf ein Bier. Vorher muss ich allerdings Penny Bescheid geben und ihr sagen, dass ich später nach Hause kommen werde. Hoffentlich ist sie nicht sauer.«

Big Mike entblößte seine perfekten weißen Zähne und klopfte Cade zufrieden auf die Schulter. »Das ist doch mal ein Wort, mein Freund.«

»Verfluchter Regen«, schimpfte Cade, als er hinter mir das McFoley's betrat. Die Bar war bereits gut besucht. An einer Wand hing ein großer Flachbildfernseher, auf dem gerade die Liveübertragung eines Baseballspiels gezeigt wurde. Die Mannschaft aus Boston lag vorne. Dementsprechend ausgelassen und laut war die Stimmung in der Bar. Gut gelaunt schüttelte ich mir die Regentropfen von der Jacke. »Ach komm schon, das bisschen Regen wird dir doch wohl nicht die Laune verderben.«

»Denk an meine italienischen Wurzeln. Mit Regen kann ich nicht besonders viel anfangen«, gab Cade schmunzelnd zurück und ich erwiderte sein Grinsen.

»Wo bleibt ihr zwei denn?«, rief uns Big Mike über die Schulter hinweg zu. Er hatte es sich schon auf einem freien Barhocker gemütlich gemacht und winkte uns jetzt ungeduldig zu sich heran.

Gemeinsam gesellten wir uns zu ihm an den Tresen. Während sich Cade setzte, zog ich es vor, stehen zu bleiben.

Ian McFoley, der Inhaber der Bar, kam zu uns. Er hatte rotes Haar und seine Wangen waren von einem ebenso dichten roten Bart bedeckt. Tiefe Falten hatten sich in seine Stirn eingegraben und er sah mindestens zehn Jahre älter aus, als er in Wirklichkeit war. Daran seien die langen Nächte, der Alkohol und seine zwei verflossenen Ehefrauen schuld, behauptete er gerne. Die McFoleys waren aus Irland eingewandert und lebten schon seit Generationen in Amerika. McFoley liebte es, derbe Witze zu machen, und doch blieb er stets freundlich. Er behandelte alle gleich. Deshalb mochten es die Cops der Stadt, herzukommen.

Er begrüßte uns mit einem leichten Grinsen. »Ihr drei seht aus, als hättet ihr einen anstrengenden Tag hinter euch«, stellte er fest, als er in unsere Gesichter blickte.

»Kann man wohl sagen«, gab Cade zurück.

McFoley schob uns allen ein Bier zu, ohne dass wir es extra hätten bestellen müssen.

Dankend nahmen wir unsere Flaschen entgegen und Cade zückte seine Geldbörse.

»Das geht auf mich«, verkündete er.

Big Mike schaute Cade fragend an.

»Du lädst uns alle auf ein Bier ein? Gibt es irgendwelche Neuigkeiten, die du uns noch nicht verraten hast?«, wollte er wissen.

Cade strahlte von einem Ohr zum anderen und ich hatte sofort eine Ahnung, warum er so unglaublich glücklich aussah.

»Penny ist wieder schwanger«, erzählte er einen Moment später. Meine Vermutung war richtig gewesen.

Big Mike nickte anerkennend und konnte sich ein breites Lachen nicht verkneifen. »Das nenne ich mal fleißig«, scherzte er.

»Hey, hört mal alle zu«, rief er plötzlich über die beachtliche Lautstärke, die in der Bar herrschte, hinweg. Big Mike war im McFoley's mindestens so bekannt wie Ian McFoley selbst, und so bekam er mühelos die nötige Aufmerksamkeit, die er brauchte.

Vor allen anwesenden Cops schlug er Cade anerkennend auf den Rücken.

»Mein Kumpel hier wird wieder Vater, und zwar zum vierten Mal«, verkündete er prompt und Cades Wangen überzogen sich mit einer gesunden Röte. Auch ich musste breit grinsen. Mike war einfach unverbesserlich.

Alle Gäste erhoben ihre Gläser und riefen Cade ihre Glückwünsche zu. Cades Wangen hatten sich angesichts der Aufmerksamkeit, die ihm zuteilwurde, noch eine Nuance dunkler gefärbt. Ich kannte Cade seit der Polizeischule und wusste, wie er es hasste, im Mittelpunkt zu stehen.

Auch Ian McFoley, der selbst fünf Kinder aus seinen zwei Ehen hatte, raunte Cade seine Glückwünsche zu, und dann rief er über die gewaltige Geräuschkulisse hinweg: »Eine Runde Freibier für euch alle.«

Die Meute flippte förmlich aus und trommelte mit den Händen auf den Tischen herum. Die Stimmung wurde immer ausgelassener. Auch Cade schien sich zum Glück langsam zu entspannen. Ich klopfte ihm auf den Rücken und er lachte übermütig.

Wie versprochen versorgte McFoley alle mit Freibier.

»Auf Penny, auf dich und deine drei Jungs, und natürlich auf den kleinen Hosenscheißer, der eure Nächte demnächst gehörig kürzer machen wird«, prostete Mike Cade zu, der ebenfalls die Flasche erhoben hatte.

Wir alle stießen kräftig an.

»Wisst ihr eigentlich schon, ob es ein Junge oder ein Mädchen wird?«, fragte ich, nachdem ich einen Schluck Bier getrunken hatte.

Cade schüttelte den Kopf. »Nein, dafür ist es noch zu früh. Das werden wir erst in ein paar Wochen erfahren.«

»Vielleicht bekommt ihr nach drei Jungs dieses Mal ein Mädchen«, erwiderte ich und brachte mit meiner Antwort Big Mike ungewollt auf die nächste Idee.

McFoley lehnte am zerschrammten Tresen und sammelte unsere Kronenkorken ein. »Wie wäre es mit einer Wette?«, schlug Mike vor. McFoley schaute interessiert drein. In seiner Bar liefen ständig irgendwelche Wetten.

»Also, wer stimmt für ein Mädchen und wer für einen Jungen?«, fragte Big Mike in die Runde. McFoley zückte sofort ein Stück Kreide und begann, damit auf die Tafel, die hinter dem Tresen an der Wand angebracht war, zu kritzeln. Belustigt sah ich dabei zu, wie sich die Tafel mehr und mehr füllte. Alle Anwesenden gaben einen Tipp ab. Am Ende zählte McFoley die Stimmen aus und das Ergebnis war eindeutig. Die Mehrheit tippte auf ein Mädchen.

Ich grinste breit, während Big Mike Cade lachend auf die Schulter schlug.

»Wenn es wirklich ein Mädchen wird, musst du uns natürlich allen ein Bier spendieren«, sagte Big Mike, während seine Augen belustigt aufleuchteten.

»Geht klar«, gab sich Cade geschlagen und fügte dann feixend hinzu: »Aber geduldet euch, Jungs. Vielleicht verrate ich euch das Geschlecht des Babys, sobald Penny und ich davon erfahren haben. Vielleicht lasse ich euch aber auch bis zur Geburt zappeln. Das macht mehr Spaß.«

»Spielverderber«, erwiderte Big Mike und nahm einen Schluck aus seiner Flasche. Alle lachten und die Stimmung war großartig, genauso, wie es an einem Freitagabend sein sollte, wenn ein langes freies Wochenende vor einem lag. Cade trank sein Bier leer und erhob sich dann von seinem Barhocker. »Ich verschwinde jetzt. Ich will nach Hause zu meiner Frau und dann endlich ins Bett.«

Ich grinste ein bisschen breiter. »Ich kann dich verstehen, mein Freund. Wenn ich so eine Frau wie du zu Hause hätte, könnte ich es auch nicht erwarten, heimzukommen.«

Cade schnappte sich seine Jacke und schlüpfte hinein. Während er den Reißverschluss zuzog, fragte er mich: »Apropos Frauen, was ist eigentlich mit Jessica und dir?«

Jessica war meine Nachbarin. Vor einigen Wochen hatten wir begonnen zu daten. Der Abend endete meistens in ihrem oder meinem Bett. Aber es war nichts Ernstes zwischen uns. Das wussten wir beide. Also hatten wir beschlossen, lediglich ein bisschen Spaß miteinander zu haben, und Jessica war mit dieser Vereinbarung mehr als einverstanden.

Ich zuckte als Erwiderung auf Cades Frage lediglich mit den Schultern. »Nichts Ernstes, Kumpel, und dabei wird es auch bleiben«, fügte ich bekräftigend hinzu.

Ich trank mein Bier leer und schnappte mir kurzerhand ebenfalls meine Jacke. Auch wenn niemand auf mich wartete, beschloss ich, nach Hause zu fahren.

Wir verabschiedeten uns von Big Mike und dem Rest der Truppe, die mittlerweile eine Traube um uns gebildet hatte.

Der Regen war stärker geworden, als wir die Bar verließen, und ich zog mir die Kapuze über den Kopf, um mich vor Nässe und Kälte zu schützen. Cade, der neben mir herging, hatte die Hände tief in den Taschen seiner Jeans vergraben. Wir waren erst ein paar Schritte gegangen, als mir ein Kerl auffiel, der sich neben einem geparkten Auto herumdrückte. Er hatte eine schwarze Strickmütze tief ins Gesicht gezogen. Seine Bewegungen wirkten hektisch, fahrig, und mir war klar, da stimmte etwas nicht.

Ich stieß Cade meinen Ellenbogen in die Seite und er schaute mich fragend an. Ich deutete mit einem leichten Nicken in die Richtung des Typen, der sich jetzt tatsächlich am Auto zu schaffen machte.

Cade warf mir einen kurzen Blick zu. Wir waren nicht mehr im Dienst. Und eigentlich wollten wir beide nur noch nach Hause. Wenn wir jetzt einschritten, würde das eine Menge Papierkram nach sich ziehen. Ich verlangsamte meine Schritte dennoch, bevor ich schließlich ganz zum Stehen kam. Ich konnte doch nicht einfach zuschauen, wie sich der Kerl mit dem Wagen vom Acker machte. Cade blieb nur widerwillig stehen. »Lass uns eine Streife anfordern«, schlug er vor. »Die werden sich darum kümmern.«

Doch ich schüttelte den Kopf. »Bis dahin wird er längst weg sein«, gab ich zu bedenken.

»Und überhaupt, wer ist so bescheuert und klaut vor einer Bar, in der es offensichtlich von Cops wimmelt, einen Wagen?«

Ohne auf Cades Einwände einzugehen, näherte ich mich dem Typen und sprach ihn schließlich an. Dabei legte ich meine Hand auf den Griff meiner Waffe, die ich auch nach Dienstende tragen durfte, und zog meine Glock dann aus dem Holster. »Boston Police, treten Sie vom Wagen zurück«, rief ich.

Cade und ich kamen noch ein Stück näher, bis der Mann endlich vom Wagen abließ und zu uns herschaute. Er war nicht verrückt, zumindest nicht nur. Sondern schlimmer – er war total high. Zugedröhnt bis in die Haarspitzen. Das konnte ich ihm ansehen.

Er wühlte in seiner Tasche und Cade und ich hielten unsere Waffen weiter auf ihn gerichtet. »Sofort die Hände hoch«, befahl Cade dem Typen und zielte auf seinen Oberkörper. Aber der dachte gar nicht daran, dieser Anweisung Folge zu leisten. Menschen im Drogenrausch sind nicht zu unterschätzen. Aus dem Augenwinkel sah ich, dass die Tür zur Bar aufschwang, und einen kurzen Moment später vernahmen wir Big Mikes dunkle Stimme. Er rief uns zu: »Hey, Cade, du hast dein Handy auf dem Tresen liegen lassen.«

Big Mike hatte den Ernst der Lage scheinbar nicht überrissen, sonst wäre er nicht so unvorsichtig gewesen.

Trotzdem war es dieser eine Moment der Unachtsamkeit. Wir begingen den größten Fehler, den ein Cop machen kann. Wir ließen uns ablenken, waren nicht mehr hundertprozentig auf den Typen vor uns fokussiert. Ein Fehler, der sich brutal rächen sollte. Was dann geschah, werde ich mein Lebtag nicht vergessen. Es war Cades Stimme, die mich hektisch herumfahren ließ.

»Waffe, Waffe«, brüllte Cade. Der Regen war inzwischen heftiger geworden. Flüchtig sah ich etwas Silbernes, Metallisches aufblitzen, dann zerrissen Schüsse die scheinbare Unbeschwertheit dieses Abends.

Der Mann ballerte wild um sich, fuchtelte mit seiner Kanone und zielte auf jeden, der sich bewegte.

Es ging alles so schnell. Wir suchten Deckung. Dann fielen noch mehr Schüsse und Schreie erklangen. Immer mehr Cops drangen jetzt aus der Bar zu uns auf die Straße. Sirenen näherten sich in einiger Entfernung.

Irgendetwas war mit meinem Bein passiert, ein stechender Schmerz durchfuhr mich plötzlich. Doch dank des Adrenalins, das in meinem Körper pulsierte, kam ich nicht auf die Idee, mich um den Schmerz und dessen Ursache zu kümmern.

Stattdessen suchte ich hinter einem parkenden Auto Schutz. Mein Atem ging schnell und stoßweise, aber meine Hände zitterten nicht. Ich feuerte und gab mehrere Schüsse auf den Irren ab, der sich ebenfalls hinter das Auto, das er eben noch klauen wollte, duckte. Aus meiner Deckung sah ich, wie er zu Boden ging und schließlich auf dem nassen Asphalt aufschlug. Mir war nicht klar, ob ich getroffen hatte, oder vielleicht Cade oder ein anderer Kollege. Der Typ schien vorübergehend außer Gefecht gesetzt zu sein, das war das einzig Wichtige.

Schnaufend rappelte ich mich hoch. Ein Cop, den ich nur flüchtig kannte, rannte zu dem Typen, um ihn festzunehmen, ihm Handschellen anzulegen, oder einfach nur, um zu checken, ob er überhaupt noch atmete. Mühsam kam ich auf die Beine. Der Schmerz wurde heftiger. Meine Jeans klebte an meinem rechten Oberschenkel. Ich tastete nach meinem Bein. Ich war vom Regen völlig durchnässt, als ich mich umdrehte.

Big Mike kniete am Boden. Zuerst begriff ich nicht, was passiert war. Aber dann sah ich eine dunkle Gestalt, die vor ihm auf der Straße lag und von mehreren Cops umringt wurde.

»Officer verletzt«, hörte ich eine mir fremde Stimme in ein Funkgerät brüllen, und dann erst wurde mir richtig bewusst, dass es Cade war, der bewegungslos dalag. Ich bahnte mir einen Weg zu meinem besten Freund und sank mit schmerzverzerrtem Gesicht neben ihn auf die Knie.

»Verflucht noch mal«, murmelte ich, als ich nach seiner Hand griff. Sie war eiskalt und sein Gesicht war schneeweiß. Cades Kleidung war ebenfalls komplett durchnässt von seinem Blut und vom Regen, der noch immer klatschend auf dem Boden aufschlug. Irgendwer presste ein paar Stofffetzen auf Cades Brust und versuchte hartnäckig, die Blutung zu stoppen.

»Er wurde in den Oberkörper getroffen. Zweimal, glaube ich«, erklärte der Polizist. Seine Stimme zitterte leicht. Der Kerl sah noch so jung aus, wahrscheinlich frisch von der Polizeischule, dachte ich flüchtig.

»Draufdrücken«, befahl ich und tastete nach Cades Puls, der nur noch ganz schwach zu fühlen war.

»Das mache ich. Ich lasse nicht los«, stotterte der Grünschnabel.

Wo blieb der verdammte Krankenwagen?

Cades Augenlider flatterten, als er seinen Kopf langsam zur Seite drehte, um mich anzuschauen.

»Mich hat es erwischt«, brachte Cade gequält hervor und mir trieb es angesichts seiner Worte die Tränen in die Augen.

»Das wird wieder«, gab ich zurück. Doch es war nur ein schwacher Versuch, meinen besten Freund zu beruhigen.

»Du musst durchhalten«, sprach ich ihm weiter Mut zu. »Denk an Penny und deine Kinder. Gott, du wirst doch bald Vater«, schrie ich gegen den heftigen Regen und den Lärm an. Ich packte Cades Hand, drückte fest zu. »Du stirbst heute nicht«, befahl ich ihm und war kaum noch imstande, meine Verzweiflung zu verbergen. »Halte durch, mein Freund. Bitte, halte durch«, flehte ich. Mein Puls raste, meine Atmung ging unkontrolliert.

Mit quietschenden Reifen kamen zwei Streifenwagen und ein Krankenwagen dicht neben uns zum Stehen. Die Türen des Krankenwagens wurden aufgerissen und zwei Sanitäter sprangen heraus.

»Officer verletzt«, rief Big Mike.

Widerwillig ließen der Grünschnabel und ich von Cade ab und machten den Sanitätern Platz. Ich wollte meinen besten Freund nicht allein lassen.

Die Sanitäter rissen Cades Jacke und sein Shirt auf, um sich einen schnellen Überblick zu verschaffen. Dann fingen die beiden sofort mit der Erstversorgung an. Noch mehr Polizisten und Sanitäter tauchten auf. Zwei von ihnen schleppten eine Trage herbei. Überall klebte Blut und es wurde einfach nicht weniger.

»Im Moment ist er nicht transportfähig«, hörte ich den Arzt sagen, der jetzt an Cades Seite kniete.

Mir wurde furchtbar übel. Meine Beine zitterten und ich ließ mich einfach wieder auf die dreckige, nasse Straße sinken. Plötzlich fing Cade an zu husten. Mit schmerzverzerrtem Gesicht blickte er in meine Richtung. Ich dachte, er wollte etwas sagen, und ich versuchte in all dem Durcheinander, nah genug an meinen besten Freund heranzukommen, ohne die Arbeit der Sanitäter und des Arztes zu behindern.

Cade streckte die Hand nach mir aus und ich packte fest zu. Ich blieb an seiner Seite. Ich strengte mich wirklich an, ihn zu verstehen. Aber Cade brachte nur noch ein Röcheln zustande.

»Er kollabiert«, schrie plötzlich der Arzt. Unsere Hände wurden auseinandergerissen. Sie versuchten alles, um Cades Leben zu retten. Doch Cades leises Röcheln wurde schließlich in einem Schwall von Blut erstickt. Hilfesuchend musste ich zuschauen, wie das Leben in Cades Augen erlosch und sein Körper auf dem nassen Asphalt erschlaffte.

»Nein, nein, wach auf, verdammt! Jetzt wach schon auf!«, rief ich völlig von Sinnen.

Irgendwie kam ich wieder auf die Beine. Das durfte nicht sein. Nicht Cade! Er war doch der Beste von uns allen. Tränen schnitten mir die Luft ab.

Der Arzt mühte sich ab, um Cade zurückzuholen. Unermüdlich starteten sie ihre Wiederbelebungsversuche und gaben nicht auf. Aber sie hatten keinen Erfolg und stellten schließlich alle Reanimationsversuche ein.

Völlig verzweifelt sank ich erneut zu Boden, glitt ins absolute Nichts. Cade war tot. Mein bester Freund war tot. Auf offener Straße niedergeschossen. Mir wurde vor Verzweiflung, Wut und Zorn ganz schwarz vor Augen. Schwindel überkam mich und dann fühlte ich die kalte Straße unter mir, als ich endlich zum Liegen kam. Ich spürte einen dumpfen Schmerz, der meinen Körper durchzuckte, und den Regen auf meinem Gesicht. In meinem Mund breitete sich der metallische Geschmack von Blut aus.

Es hörte sich an, als würde aus weiter Ferne jemand rufen. »Er hat einen Schuss ins Bein abbekommen.« War ich damit gemeint?

Alle Geräusche waren gedämpft und leise. Es fühlte sich an, als hätte mich irgendwer in Watte gepackt. Jemand zerrte an mir. Lasst mich in Ruhe, wollte ich sagen. Doch meine Zunge war wie festgeklebt. Kein Wort bekam ich über die Lippen. Ich versuchte die Augen zu öffnen, es gelang mir aber nicht. Ich musste an Cade denken. Fantasierte ich vielleicht, war das nur ein Albtraum? Ich wünschte es mir so sehr. Ich wollte weit weg sein, weit weg von allem. Dann wurde ich ganz ruhig. Ich fühlte keine Schmerzen mehr und auch keine Ängste. Da war nur Leere und Stille. Herrliche Stille. Und dann fühlte ich nichts mehr.

Kapitel 2

Zwei Monate später

Tom

»Was zum Teufel stimmt nicht mit dir?« Wütend warf Brian Flynn, mein neuer Streifenpartner, seine Mütze auf den Tisch und funkelte mich zornig an. »Ich hätte eben draufgehen können, nur weil du gezögert hast, deine Waffe einzusetzen.«

Brian spuckte Gift und Galle. All seine Emotionen, die sich in den vergangenen Wochen nach Cades Tod angestaut hatten, drangen nun an die Oberfläche.

»Ich weiß selbst, dass ich gerade totalen Bockmist gebaut habe.«

»Soll das etwas deine Entschuldigung sein?«

»Jetzt beruhige dich wieder«, mischte sich Big Mike in unsere Auseinandersetzung ein.

»Ich soll mich beruhigen?«, ereiferte sich Brian und war kurz davor, Mike und mir an die Gurgel zu springen.

Mit seinem Zeigefinger deutete er aufgebracht auf mich. »Wie soll ich meinen Job machen, wenn ich mich nicht auf meinen Partner verlassen kann? Bei der Drogenrazzia eben wäre ich fast abgeknallt worden, nur weil du gezögert hast, deine Waffe zu benutzen. Der einzige Grund, warum ich noch lebe, ist der, dass die Knarre des Dealers Ladehemmung hatte«, donnerte Brian, und dann fügte er hinzu: »Ich will nicht der Nächste sein, der wegen dir draufgeht.«

Brians Worte hingen zwischen uns in der Luft. Alle Anwesenden schienen vor Spannung den Atem anzuhalten.

»Hör schon auf, dich wie ein Arschloch zu benehmen«, fuhr Big Mike ein weiteres Mal dazwischen. Die lautstarke Auseinandersetzung zwischen Brian und mir hatte längst alle Aufmerksamkeit auf sich gezogen.

Brian hatte nur das ausgesprochen, was wohl jeder der Anwesenden dachte. Und vor allem hatte er auch meine eigenen Gedanken in Worte gefasst. Cades Tod hatte mich hart getroffen. Mich mitgenommen, verändert und gezeichnet. Ich machte mir heftige Vorwürfe. Wir hätten den Typen laufen lassen sollen. Aber wir waren Cops und konnten doch nicht wegschauen, wenn ein Verbrechen geschah. Heute wünschte ich, ich hätte auf Cade gehört und wir hätten einfach eine Streife angefordert. Dann hätte er nach Hause zu Penny fahren können. Er hätte seine Frau in die Arme nehmen, sie küssen können. Seine Kinder hätten ihren Vater nicht verloren und Penny nicht ihren Mann. Das Baby würde nun seinen Vater niemals kennenlernen, und das war einzig und allein meine Schuld.

Big Mike klopfte mir auf die Schulter. Das war seine Art, mir zu sagen, dass ich Brians Worten keine Bedeutung beimessen sollte. Doch wie konnte ich das nicht? Wenn doch alles, was er gerade gesagt hatte, der Wahrheit entsprach.

Bei der Razzia war ich wie gelähmt gewesen. Für ein paar Sekunden hatte ich mich nicht rühren können, bevor ich endlich wieder bei Sinnen war und den Typen mit einem Beinschuss außer Gefecht gesetzt hatte. Doch dieses Zögern hätte Brian das Leben kosten können. Genau wie es Cades Leben gekostet hatte.

»Was zum Teufel ist hier los?« Captain Turner steckte seinen Kopf aus seiner Bürotür.

Brian wandte sich zu ihm um.

Aber noch bevor er den Mund aufmachen konnte, ergriff ich schon das Wort.

»Ich habe Mist gebaut«, gab ich unverhohlen zu. Ich war niemand, der sich hinter fadenscheinigen Ausflüchten versteckte. Wenn ich etwas falsch gemacht hatte, und das war definitiv gerade der Fall, stand ich auch dazu.

Der Blick des Captains huschte von mir zu Brian, der mittlerweile neben mich getreten war, und kehrte dann zu mir zurück.

»Ihr beiden, sofort in mein Büro«, sagte er knapp.

Für einen kurzen Augenblick schloss ich die Augen. Würde das Ganze denn nie ein Ende haben? Resigniert öffnete ich die Augen wieder und folgte schließlich Brian, der bereits vorgegangen war.

Die Tür fiel hinter mir ins Schloss und ich ließ mich auf einen Stuhl direkt vor Captain Turners Schreibtisch sinken.

»Was ist passiert?«, wollte unser Boss wissen.

Brian warf mir einen flüchtigen Blick zu. Ich jedoch sah unverwandt Captain Turner an und begann unverzüglich zu sprechen, ohne Brian zu Wort kommen zu lassen.

Ich musste dem Captain unseren letzten Einsatz nicht erklären, er wusste, weshalb man uns angefordert hatte. Was er nicht wusste, war, was vorgefallen war.

»Auf Brian wurde heute eine Waffe gerichtet. Ich hatte freies Schussfeld und habe trotzdem gezögert zu schießen. Meine Reaktion hätte für Brian tödlich enden können«, gab ich zu, während sich in meinem Magen ein dicker Kloß formte. Was, wenn der Dealer Brian wirklich abgeknallt hätte? Verflucht noch mal, an etwas Derartiges durfte ich gar nicht denken.

Meine Gedanken waren wieder bei Cade, wie er blutend auf der Straße lag. Mitten im Regen und im Straßendreck. Es machte mich jeden Tag aufs Neue fertig. Nachts wälzte ich mich oft stundenlang im Bett herum und fand doch keinen Schlaf. Tagsüber war ich meist so müde, dass ich mich kaum konzentrieren konnte. Seit Cades Tod war nichts mehr wie vorher.

»Stimmt das, was Tom sagt?«, fragte der Captain Brian, der bis jetzt zwangsläufig geschwiegen hatte.

Ich spürte Brians Blick auf mir und merkte ihm sein Unbehagen an. Dass die Geschichte auf dem Tisch des Captains landete, hatte er womöglich nicht gewollt. Zumindest machte er gerade den Eindruck. Tja, zu dumm. Daran ließ sich jetzt nichts mehr ändern.

Brian nickte zögernd. »Ja schon, aber es waren nur ein paar Sekunden«, gab er zu bedenken.

»Ein paar Sekunden zu viel«, erwiderte Captain Turner und ich konnte ihm nur recht geben. Bei Cade waren es auch nur Sekunden gewesen und er war draufgegangen.

»Lass uns allein, Brian. Ich will mit Tom unter vier Augen sprechen.«

Leise seufzend schob Brian seinen Stuhl zurück und stand auf. Zögernd blieb er stehen. Sein Blick huschte vom Captain zu mir.

»Ich will es nicht noch einmal sagen«, fügte Captain Turner nachdrücklich hinzu.

»Bin schon weg«, murmelte Brian und verließ dann das Büro.

Als die Tür hinter Brian ins Schloss gefallen war, hob Captain Turner an: »Du hast die Wiedereingliederung nach deinem Krankenhausaufenthalt geschafft. Die Gespräche mit dem Psychologen hast du auch abgeleistet. Beide haben mir attestiert, dass du wieder voll und ganz einsatzfähig bist, und doch ist dir heute dieser Schnitzer unterlaufen. Also, woran lag es? Hast du eine Erklärung dafür?«

Turners scharfer Blick durchbohrte mich und brachte mich zum Schwitzen. Ich hätte lügen können. Vielleicht wäre ich sogar damit durchgekommen. Aber nein, ich zog es vor, ehrlich zu sein. Niemandem half es, wenn ich log. Außerdem hatte ich eine Ahnung, dass Captain Turner die Wahrheit ohnehin kannte. Im Grunde musste man nur eins und eins zusammenzählen.

Er deutete mein kurzes Schweigen richtig.

»Es ist Cades Tod, der dich noch immer belastet, dich nicht zur Ruhe kommen lässt«, schlussfolgerte er und traf damit meinen Gemütszustand haargenau.

Seufzend lehnte ich mich in meinem Stuhl zurück, strich mir mit der flachen Hand über die Haare und nickte. »Ja. Es sind die Schuldgefühle, die mich quälen. Sie lassen mich einfach nicht los. Als der Dealer die Waffe auf Brian gerichtet hatte, hatte ich eine regelrechte Blockade. Für ein paar Sekunden konnte ich mich einfach nicht bewegen. Das hätte schlimme Folgen haben können.«

Nach einer kleinen Pause erwiderte Captain Turner: »Aber dann hast du reagiert.«

Ich nickte. »Mag sein. Doch dass heute niemandem etwas passiert ist, war nicht mein Verdienst. Dass die Waffe des Dealers Ladehemmung hatte, war einfach Glück. Sonst nichts.«

Turner rieb sich mit der flachen Hand übers Gesicht. Eine Geste, die er häufig ausführte, wenn er eine schwere Entscheidung treffen musste.

Nachdenklich schaute er mich an, dann sagte er bestimmt: »Ich will, dass du noch einmal mit dem Polizeipsychologen über deine Probleme und Ängste sprichst. Du musst mit Cades Tod abschließen, so schwer es auch erscheinen mag. Ich kann auf meinem Revier keinen Cop brauchen, der nicht hundertprozentig einsatzfähig ist.«

»Was, wenn ich das nicht tue?«, fragte ich geradeheraus. Was sollte es schon bringen, noch einmal mit dem Psychologen zu quatschen? Das erste Mal hatte mir schließlich auch nicht wirklich geholfen.

Turners Finger trommelten auf die Schreibtischplatte. »Das war keine Bitte. Sondern ein Befehl«, gab er mir unmissverständlich zu verstehen und dann fügte er erklärend hinzu: »Sonst muss ich zu drastischeren Maßnahmen greifen.«

»Eine Suspendierung.« Keine Frage, nur eine Feststellung.

Captain Turner nickte langsam. »Wenn es sein muss, dann ja. Allerdings wäre es mir lieber, du würdest meinem Befehl Folge leisten.«

Weitere Sitzungen mit dem Polizeipsychologen kamen für mich allerdings nicht infrage. Natürlich wollte ich mit Cades Tod abschließen, so gut es eben ging. Aber ich hatte vor, es auf meine Weise zu tun, und nicht auf Turners.

Daher war es nicht nötig, dass er mich um meine Polizeimarke und

Waffe bat. Ich schob den Stuhl zurück, stand auf und legte ihm dann beides unaufgefordert auf den Schreibtisch. Captain Turner starrte ein paar Sekunden wortlos auf meine Marke und die Waffe.

»Rede mit dem Psychologen«, beschwor er mich eindringlich.

»Nein, ich denke, das werde ich nicht tun«, erwiderte ich und wandte mich zum Gehen. Der Captain hielt mich zurück.

Als ich mich umdrehte, hielt er meine Waffe und Dienstmarke hoch. »Wenn du diese beiden Gegenstände jemals wiederhaben willst, befolgst du meinen Befehl! Ist das klar?«

Mein Blick bohrte sich in seinen.

»Völlig klar!«, gab ich zurück. Das Problem war nur – wollte ich Marke und Waffe tatsächlich überhaupt wiederhaben? Ich hätte schließlich auch nicht gedacht, dass es so einfach sein würde, beides abzugeben. Seit Cades Tod stellte ich alles infrage, meinen Job, mein Leben, einfach alles.

»Wenn das alles war, werde ich jetzt nach Hause fahren«, sagte ich und Captain Turner nickte langsam.

»Ja, das war alles.«

Wortlos machte ich erneut kehrt, riss die Tür auf und verließ Turners Büro. Als ich die Tür hinter mir geschlossen hatte, waren mir die Blicke aller Anwesenden sicher. Aber das scherte mich nicht. Ich ging einfach an den Schreibtischen vorbei, direkt auf die Fahrstühle zu.

»Was ist passiert?«, fragte Big Mike, der mich aufzuhalten versuchte, indem er mich am Arm packte.

Ich schüttelte seinen Griff ab. Ich wollte nicht reden und hatte keine Lust auf Erklärungen. Deshalb ließ ich Big Mike einfach stehen und verließ, ohne zu zögern, das Revier.

• • •

»Du siehst ziemlich fertig aus.« Es war Jessies Stimme, die mich innehalten und herumfahren ließ.

Nachdem ich das Revier verlassen hatte, war ich auf dem schnellsten

Weg nach Hause gefahren. Jetzt stand ich vor meiner Wohnungstür und war gerade dabei, aufzuschließen, als Jessie aufgetaucht war.

»An deinen Komplimenten solltest du noch etwas arbeiten«, gab ich zurück.

Ein flüchtiges Lächeln huschte über Jessies Gesicht, während ich die Tür öffnete und sie im Türrahmen stehen blieb.

»Was ist denn passiert? Hattest du einen harten Tag?«

Ich blickte sie einen Augenblick nachdenklich an. Ich wäre jetzt lieber allein gewesen. Doch einfach wegschicken wollte ich sie auch nicht. Daher sagte ich: »Ja, es war einfach ein anstrengender Tag.«

»Möchtest du darüber reden?«, fragte sie.

Aber ich schüttelte den Kopf. »Nein, eigentlich nicht.«

Schweigen dehnte sich zwischen uns aus und Jessie blickte mich aus großen braunen Augen an. Sie lächelte. Ein Lächeln, das ihre Augen strahlen ließ und gleichzeitig so viel versprach. Vergnügen, kurzweilige Ablenkung, Spaß.

Ich überlegte. Denn plötzlich stand mir nicht mehr der Sinn danach, allein zu sein.

»Du kannst reinkommen, wenn du willst.«

Ihr Lächeln wurde breiter.

»Na, und ob ich das will«, erwiderte sie und betrat dann mein Apartment.

Sie bewegte sich in meiner Wohnung, als wäre sie hier zu Hause. Das war sie ja auch fast, wenn man bedachte, dass wir uns meist drei-, manchmal auch viermal die Woche trafen. Je nachdem, wie oft wir Lust hatten.

Auf dem Weg in die Küche ließ sie ihre Jacke auf meine Wohnzimmercouch fallen. Ich folgte ihr, und als ich ebenfalls meine Küche betrat, hatte Jessie schon die Tür meines großen silbernen Edelstahlkühlschranks geöffnet und nahm zwei Flaschen Bier heraus.

»Hier, für dich«, sagte sie und reichte mir eine Flasche. »Du siehst aus, als ob du eins vertragen könntest.«

Wortlos nahm ich die Flasche entgegen, schraubte den Deckel ab und warf ihn in den Mülleimer.

Jessie schwang sich leichtfüßig auf meine Arbeitsplatte und schraubte ihre Flasche ebenfalls auf. Den Deckel warf sie neben sich ins Spülbecken.

»Und du willst wirklich nicht darüber reden?«, fragte sie, um sicherzugehen, während sie das kühle Bier an die roten Lippen führte und trank. Gebannt schaute ich ihr zu und schüttelte dann erneut den Kopf. »Nein, das will ich wirklich nicht.«

Jessie ließ schließlich die Flasche sinken, blickte mich aus großen Augen an. »Und was möchtest du stattdessen tun?«, fragte sie plötzlich aufreizend.

Ich stand jetzt vor ihr, stellte mein Bier neben ihrem Oberschenkel ab. Dann nahm ich ihr ihre Flasche aus der Hand und stellte sie zu meiner auf die Arbeitsplatte. Jessies Hände ruhten auf ihren Oberschenkeln, während sie mich weiterhin fragend anschaute.

»Ist es eigentlich Zufall, dass dein Kleid so weit nach oben gerutscht ist?«

Jessie betrachtete ihre halb entblößten Schenkel. Das verführerische Lächeln, das sie mir gleich darauf schenkte, ließ mein Herz schneller schlagen. Sie öffnete die Beine ein Stückchen weiter und gewährte mir einen herrlichen Blick auf die Innenseiten ihrer Oberschenkel.

»Nein«, flüsterte sie dann neckend, während sie sich leicht über die Unterlippe leckte. Mein Herzschlag beschleunigte sich abermals, als ich daran dachte, was ich jetzt am liebsten mit ihr anstellen würde.

»Und dass ich jetzt die Knöpfe an meinem Ausschnitt öffne, ist übrigens auch kein Zufall«, fügte sie vielsagend hinzu.

Mein Blick wanderte zu ihrem sexy Dekolleté. Abwartend schaute ich ihr dabei zu, wie sie nach und nach die kleinen Perlmuttknöpfe löste.

Mit verruchtem Blick sah sie zu mir auf, als der letzte Knopf geöffnet war und der Stoff ihres Oberteils vorne auseinanderfiel. Sie trug keinen BH und der Anblick war umwerfend.

»Jetzt komm schon her«, forderte sie mich auf. Während ich mich auf sie zubewegte, öffnete sie die Beine noch ein bisschen mehr. Es fühlte sich gut an, zwischen ihren Schenkeln zu stehen. Leise seufzend drängte sie sich gegen mich. Ihre Hände wanderten über meinen Rücken bis hinunter zu meinem Po.

Ungeniert schob ich ihr das rote Kleid noch ein Stückchen weiter nach oben. Ich betrachtete ihre nackten Schenkel, die sich jetzt um meine Taille geschmiegt hatten. Dann schaute ich sie an, strich mit den Händen durch ihre nach Pfirsich duftenden Haare.

»Du hast keine Ahnung, wie sehr ich dich gerade will.«

Sie lächelte, rieb ihren Unterleib gegen meinen Schritt. »Doch«, flüstert sie dann. »Ich glaube, ich kann es mir sehr gut vorstellen.«

Lächelnd beugte ich mich zu ihr hinab, und während ich ihr die dünnen Spaghettiträger von den makellosen Schultern streifte, küsste ich ihre weichen, vollen, roten Lippen.

»Die musst du unbedingt ausziehen«, flüsterte sie an meinem Mund. Ihre Hände waren mittlerweile um meine Taille herum zum Reißverschluss meiner Jeans gewandert.

Geschickt öffnete sie Knopf und Reißverschluss und schob mir Jeans und Boxerbriefs über den Hintern nach unten. Ich zerrte mir hektisch mein Shirt über den Kopf und ließ es achtlos zu Boden fallen.

Jessies Kleid war um ihre Taille geschlungen. Ich hob sie etwas hoch, gerade so viel, dass ich ihr das Kleid und das Höschen abstreifen konnte. Dann küssten wir uns wieder. Schneller diesmal, leidenschaftlicher. Ich drängte mich erneut zwischen ihre geöffneten Schenkel.

»Sollen wir das Ganze lieber in mein Schlafzimmer verlegen, oder auf die Couch?«, fragte ich leise, als ich für einen kurzen Moment von Jessies süßen Lippen abließ. Aber sie schüttelte den Kopf. »Nein«, gab sie atemlos zurück. »Ich will dich genau hier.«

Ich tastete nach einem Kondom, das in einer der Schubladen herumlag. Jessie lächelte. »Typisch Cop. Wirklich auf alles vorbereitet.«

Ich erwiderte ihr Lächeln, während ich schnell die Folie aufriss und mir den Gummi überstreifte. Mein Herz hämmerte in meiner Brust, als

Jessie die Hände auf meine Hüften legte und mich wieder zwischen ihre Beine zog.

»Warte«, raunte ich, während sie sich verführerisch gegen mich drängte.

»Was ist denn noch?«, gab sie leise zurück. »Dafür, dass du vorhin keine Lust auf eine Unterhaltung hattest, redest du jetzt ganz schön viel«, stellte sie fest.

»Ich habe heute beschlossen, eine Weile aus Boston wegzugehen«, erklärte ich ihr ohne Umschweife. Es war nur fair, es ihr gleich zu sagen.

Jessie lehnte sich ein Stück zurück und sah mir in die Augen. »Hast du vor, in der nächsten Stunde zu verschwinden?«

Lächelnd schüttelte ich den Kopf. »Nein«, antwortete ich dann.

Sie erwiderte mein Lächeln. »Dann ist ja alles gut. Jetzt komm schon her. Ich will nicht länger warten.«

Sie packte meinen Po und zog mich wieder zu sich heran.

»Du bist also gar nicht traurig, dass ich weggehe? Sollte ich jetzt irgendwie beleidigt sein?«, flüsterte ich schmunzelnd an ihren Lippen, denn mittlerweile hatten wir wieder damit begonnen, uns zu küssen. Jessie stöhnte frustriert auf und kniff mich in die Seite.

»Hey, lass das!«, gab ich breit grinsend zurück.

»Klar werde ich dich vermissen. Was denkst du denn?« Einen Augenblick wurde sie ernst, als sie hinzufügte: »Wenn du gehen musst, verstehe ich das. Jeder braucht hin und wieder Abstand, um einen klaren Kopf zu bekommen. Allerdings nehme ich nicht an, dass du für immer weggehen wirst. Und wenn du wieder da bist, machen wir hoffentlich da weiter, wo wir nachher aufhören. Wie klingt das?«

Ich hauchte ihr einen Kuss auf die Lippen. »Klingt ziemlich gut.«

Jessie schlang die Beine ein bisschen fester um meine Hüften. »Und jetzt hör auf zu reden und erfüll lieber deine Pflicht«, gab sie grinsend zurück.

»Zu Befehl«, erwiderte ich leise und drang dann langsam in sie ein. Genau so, wie sie es mochte. Stöhnend legte Jessie den Kopf in den Nacken und ich verteilte Küsse in ihrer Halsbeuge. Wir fanden den perfekten Rhythmus, und es fühlte sich gut an, in ihr zu sein. Nicht vollkommen, weil einfach die echten, die tiefen Gefühle fehlten. Aber dennoch, Jessie war so ziemlich das Beste, was mir in letzter Zeit passiert war. Sie löcherte mich nicht mit Fragen. Bei ihr konnte ich reden, wenn mir danach zumute war. Und wenn ich nicht reden wollte, dann fand sie einen anderen Weg, um mich abzulenken. Und das Wichtigste: Ich konnte bei ihr vergessen. Ich musste nicht an Cade denken, nicht an seinen Tod, nicht an den Job, oder an die anderen Probleme, die gerade mein Leben bestimmten. Und das bedeutete mir wirklich eine Menge. Dafür war ich ihr unendlich dankbar.

Kapitel 3

Michelle

»Möchtest du noch etwas von dem gegrillten Gemüse? Es ist auch noch Reis da«, sagte ich später an diesem Abend, während ich gemeinsam mit Dylan am Tisch saß, ihm die Schüssel reichte und auf seine Antwort wartete.

Nach der Arbeit war ich schnell einkaufen gefahren und dann hatte ich mich beeilt, Dylans Lieblingsessen zu kochen. Schließlich war heute unser dritter Hochzeitstag und der Abend sollte daher besonders schön werden.

Dylan blickte angespannt von seinem Teller auf. Wortlos schüttelte er den Kopf. Also stellte ich die Schüssel mit dem Gemüse wieder zurück. Irgendetwas stimmte nicht mit ihm, und ich fragte mich, was der Grund für seine schlechte Laune sein konnte.

Geräuschvoll legte er schließlich seine Gabel auf dem Teller ab, als dieser leer war. Dann faltete er die Hände, starrte mich an. Fragend hob ich den Blick.

»Stimmt etwas nicht?«, wollte ich wissen. »Du bist heute so schweigsam.«

»Ob etwas nicht stimmt? Ja, durchaus. Ich habe dich nämlich heute gesehen.«

Von seinen Worten überrascht hob ich die Augenbrauen. Spionierte er mir nach?

»Ich habe dich beim Einkaufen gesehen und ich habe bemerkt, dass du mit einem Verkäufer geflirtet hast«, fügte er hinzu.

Ungläubig lachte ich auf. War das sein Ernst? Deshalb war er also so mies drauf. Wegen so etwas Unsinnigem?

»Ich habe nicht geflirtet«, gab ich nachdrücklich zurück. »Wie kannst du nur so etwas denken?«

»Dann behauptest du also, dass ich lüge?«, donnerte Dylan plötzlich und ich zuckte schreckhaft zusammen.

Schnell schüttelte ich den Kopf. »Nein, natürlich nicht.« Mit vorgerecktem Kinn schaute ich ihn an und hielt seinen Blicken stand. »Ich will nur nicht, dass du mir etwas unterstellst, das nicht wahr ist.«

Meine Antwort trieb ihm Zornesfalten auf die Stirn. Langsam schob er seinen Stuhl zurück und beugte sich über den Tisch zu mir herüber. Dabei schwankte sein Weinglas gefährlich. Es blieb zum Glück stehen.

Ich musste mich zwingen, ruhig sitzen zu bleiben. Ich wollte mir nicht anmerken lassen, dass er mir gerade eine Heidenangst einjagte. Dylan hatte öfters diese Wutausbrüche. Aber so zornig wie heute hatte ich ihn nur selten erlebt.

»Ich bringe dir an unserem Hochzeitstag Blumen mit und zum Dank behauptest du, dass ich ein Lügner bin, und lachst mich aus«, fasste er den Streit, den wir gerade hatten, aus seiner Sicht zusammen.

Ein Knoten aus Anspannung und Angst hatte sich in meinem Bauch gebildet. Mein Herz raste und meine Knie zitterten.

Lass dir deine Furcht nicht anmerken! Biete ihm die Stirn! Du bist stärker als er. Aber das stimmte nicht. Wenn ich wirklich so viel Stärke besitzen würde, wäre ich nicht hier. Ich würde ihm nicht an diesem Tisch gegenübersitzen und mich schon wieder von ihm bedrohen lassen. Sondern ich wäre längst aus seinem Leben verschwunden. Denn dass er mich so behandelte, kam leider nicht zum ersten Mal vor.

»Ich habe nicht geflirtet«, gab ich mit fester Stimme zurück und stand nun ebenfalls von meinem Stuhl auf. Ich hasste es, wenn er auf mich herabsah und mich einzuschüchtern versuchte.

Dylan gab sich jetzt scheinbar alle Mühe, wieder ruhig zu werden. Ein bisschen zu ruhig für meinen Geschmack, da er bei einem Streit sonst immer aufbrausend war, wie gerade eben. Es war sozusagen die Ruhe vor dem Sturm.

Mit einer einzigen Handbewegung wischte er plötzlich alles vom Tisch, was ich so hübsch für uns arrangiert hatte. Gläser, Teller, den Kerzenständer, den Wein, die Schüsseln mit Reis und Gemüse. Kreischend sprang ich einen Schritt zurück. Mein Stuhl kippte um, während Teller und Flaschen zerbrachen und das Essen und die Getränke sich auf unseren dunklen Parkettboden ergossen. Mein Puls hämmerte mir in den Schläfen und ich zitterte vor Schreck. Reflexartig wich ich weiter zurück *und wäre fast über meinen umgekippten Stuhl gefallen. Ich wollte weglaufen. Aber Dylan war schneller. Er packte mich an Hals und Haaren, drückte mich zu Boden. Ich konnte nicht einmal schreien, als er sich über mich beugte und mit gefährlich leiser Stimme in mein Ohr flüsterte: »Du nennst mich nie wieder einen Lügner. Hast du verstanden?«*

Seine Lippen streiften meine Wange.

»Nie wieder«, wiederholte er.

»Nie wieder!«

Mein Herz hämmerte gegen meine Rippen. Ich wollte mich befreien. Aber ich hatte keine Chance. Dylans Griff war einfach zu fest. Also machte ich die Augen zu. Versuchte, mich weit weg zu denken, und wünschte, ich wäre woanders. Dylan aber zwang mich dazu, ihn anzusehen, indem er meinen Kopf an den Haaren zurückriss. Der Schmerz trieb mir die Tränen in die Augen. Dylan war doch mein Mann. Er sollte mich lieben, dachte ich und konnte das Ausmaß an Zorn in seinen Blicken kaum ertragen.

Jetzt schrie ich doch, wehrte mich, schlug um mich. Dylan jedoch packte fester zu. Ich fühlte mich gefangen, wie in einem Schraubstock. Ich bat ihn, mich loszulassen. Doch das tat er natürlich nicht. Stattdessen schlug er zu. Seine Faust traf mich an Mund und Kinn und sofort nahm ich den metallischen Geschmack von Blut wahr. Weinend lag ich unter ihm. Aber Dylan hörte nicht auf. Er hörte einfach nicht auf, auf mich einzuschlagen.

Zitternd öffnete ich die Augen. Mein Herz raste in meinem Brustkorb. Im letzten Moment konnte ich einen Schrei unterdrücken. Es dauerte einen Augenblick, bis mir bewusst wurde, dass ich nicht mehr in Helena in unserem Haus lebte, sondern dass ich in Sicherheit war. Ich hatte nur einen Albtraum gehabt. Trotzdem kam ich nicht umhin, nach meinem Mund zu tasten. Die Verletzungen, die Dylan mir in der Vergangenheit zugefügt hatte, waren meiner Haut längst nicht mehr anzusehen. Denn letztendlich hatte ich es doch geschafft, mich von ihm zu befreien. Ich hatte die Kraft und den Mut gefunden, mich scheiden zu lassen.

Langsam gewöhnten sich meine Augen an die Dunkelheit und ich konnte schemenhaft die Umrisse meines Schlafzimmermobiliars erkennen. Der Mond schickte sein silbernes Licht durch die geöffneten Gardinen in mein Zimmer. Ich versuchte, meine Atmung wieder unter Kontrolle zu bringen, und ganz langsam beruhigte sich mein rasender Puls. Ein dünner Schweißfilm bedeckte meine Stirn. Ich berührte mein Haar. Es fühlt sich ebenfalls feucht an.

Ich starrte regungslos in die Dunkelheit und betrachtete die Umrisse meines Kleiderschrankes und meines Schminktisches. Dylan konnte mir nicht mehr wehtun. Er war kein Teil meines Lebens mehr. An diesen zwei Dingen hielt ich mich fest. Sonst wäre ich wahrscheinlich manchmal vor Angst verrückt geworden.

Schließlich stand ich auf, nahm eine Strickjacke von dem weißen Holzstuhl vor meinem Schminktisch und zog sie über mein dünnes Nachthemd. Dann tapste ich auf nackten Füßen meinen spärlich beleuchteten Flur hinunter in die Küche.

Als ich die Küche betrat, schaltete ich als Erstes das Licht ein. Es spiegelte sich im blankpolierten Chrom der Küchengeräte und in den hellen Marmorfliesen. Ich ging zum Schrank, nahm ein Glas heraus und füllte es mit kaltem Leitungswasser. Für einen Augenblick lehnte ich mich gegen die Spüle. Ich drückte das kalte Glas an meine erhitzte Stirn, führte es dann an die Lippen und trank einen Schluck. Als ich es abstellte, bemerkte ich, dass meine Hände zitterten. Ich hatte es satt, Angst zu haben. Ich hasste es, von diesen schrecklichen Albträumen gequält zu werden, und doch passierte es immer wieder. Wütend ballte ich die Hand zur Faust. Wann würde ich es endlich schaffen, Dylan komplett aus meinem Leben zu verbannen?

Ich atmete tief durch, schaute nach draußen und versuchte, auf andere Gedanken zu kommen. Der Regen, der seit zwei Tagen fast ununterbrochen fiel, war im Laufe der Nacht in Schnee übergegangen. Sterne blitzten durch die dunklen Wolken hindurch und der Mond ließ den neugefallenen Schnee funkeln.

Während ich aus dem Fenster sah, zog ich meine Strickjacke enger um mich.

Tiger, meine Katze, kam schnurrend in die Küche gelaufen und schmiegte sich an meine Beine. Lächelnd kniete ich mich zu ihm auf den Boden. »Hey, mein Großer«, flüsterte ich, während ich sanft über sein Köpfchen strich. Wohlig kniff er die Augen zusammen und genoss die Streicheleinheiten sichtlich. »Du kannst wohl auch nicht schlafen«, raunte ich, während ich aufstand und Tiger auf den Arm nahm, um ihn mit nach oben zu tragen.

Ich setzte Tiger im Badezimmer ab, woraufhin er zu seinem Körbchen lief und sich zusammenrollte. Er mochte das Badezimmer gerne, wahrscheinlich wegen der Fußbodenheizung.

Ich hingegen begab mich zurück in mein Schlafzimmer, kuschelte mich ins Bett und verkroch mich unter der warmen Decke. Ich musste unbedingt versuchen, noch ein bisschen Schlaf zu bekommen. Aber dann lag ich noch lange wach und starrte in der Dunkelheit an die Zimmerdecke, bis mich doch irgendwann die Müdigkeit übermannte und ich unruhig einschlief.

Am nächsten Morgen wurde ich vom Klingeln meines Weckers wach. Langsam öffnete ich die Augen und streckte mich. Es hatte wirklich gedauert, bis ich letzte Nacht wieder eingeschlafen war, und dementsprechend müde war ich nun. Am liebsten hätte ich mir einfach meine kuschelige Decke bis zum Hals hochgezogen, mich auf die Seite gerollt und die Augen fest zugemacht, um weiterzuschlafen. Aber leider ging das nicht. Heute war Montag und es wurde Zeit, dass ich endlich aufstand und in den Laden ging.

Also gab ich mir einen Ruck, schlug die Decke zurück und erhob mich. Nach einer heißen Dusche würde es mir sicher besser gehen. Und genau so war es auch. Als ich aus dem Badezimmer kam, sprühte ich vor Tatendrang, und das war auch gut so, denn die To-do-Liste, die ich an meinen Kühlschrank gepinnt hatte, erschien mir zuweilen endlos.

Im Laden gab es eine Menge zu tun. Am Samstagvormittag war neue Ware eingetroffen, aber ich hatte das Auspacken und Sortieren auf heute verschoben. Außerdem wollte ich mein Schaufenster neu dekorieren, und Lichterketten sollte ich auch endlich aufhängen. Schließlich waren es nur noch ein paar Wochen bis Weihnachten.

Ich beeilte mich mit dem Frühstück und band mir kurz darauf im Flur meinen Schal um und zog meinen grauen Wollmantel über. Ich schnappte mir auch meine Mütze und Handschuhe und schlüpfte in meine gefütterten Stiefel. Zu guter Letzt nahm ich meine Handtasche, hängte sie mir über die Schulter und verließ dann pünktlich das Haus.

Als ich die Veranda betrat und die Tür hinter mir zuzog, schlug mir frische, kalte Luft entgegen. Ich atmete tief ein und blinzelte gegen das helle Sonnenlicht an, das von einem vollkommenen blauen Winterhimmel strahlte. Ich fand Montana zu dieser Jahreszeit besonders schön: Schnee, Kälte und die Vorfreude auf Weihnachten, die fast überall spürbar schien.

Summend stieg ich die Stufen der Veranda hinab. Ich warf einen Blick auf mein Auto, das mittlerweile komplett eingeschneit war. Ich machte mir nicht die Mühe, es freizuschaufeln, stattdessen ging ich das Stück zum Laden zu Fuß. Ich streifte mir meine Handschuhe über und machte mich endlich auf den Weg. Der Schnee knirschte unter meinen warmen Stiefeln, als ich den Gehweg entlangschritt.

»Guten Morgen, Michelle«, rief mir Ruth Henderson zu, als ich an ihrem Haus vorbeilief. Sie stand gerade auf ihrer Veranda. Ihre Katze Molly streifte schnurrend um ihre Beine. Ich blieb stehen und winkte ihr freundlich zu.

»Dir auch einen guten Morgen«, erwiderte ich.

»Sind meine bestellten Bücher schon eingetroffen?«, fragte sie mich und lehnte sich an das Geländer.

»Am Samstag habe ich Ware bekommen. Laut Lieferschein müssten sie dabei gewesen sein. Aber lass mich bitte zur Sicherheit nachsehen. Ich rufe dich am späten Vormittag an«, versprach ich, und Ruth nickte.

»Einverstanden. Du meldest dich bei mir. Ich komme sie heute abholen, falls sie tatsächlich geliefert wurden.«

»Gut, bis später.«

Gerne hätte ich länger mit Ruth geplaudert. Aber ich musste zusehen, dass ich endlich in den Laden kam, denn ich wollte pünktlich aufschließen. Also setzte ich meinen Weg unbeirrt fort.

Riverside erwachte langsam zum Leben. Geschäfte öffneten, Menschen eilten auf ihrem Weg zur Arbeit den Bürgersteig entlang, Kinder gingen, mit ihren Rucksäcken bepackt, in Richtung Schule, und als ich um die Ecke lief und schließlich auf die Main Street einbog, kam ich nicht umhin zu lächeln. Ich war unheimlich stolz auf meinen Laden und auf das neue Leben, das ich mir nach meiner desaströsen Ehe mit Dylan hier in Riverside aufgebaut hatte.

Ein paar Schneeflocken ruhten auf dem Schild, das über dem Schaufenster und der Eingangstür angebracht war. »Sweet Little Things« stand in dicken schwarzen Lettern darauf.

Das goldene Messingglöckchen läutete, als ich endlich die Tür aufstieß. Solange ich denken konnte, hatte ich mir gewünscht, ein eigenes Geschäft zu eröffnen. Als ich aus Helena weggegangen war, hatte ich nicht recht gewusst, was ich mit meiner Zukunft anfangen sollte. Nach der Scheidung von Dylan war ich in mein Auto gestiegen und einfach drauflosgefahren. Der Zufall hatte mich nach Riverside geführt und ich hatte das leere Ladengeschäft entdeckt. Es wurde damals zur Miete angeboten, und ich hatte mich auf der Stelle in die Räumlichkeiten verliebt. Also hatte ich nicht lange gezögert und meinen Traum endlich in die Tat umgesetzt. Die Eröffnung des »Sweet Little Things« war einer der wichtigsten und wohl auch schönsten Tage meines Lebens gewesen. Neben Büchern, Zeitschriften, Schreibwaren, Deko und Knabbereien bot ich noch allerhand weiteren Kleinkram feil. Während die Tür hinter mir ins Schloss fiel, ging ich ins Hinterzimmer, legte meine Tasche ab und streifte mir Mütze, Handschuhe, Schal und Jacke ab. Ich achtete darauf, dass es, genau wie bei mir zu Hause, auch im Laden angenehm warm war. Für mich gab es kaum etwas Besseres, als nach der frostigen Kälte, die im Winter draußen herrschte, von der wohligen Wärme eines geheizten Hauses empfangen zu werden. Erst dann war ich rundherum zufrieden. Ich zog meine Stiefel aus und schlüpfte in schwarze Ballerinas. Dann ging ich in den Verkaufsraum zurück.

Ich begann damit, die Waren auszupacken und die aktuellen Zeitungen in die Regale einzuräumen. Gerade rechtzeitig, wie sich herausstellte, denn in dem Moment, als ich damit fertig war, ging die Tür auf und das kleine Messingglöckchen kündigte den ersten Kunden des Tages an.

Ich schaute in Mason Cartwells gerötetes Gesicht. Schnaufend trat er sich den Schnee von den Schuhen. Ich konnte mir ein Lachen kaum verkneifen. Im Gegensatz zu mir hasste Mason den langen, kalten Winter in Montana.

»Schreckliches Wetter«, raunte er, als er mich anblickte und die Tür hinter sich zumachte.

»Ja, dir natürlich auch einen schönen guten Morgen«, gab ich belustigt zurück.

Mason verzog seine Lippen zu einem leichten Lächeln und stopfte dabei seine Strickmütze in die Manteltasche.

»Sorry, aber du kannst dir bestimmt vorstellen, dass meine Laune nicht gerade die beste war, als ich heute Morgen aus dem Fenster geschaut habe und feststellen musste, dass in der vergangenen Nacht reichlich Neuschnee gefallen ist.«

Grinsend winkte ich ab. »Schon okay. Vielleicht solltest du ernsthaft in Erwägung ziehen, den Wohnort zu wechseln. Florida soll zu dieser Jahreszeit sehr schön sein.«

Mason schüttelte den Kopf. »Das kommt nicht infrage. Außerdem – wo soll ich dann jeden Morgen meine Tageszeitung kaufen?«

»Also, ich habe ja gehört, dass es in Florida auch Geschäfte geben soll.«

Mason erwiderte mein Lächeln, doch dann wurde er ernst. »Das schon, aber ich wette, es gibt keine Ladenbesitzerin, die auch nur halb so hübsch ist wie du.«

Ich spürte, wie mir auf unangenehme Weise heiß wurde. Ich rettete mich hinter den Tresen und gab vor, mit ein paar losen Zetteln, die neben der Kasse lagen, beschäftigt zu sein. Ich mochte es nicht, wenn mir Mason Komplimente machte. Er hatte schon mehrmals durchblicken lassen, dass er gerne einmal mit mir ausgehen würde. Bis jetzt hatte ich ihn immer vertrösten können. Mason war ein netter Kerl. Er unterrichtete an der Grundschule und engagierte sich im Stadtrat. Aber er war eben nicht mein Typ. Es lag noch nicht einmal an seinem Aussehen. Ich fühlte mich schlicht und einfach nicht zu ihm hingezogen. Außerdem war ich seit meiner Scheidung von Dylan mit keinem Mann mehr ausgegangen, und ich hatte auch nicht vor, so bald etwas daran zu ändern.

Mason ging derweil zum Zeitschriftenregal, und ich hoffte inständig, dass er nicht weiter versuchen würde, mit mir zu flirten.

Einen Augenblick später legte er eine Zeitung auf den Tresen und ich tippte den Preis in meine Kasse ein.

»Das macht dann drei Dollar«, sagte ich und schob Mason die Zeitung zu. Während er in seiner Geldbörse wühlte, sagte er: »Am Dienstag ist im Kino wieder Programmwechsel. Hast du Lust, dir mit mir gemeinsam einen Film anzuschauen?«

Unbehagen überkam mich. Ich wusste, dass es an der Zeit wäre, Mason endlich eine Abfuhr zu erteilen. Aber ehrlich gesagt fiel mir das furchtbar schwer. Er war immer so nett zu mir und es tat mir einfach unheimlich leid, ihn zu enttäuschen. Mit ihm ausgehen wollte ich allerdings auf gar keinen Fall.

Gerade, als ich zu einer Antwort ansetzen wollte, ertönte die Türglocke erneut und ich blickte erleichtert von den Geldscheinen auf, die Mason mir gerade gereicht hatte.

Betty Jackson stapfte durch die Tür, beladen mit zwei vollen Einkaufstüten. Vor Dankbarkeit über ihr perfektes Timing hätte ich sie küssen können.

»Wenn es in Montana schneit, dann aber richtig«, stellte Betty fest und klopfte sich den frisch gefallenen Schnee von der Kleidung.

Mason drängte mich zum Glück zu keiner Antwort. Stattdessen schien er seine Annäherungsversuche für heute aufzugeben, denn er nahm seine Zeitung und schob sie in seine Umhängetasche. Betty hingegen kam auf den Tresen zu. Nur widerwillig machte Mason ihr Platz. Schwer atmend blieb Betty stehen und stellte die Taschen auf dem Boden ab.

»Suchst du etwas Bestimmtes?«, wandte ich mich an Betty und fragte mich, wann Mason endlich gehen würde. Fing die Schule nicht bald an?

Schließlich sagte er: »Ich muss los. Wir sehen uns sicher später.«

Ich nickte und lächelte ihm zu. Wenn Mason mich nicht gerade um ein Date bat, fand ich ihn eigentlich ganz nett.

Mit diesen Worten machte er kehrt und ich kümmerte mich um Bettys Anliegen.

Sobald ich wieder allein im Laden war, packte ich weiter fleißig Kartons aus, stellte die neuen Waren an ihren Platz und füllte Regale auf. Ich prüfte auch, ob Ruths Bücher bei der letzten Lieferung tatsächlich dabei gewesen waren, und als ich sie gefunden hatte, rief ich sie an. Ruth wollte so schnell wie möglich vorbeikommen, um sie abzuholen. Die Stunden vergingen wie im Flug. Ich war so eingespannt, dass ich gar nicht dazukam, hin und wieder auf die Uhr zu blicken. Umso überraschter war ich zu sehen, dass es bereits später Mittag war, als es mir doch einmal gelang. Ich arrangierte den letzten Bücherstapel, dann streckte ich mich und dehnte meine Rückenmuskulatur.

Gerade, als ich mit der Arbeit fortfahren wollte, klingelte mein Handy, das an seinem Platz neben der Kasse lag. Ich warf einen kurzen Blick aufs Display. Es war Reece, die mich anrief. Zuerst war Reece einfach nur meine Angestellte gewesen, aber mittlerweile sah ich sie als wahre Freundin an. Nach meiner Schwester Stella und meinem Bruder Josh war Reece die Person, der ich alle meine Geheimnisse anvertrauen würde.

»Hey, Reece«, begrüßte ich sie.

»Ich habe schlechte Neuigkeiten«, krächzte Reece mit rauer Stimme ins Telefon, und ich ahnte sofort, was passiert war. »Es tut mir wirklich schrecklich leid, Michelle. Aber ich muss mich für die nächsten Tage krankmelden.«

Na wunderbar, und das mitten im Weihnachtsgeschäft. Es waren nur noch Wochen bis zum großen Fest und die Leute immer häufiger auf der Jagd nach Geschenken für ihre Lieben. Und ausgerechnet jetzt musste Reece krank werden. Doch da war nichts zu machen.

»Du klingst wirklich furchtbar«, erwiderte ich, und Reece hustete leise.

»Genauso fühle ich mich auch. Schaffst du es irgendwie, ohne mich klarzukommen?«, wollte sie wissen, und ich merkte ihr an, dass sie ein schlechtes Gewissen hatte.

»Mach dir um den Laden keine Sorgen«, versuchte ich Reece zu beruhigen. »Ich regele das schon. Werde du einfach schnell wieder gesund. Das hilft mir am meisten.«

Reece hustete abermals und sagte dann heiser: »Ich gebe mir Mühe.«

Als das Messingglöckchen erneut läutete, verabschiedete ich mich von Reece und versprach, später noch bei ihr vorbeizukommen. Ich legte das Handy beiseite und begrüßte Ruth, die gerade in den Laden gekommen war.

»Ich wollte nur meine Bücher abholen«, sagte sie und ich nickte.

»Warte bitte einen Moment. Ich bin gleich zurück.«

Ich verschwand im Hinterzimmer, um die Bücher zu holen.

»Soll ich sie dir einpacken?«, fragte ich Ruth, als ich wieder hinter der Kasse stand. Daraufhin schüttelte sie den Kopf. »Nein, nicht nötig. Ich stecke sie gleich in meine Tasche.«

Lächelnd überreichte ich ihr die drei Romane und Ruth gab mir das Geld dafür.

Als sie wieder gegangen war, kehrte ich in mein kleines Lager zurück und machte mich daran, die noch übrig gebliebenen Kartons zu öffnen und auszupacken.

Da im Laden nichts weiter los war, kam ich gut voran, und am frühen Abend war ich mit allem fertig.

Als ich in den Verkaufsraum zurückkehrte, warf ich einen Blick aus dem Fenster. Die Dunkelheit brach herein. In den vergangenen Stunden war wirklich eine Menge Schnee gefallen. Ich musste an Bettys Worte denken. Sie hatte recht, der Winter in Montana war wirklich heftig.

Ich schaute auf meine Armbanduhr. Noch eine halbe Stunde bis Ladenschluss. Ich überlegte, was ich noch anpacken konnte, und mir fiel die Lichterkette wieder ein, die ich in den nächsten Tagen endlich aufhängen sollte. Die anderen Geschäfte und Wohnhäuser waren bereits alle weihnachtlich geschmückt.

Also ging ich zurück ins Lager und machte mich auf die Suche nach dem Karton. Bei der Gelegenheit konnte ich auch gleich die neue Schaufensterdekoration heraussuchen, denn das wollte ich ebenfalls demnächst erledigen. Die Suche lenkte mich dermaßen ab, dass ich erneut völlig die Zeit vergaß. Aber nach einer Weile beschloss ich doch, für heute Feierabend zu machen. Wenn ich noch bei Reece vorbeischauen wollte, musste ich mich jetzt wirklich ein bisschen beeilen. Sonst würde es für einen Besuch zu spät werden.

Als ich gerade dabei war, im Hinterzimmer meine Ballerinas gegen meine Stiefel zu tauschen, klingelte plötzlich das Messingglöckchen an der Eingangstür. Überrascht hielt ich inne, doch dann fiel mir ein, dass ich den Laden ja noch gar nicht abgeschlossen hatte. Mann, wo war ich denn heute nur mit meinen Gedanken? Leise seufzend machte ich mich auf den Weg zurück in den Verkaufsraum. Dabei hatte ich mich schon so auf meinen Feierabend gefreut. Mir taten die Füße weh und ich sehnte mich danach, es mir auf meiner Couch vor dem Kamin gemütlich zu machen.

Als ich schließlich den Verkaufsraum betrat, blieb ich wie angewurzelt stehen. Ein Mann, groß und mit breiten Schultern, stand vor mir. Mit eindringlichem Blick musterte er mich und ich verspannte mich zusehends. Gott, er wollte mich doch wohl jetzt nicht überfallen? Im Kopf überschlug ich die Summe an Bargeld, die ich in der Kasse hatte. Besonders viel Beute würde er heute nicht machen, so viel stand auf jeden Fall fest. Ich spürte, wie mir heiß und kalt gleichzeitig wurde, während er immer noch dort stand und mich anstarrte. Er trug eine schwarze Strickmütze, unter der hellbraune Haare hervorschauten, und der Kragen seiner ebenfalls schwarzen Jacke war bis zum Kinn hochgeschlagen. Mein Puls beschleunigte sich angesichts meines späten Besuchers und mein Blick zuckte zur Uhr, die über der Tür angebracht war. Die Zeiger standen bereits auf acht. So spät schon, dachte ich überrascht.

»Der Laden hat schon geschlossen«, informierte ich den Mann in Schwarz knapp und versuchte, meine Stimme selbstbewusst klingen zu lassen. Der Fremde sollte so schnell wie möglich verschwinden.

Aber das hatte er scheinbar nicht vor. Er zog die Strickmütze vom Kopf und stopfte sie in seine Jackentasche. Dann wühlte er einmal durch seine Haare, die dadurch noch zerzauster aussahen als zuvor, obwohl er sicher gerade das Gegenteil mit dieser Geste bezwecken wollte.

Urplötzlich wich die Angst von mir und ich musste lächeln, und er lächelte doch tatsächlich zurück. Erleichtert stellte ich fest, dass er nicht mehr halb so furchteinflößend wirkte wie gerade eben. Meine Panik ließ nach. Wahrscheinlich wollte er mich doch nicht ausrauben.

»Tut mir leid, das wusste ich nicht. Die Tür war nicht verschlossen und ein Schild hing auch nicht dran«, gab er zurück. Dann fragte er mit hochgezogenen Augenbrauen: »Schicken Sie mich jetzt tatsächlich wieder hinaus in die Kälte? Ich würde sicher verhungern.«

Endlich fand ich meine Stimme wieder. »Sie machen auf mich eigentlich nicht den Eindruck, als würden Sie kurz vorm Hungertod stehen. Wenn Sie zu Abend essen wollen, sollten Sie lieber ins Steakhouse fahren, oder ins Diner. Die Burger dort sind sehr zu empfehlen. Ich habe nur ein paar Schokoriegel und Erdnüsse im Angebot.«

Er schwieg einen Moment, musterte mich genauer. Seine Lippen verzogen sich erneut zu einem Lächeln, das meinen Puls wieder in die Höhe trieb. Dann schüttelte er langsam den Kopf, ohne mich auch nur für einen Moment aus den Augen zu lassen. »Danke für den Tipp. Aber diese Art Hunger habe ich gerade nicht.« Seine Augen schienen vor

Belustigung zu funkeln und mir wurde furchtbar heiß. Aber anders als bei Mason, auf eine angenehme Art.

Warum zum Teufel brachten mich seine Worte auf abwegige Gedanken? Wir redeten doch vom Essen, oder?

Ich räusperte mich leise und versuchte, meine Stimme abgeklärt klingen zu lassen. »Und was brauchen Sie? Denn, wie gesagt, ich habe wirklich nicht viel Essbares hier.«

Jetzt lächelte der Fremde noch ein bisschen breiter und mein Puls flatterte gefährlich.

»Für heute würden mir Erdnüsse und eine Cola tatsächlich reichen«, erwiderte er und deutete mit einem kurzen Nicken auf die Regale hinter der Kasse.

»Okay, ja klar«, stotterte ich. Na toll, jetzt brachte er mich auch noch durcheinander.

Seine Blicke brannten sich förmlich in meinen Rücken, als ich mich umgedreht hatte, um beides aus dem Regal zu nehmen. Dann stellte ich die Sachen auf den freien Platz neben die Kasse. Als ich aufblickte, stand der Fremde schon da, noch immer leicht schmunzelnd.

»Danke«, raunte er.

»Kein Problem. Das macht dann fünf Dollar.«

Er stieß einen leisen Pfiff aus. »Ein bisschen teuer«, meinte er, legte mir die Scheine aber trotzdem auf den Tisch.

»Im Tankstellenshop bei Maureen, immer die Straße runter, würden Sie die Sachen günstiger bekommen«, gestand ich und fragte mich im gleichen Moment, warum ich das eigentlich gerade gesagt hatte. Der Fremde grinste. »Eigentlich war das nicht ernst gemeint. Dass Sie mit solchen Aussagen Ihr Geschäft schädigen können, ist Ihnen doch hoffentlich klar?«

Ich spürte, wie mir die Hitze ins Gesicht schoss. Mann, war das gerade peinlich. Ich versuchte, mich wieder zu fangen, und nahm das Geld entgegen, obwohl ich mir sicher war, dass meine Wangen glühten. Der Fremde steckte die Cola und die Erdnüsse ein.

»Einen schönen Abend noch«, sagte er.

Unweigerlich hielt ich die Luft an und wartete ab, ob er noch etwas hinzufügen würde. Aber er lächelte nur. Ein Lächeln, bei dem ich ein leises Seufzen unterdrücken musste. Seine Augen leuchteten schelmisch auf. Dann drehte er sich um und ging auf die Tür zu. Dort angekommen, zog er sich die Mütze wieder über. Als er die Tür öffnete, klingelte das Glöckchen, und ein Schwall kalter Luft kam herein.

Er warf mir einen kurzen Blick über die Schulter hinweg zu.

»Vergessen Sie nicht, abzuschließen«, erinnerte er mich, und ich nickte geistesgegenwärtig.

»Mach ich nicht«, gab ich zurück.

Dann verschwand er und die Ladentür fiel hinter ihm ins Schloss.

Einen Moment starrte ich die Tür an. Dann riss ich mich zusammen. Ich sollte endlich nach Hause gehen. Schnell holte ich meine Jacke, meinen Schal, meine Mütze und die Handschuhe. Als ich alles angezogen hatte, verließ ich schleunigst mein Geschäft und schloss die Tür hinter mir ab.

Gute dreißig Minuten später stand ich vor Reeces Tür und wartete darauf, dass sie öffnete. Unruhig trat ich von einem Bein aufs andere. Es war wirklich kalt heute Abend. Hoffentlich schlief Reece noch nicht, dachte ich und schaute auf die Uhr; es war mittlerweile fast neun. Als ich mich gerade umdrehen und nach Hause gehen wollte, öffnete Reece doch noch die Tür. Sie wirkte tatsächlich verschlafen.

»Habe ich dich geweckt?«, fragte ich.

Reece schüttelte den Kopf. »Nicht wirklich. Ich bin nur auf der Couch ein bisschen eingedöst. Und jetzt komm schnell rein, bevor die Kälte hereinzieht.«

Das ließ ich mir natürlich nicht zweimal sagen und ging an Reece, die eilig hinter mir die Tür schloss, vorbei ins Haus. Im Flur zog ich Jacke, Mütze, Schal und Handschuhe aus. Reece war schon ins Wohnzimmer verschwunden.

Dort schlug mir wohlige Wärme entgegen. Das Feuer knisterte im Kamin und mir wurde schnell wieder warm. Reece hatte es sich bereits wieder auf der Couch gemütlich gemacht. Dass sie trotz der Wärme, die im Haus herrschte, in eine Decke gewickelt war, zeigte, dass es sie ganz schön erwischt haben musste.

»Hey, wie geht es dir denn?«, wollte ich wissen und setzte mich zu ihr auf die Couch. Reece schaltete den Fernseher auf stumm und seufzte dann leise.

»Die Halsschmerzen mitsamt dem Husten machen mir ziemlich zu schaffen. Aber ich habe zum Glück kein Fieber.«

»Das mit dem Fieber ist doch gut. Ach, fast hätte ich es vergessen«, unterbrach ich mich und sprang hastig von der Couch auf. Schnell lief ich in den Flur und holte die Suppe, die ich Reece extra aus dem Diner mitgebracht hatte.

»Hier, für dich«, sagte ich, als ich zurück im Wohnzimmer war und Reece die Suppenschüssel hinhielt.

Reece schaute mich mit hochgezogenen Brauen an. »Hast du die selbst gemacht?«

Ich schüttelte den Kopf und gab zu: »Nein, nach Ladenschluss bin ich kurz im Diner gewesen.«

»Ein Glück«, gab Reece lächelnd zurück.

»Hey, was soll das denn bedeuten? Ich bin eine spitzenmäßige Köchin.«

»Klar doch, in deinen Träumen vielleicht. Aber hab wirklich vielen Dank. Das ist sehr lieb von dir.«

Ich reichte Reece die Schüssel und zückte dann einen Löffel, den ich ebenfalls aus dem Diner mitgebracht hatte.

»Du bist einfach die Beste«, sagte Reece und schnappte sich beides.

Während Reece die Suppe aß, kuschelte ich mich in die Kissen und machte es mir ebenfalls bequem.

»Wie war dein Tag im Laden?«, wollte Reece wissen.

»Bis mittags war richtig was los. Dann wurde es aber weniger. Ich habe die Kartons mit der neuen Ware ausgepackt und alles einsortiert, und du wirst es nicht glauben, ich habe sogar den Karton mit den Lichterketten gefunden.«

»Wo war der denn?«

Reece hatte am letzten Tag, bevor sie sich krankmelden musste, fast zwei Stunden danach gesucht.

»Im Regal neben der Hintertür. Oberstes Fach hinter einem Karton mit Wegwerfgeschirr, das von der Eröffnung übrig geblieben ist.«

»Oh Mann, das ist wohl der einzige Platz, an dem ich nicht gesucht habe.«

Belustigt zuckte ich mit den Schultern. »Was soll's. Hauptsache, wir haben das Zeugs gefunden. Allerdings muss ich sagen, dass die Ketten völlig verknotet sind. Wenn uns Betty wieder mal ein Geschenk macht, schauen wir es uns vorher lieber an«, fügte ich hinzu und Reece nickte.

»Unbedingt.«

Sie löffelte ihre Suppe weiter und fragte dann: »Gab es sonst noch etwas Interessantes?«

Ich musste an den Fremden denken, der vorhin im Laden war, und überlegte, ob ich Reece davon erzählen sollte.

Ich blieb Reece die Antwort auf diese Frage schuldig, stattdessen fragte ich: »Hast du zufällig mitbekommen, ob zurzeit viele Touristen in der Stadt sind?«

Die meisten Touristen kamen im Sommer und waren im Herbst wieder verschwunden. Aber vielleicht war er ja gar kein Tourist, überlegte ich, während Reece den Kopf schüttelte.

»Nein, ich habe keine Ahnung. Warum fragst du denn?«

»Einfach nur so«, behauptete ich.

Reece musterte mich eindringlich.

»Okay, ich gebe ja zu, besonders lange kennen wir uns noch nicht. Aber lange genug, dass ich dir das nicht abnehme. Also sag schon, warum du das wissen möchtest.«

Ich seufzte leise auf. »Ach, da war vorhin nur so ein Kerl im Laden, den ich noch nie in Riverside gesehen habe«, erklärte ich und fügte dann hinzu: »Aber das ist nicht weiter wichtig. Vielleicht ist er gar kein Tourist.«

»Natürlich ist das wichtig«, entgegnete Reece sofort. »Denn das ist das Interessanteste, was ich heute zu hören bekommen habe. Also, jetzt sag schon, sah er gut aus?«

Ich spürte, wie meine Wangen zu glühen begannen, und Reece bemerkte es sofort. Bevor ich etwas erwidern konnte, beantwortete sie ihre eigene Frage: »Okay, also sah er gut aus.«

»Was? Nein, das habe ich nicht gesagt«, wiegelte ich schnell ab, bevor Reece noch auf falsche Gedanken kam.

Aber meine beste Freundin ließ sich nicht beirren.

»Ach komm schon, Michelle, das muss dir doch nicht peinlich sein. Nach der Ehe mit Dylan wird es Zeit, dass du das männliche Geschlecht wieder wahrnimmst.«

»Ja gut, ich gebe es zu, er sah tatsächlich ziemlich toll aus. Aber das hat nicht zu bedeuten, dass ich wieder bereit bin, mit jemandem etwas anzufangen. Außerdem sehe ich ihn bestimmt sowieso nicht wieder. Wahrscheinlich war er nur auf der Durchreise.«

Reece aß wieder von der Suppe und ich dachte, sie würde dieses Thema endlich fallen lassen, aber nichts da.

»Und wenn doch, dann könntest du ihn fragen, ob er mit dir ausgeht?«

Ich warf Reece einen skeptischen Blick zu; sie erwiderte ihn mit unschuldigem Augenaufschlag.

»Meinst du das ernst?«, wollte ich ungläubig wissen.

Sie zuckte selenruhig mit den Schultern. »Klar, warum denn nicht?«

Verwirrt schüttelte ich den Kopf.

»Ich glaube, du hast doch Fieber«, konterte ich, und Reece lachte laut auf. Ein Lachen, das gleich darauf in ein Husten überging. Als der Hustenanfall vorbei war, fügte sie hinzu: »Du kannst dich doch nicht ewig verstecken und abstinent leben. Es wird Zeit, dass du dich wieder ins Leben stürzt.«

»Nein, danke. Als ich das das letzte Mal getan habe, war ich plötzlich verheiratet, und jetzt wird es langsam Zeit, dass ich nach Hause gehe«, versuchte ich mich elegant aus der Affäre zu ziehen. »Ich bin müde und möchte endlich ins Bett.«

»Schade«, erwiderte Reece. »Gerade, als es spannend wurde.«

Schmunzelnd stand ich von der Couch auf und enthielt mich einer Antwort. »Ruh dich einfach aus, damit du bald wieder fit bist«, riet ich ihr. »Ich ruf' dich morgen an.«

Dann verabschiedeten wir uns voneinander und ich machte mich auf den Heimweg. Die Geräusche meiner Schritte wurden vom weichen Pulverschnee verschluckt und mein Atem stieg sichtbar in der kalten Abendluft auf. Unzählige Sterne funkelten am klaren Himmel über mir.

Nach einer heißen Dusche und einem kleinen Abendessen verkroch ich mich in mein Bett, zog mir die Decke bis zum Hals und kuschelte mich in die Kissen. Von meinem Bett aus hatte ich einen unverstellten Blick in den Nachthimmel, und während ich die Sterne betrachtete, spürte ich, wie mir die Augen langsam zufielen. Ich war wirklich hundemüde. Mein letzter Gedanke, bevor ich einschlief, galt dem Fremden, und ich fragte mich, wer er war und was er in Riverside verloren hatte.

• • •

Die nächsten beiden Tage versuchte ich, halbwegs ohne Reece über die Runden zu kommen. Das war anstrengend, weil ich wirklich den ganzen Tag im Laden stand. Der Fremde ließ sich nicht noch einmal blicken. Was, ehrlich gesagt, ein bisschen schade war. Denn leider musste ich mir eingestehen, dass ich jedes Mal, wenn das Messingglöckchen läutete und einen neuen Kunden ankündigte, hoffte, er würde durch meine Tür spazieren. Aber wahrscheinlicher war, dass er doch ein Tourist und längst weitergefahren war. Die Woche schlich dahin. Am Mittwoch kam Reece plötzlich in den Laden. Sie sah nicht mehr ganz so krank aus wie am Montag, aber wirklich gesund wirkte sie auch nicht.

»Was machst du denn hier?«, fragte ich überrascht.

»Ich habe lange genug zu Hause herumgesessen, es ist an der Zeit, dass ich endlich wieder an die Arbeit gehe. Außerdem macht mir mein schlechtes Gewissen schwer zu schaffen. Es tut mir einfach leid, wenn du den Laden ganz allein schmeißen musst.«

Das war wirklich lieb von Reece.

»Wenn das so ist und es dir wirklich wieder besser geht, freue ich mich natürlich, dass du hier bist.«

In dem Moment klingelte das Messingglöckchen und wir beide blickten zeitgleich auf. Mein Herzschlag drohte vor Überraschung auszusetzen. Der Fremde stand plötzlich mitten im Laden.

Reece machte große Augen und meine Wangen färbten sich mal wieder rosa. Wie ärgerlich.

»Ist er das?«, raunte Reece mir fragend zu und ließ den Fremden nicht aus den Augen.

Ich wagte kaum zu nicken. Die Tür fiel hinter ihm ins Schloss und wir beide beobachteten ihn, nicht gerade unauffällig, wie er an die Zeitungsregale ging und sich umsah. Dann stöberte er in den Regalen mit den Bildbänden und Reiseführern.

Hin und wieder nahm er ein Buch zur Hand und las den Klappentext. Aber letztendlich stellte er alles wieder zurück. Als er zu uns kam, hielt ich automatisch die Luft an. Mann, heute sah er sogar noch besser aus als beim letzten Mal. Das hätte ich nicht für möglich gehalten.

Sein Blick glitt über Reece und blieb dann an mir hängen.

»Kann ich Ihnen weiterhelfen? Suchen Sie vielleicht etwas Bestimmtes?«, krächzte ich und räusperte mich gleich darauf.

Mit einem leichten Nicken deutete er hinter mich.

»Ich nehme eins von den Büchern dort.«

Reece starrte ihn gebannt an, fast so, als wäre er das einzige männliche Wesen auf diesem Planeten.

»Ähm, okay«, stammelte ich und drehte mich dann mit knallroten Wangen um. Herrje, war mir heiß.

Ich versuchte, die wenigen Sekunden, die ich ihm den Rücken zukehrte, dazu zu nutzen, wieder runterzukommen. Klappte natürlich nicht. Daher glühte mein Gesicht noch immer, als ich mich wieder zu ihm umwandte.

Reece warf mir einen kurzen Seitenblick zu und ich merkte ihr an, dass sie sich zusammenreißen musste, um nicht loszuprusten. Ich wusste selbst, wie schrecklich albern ich mich benahm. Aber sie verhielt sich nicht viel besser. Wer starrte ihn denn schließlich die ganze Zeit über an?

Ich nicht. Jedenfalls nicht als Einzige.

Nachdem ich das Buch auf den Tresen gelegt hatte, schaffte ich es endlich, ihm in die Augen zu sehen.

»Das Buch ist wirklich toll. Eine gute Wahl. Dimitri Sokolows Biografie ist beeindruckend und sein Lebensweg wirklich inspirierend«, plapperte ich und hätte mir am liebsten auf die Zunge gebissen, nur damit ich den Mund hielt. Aber stattdessen sprach ich weiter: »Erzählen Sie mir gerne, wie es Ihnen gefallen hat. Sobald Sie es gelesen haben, meine ich natürlich.« Ich spürte, wie mir zunehmend heiß wurde. Jetzt sei endlich still, schalt ich mich innerlich, aber ich redete weiter und weiter. »Also, natürlich nur, wenn wir uns zufällig über den Weg laufen. Ich will nicht mit Ihnen ausgehen. Nein, wirklich nicht. Keine Sorge.« Ich lachte künstlich auf und hielt erst die Klappe, als mich Reece unter dem Tresen kräftig ins Bein zwickte. »Aua«, japste ich und der Fremde schaute mich an, als hätte ich nicht alle Tassen im Schrank, und irgendwie lag er mit dieser Vermutung gerade ziemlich richtig.

Reece amüsierte sich natürlich prächtig über mich. Mittlerweile kannte sie mich gut und wusste, dass ich immer, wirklich immer, wie ein Wasserfall redete, wenn ich verlegen oder nervös war.

Der Fremde schaute mich ausdruckslos an, während ich mir wünschte, im Erdboden zu versinken.

»Okay«, erwiderte er zögerlich und wirkte ziemlich verwirrt. Dann legte er einen Zwanzigdollarschein auf den Tresen.

Mit hochroten Wangen griff ich danach und gab ihm dann sein Wechselgeld zurück. Er steckte die Scheine in seine Brieftasche.

»Sollen wir es Ihnen einpacken?«, fragte Reece, während ich zum Glück gänzlich verstummt war.

Der Fremde schüttelte den Kopf. »Nein, danke. Es geht so.« Er nahm das Buch und wandte sich zum Gehen. An der Tür blieb er allerdings noch einmal stehen und warf uns über die Schulter hinweg einen kurzen Blick zu. »Schönen Tag Ihnen noch«, verabschiedete er sich. Das Messingglöckchen klingelte und der Fremde verschwand. Sobald die Tür hinter ihm ins Schloss gefallen war, schlug ich die Hände vors Gesicht und stöhnte frustriert auf.

»Oh mein Gott«, raunte ich verzweifelt, während mir Reece tröstend die Hand auf den Rücken legte.

»Beruhige dich. So schlimm war es nicht.«

Mit hochgezogenen Brauen blickte ich sie an. »Soll das ein Witz sein? Es war mehr als schlimm. Ich habe mich gerade wie eine Irre aufgeführt.«

Ich durfte gar nicht daran denken, was ich gerade alles von mir gegeben hatte. Wie schrecklich peinlich!

»Ich weiß, wie du auf andere Gedanken kommst. Es ist gleich Mittag. Lass uns während der Schließzeit ins Diner gehen und etwas essen. Dann wirst du den Typen schnell wieder vergessen.«

Ich seufzte leise auf. »Ich wünschte, du hättest recht. Aber ehrlich gesagt bezweifele ich das.«

»Kommst du trotzdem mit?«

Ich nickte ergeben, aber nur, weil ich einen Bärenhunger hatte.

»Na gut, ich komme mit.«

Reece klopfte mir lächelnd auf die Schulter. »Das wird schon wieder.«

Eine knappe Stunde später wurde mir bewusst, wie falsch Reece gelegen hatte. Nichts wurde besser, und ich konnte meinen Fauxpas nicht vergessen, denn der Auslöser für diesen saß gerade am Tresen und trank einen Kaffee. Als ich den Fremden entdeckte, wollte ich am liebsten sofort kehrtmachen. Aber Reece hielt mich zurück. »Ignorier ihn einfach«, zischte sie mir zu und lotste mich zu einem freien Tisch. Während wir uns setzten, fragte ich mich, wie um alles in der Welt ich das hinbekommen sollte. Mein Blick wurde schließlich wie magisch von ihm angezogen.

»Was darf es denn heute sein?«, fragte Carly, die mittlerweile an unseren Tisch getreten war, um unsere Bestellung aufzunehmen. Reece und ich wählten jeweils einen Burger. Während sich Reece für ein Wasser entschied, orderte ich eine Limonade. Ich brauchte jetzt was mit reichlich Zucker.

Als Carly verschwunden war, raunte mir Reece plötzlich zu: »Ich glaube, er beobachtet dich.«

»Ernsthaft?«, gab ich sofort zurück und konnte meine Aufregung kaum unterdrücken. Aber das musste ich auch nicht, seit meinem peinlichen Auftritt im Laden wusste Reece ja sowieso, was Sache war.

»Wird er merken, wenn ich mich nach ihm umdrehe?«, wollte ich wissen und beherrschte mich nur mühsam.

Reece schaute mich mit hochgezogenen Brauen an. »Klar wird er das. Was denkst du denn?«, erwiderte sie, und ich hielt mich tapfer zurück.

Carly brachte schließlich unsere Getränke und die Burger.

»Was tut er denn jetzt gerade?«, wollte ich von Reece wissen. »Aber verhalte dich bitte unauffällig.«

»So unauffällig wie du vorhin, meinst du?«, fragte Reece schmunzelnd.

»Okay, vergiss, was ich gerade gesagt habe.«

»Schon gut«, lenkte Reece ein. »Ich glaube, er will bezahlen. Ja, genau, er holt eben Geld aus seiner Brieftasche und schiebt es Joe über den Tresen hinweg zu.«

Reece griff nach ihrem Burger. Doch bevor sie hineinbeißen konnte, fragte ich: »Ist er noch da, oder schon gegangen?«

Reece rollte mit den Augen. »Darf ich jetzt vielleicht endlich essen?«

»Ja, gleich. Aber erst musst du mir noch sagen, was er gerade macht.«

»Er zieht seine Jacke an und setzt seine Mütze auf. Verdammt, ich fühle mich wie eine irre Stalkerin«, beschwerte sich Reece, fuhr dann aber fort: »Er steht auf, geht zur Tür, öffnet sie, und schon ist er verschwunden. Darf ich jetzt endlich essen?« Ich nickte.

»Aber sicher. Danke, dass du meine Verrücktheit aushältst«, sagte ich zu Reece, als diese gerade in ihren Burger biss.

»Kein Problem«, murmelte sie kauend. »Ich mag es, wenn du dich ein bisschen chaotisch aufführst. Dann wird uns wenigstens nicht langweilig.«

»Danke«, erwiderte ich schmunzelnd und begann endlich selbst mit dem Essen.

• • •

»Riley, bist du da?«, rief ich ein paar Tage später, als ich am Nachmittag seine Werkstatt betrat und das schwere Tor hinter mir schloss.

Ich zog mir die Mütze vom Kopf, steckte sie in meine Handtasche und rieb dann meine Handflächen aneinander, um mich aufzuwärmen. In der vergangenen Nacht war noch mehr Schnee gefallen und auch jetzt kam stetig neuer hinzu. So wie es aussah, würde der Winter dieses Jahr ziemlich heftig werden. Langsam wurden meine Hände wieder warm und ich blickte mich suchend in der Werkstatt um.

»Riley«, rief ich noch einmal. »Bist du hier?«

Komisch, dass er nicht da war, denn eigentlich waren wir verabredet.

Gerade, als ich mich umdrehen und wieder gehen wollte, schwang das große Tor auf und Riley betrat seine Werkstatt.

Zu meinem Pech war er nicht allein. Mein Puls beschleunigte sich, als ich in ein weiteres Paar bekannter Augen blickte. Der Fremde war bei ihm und schaute mich mindestens genauso überrascht an wie ich ihn. Augenblicklich errötete ich.

»Hey, da bist du ja«, begrüßte mich Riley, und mein Herz klopfte mir vor Aufregung bis zum Hals.

»Ja, ich habe nach dir gerufen. Aber du hast nicht geantwortet«, gab ich zurück.

Für diese Bemerkung hätte ich mich ohrfeigen können. Natürlich hatte er nicht geantwortet, er war ja schließlich nicht hier gewesen. Okay, Michelle, nun konzentrier dich und mach dich nicht wieder zum Affen. Ich musste mich förmlich dazu zwingen, den Fremden nicht weiter anzustarren, und vor allem dazu, vorerst den Mund zu halten.

Riley lächelte. »Jetzt bin ich ja da«, erwiderte er und grinste noch ein bisschen breiter. »Wie wäre es mit einem Kaffee?«, fügte er dann fragend hinzu. Aber ich schüttelte schnell den Kopf.

»Nein, danke. Für mich keinen Kaffee. Wenn du gerade beschäftigt bist, kann ich auch ein anderes Mal wiederkommen«, schlug ich vor.

»Lasst euch durch mich nicht stören«, meldete sich der Fremde zu Wort. »Oder musst du zurück in deinen Laden?«

Riley schaute uns beide fragend an. »Kennt ihr euch bereits?«, hakte er nach.

»Ähm ja, nein«, stammelte ich und bekam vor Verlegenheit knallrote Wangen.

»Wir sind uns schon das eine oder andere Mal über den Weg gelaufen«, erklärte der Fremde, während er die Lippen zu einem leichten Lächeln verzog und dabei mal wieder ziemlich umwerfend aussah. »Allerdings haben wir es noch nicht geschafft, uns vorzustellen«, erklärte er Riley weiter.

Dann machte der Fremde plötzlich einen Schritt auf mich zu und streckte die Hand aus. Zögernd ergriff ich sie.

»Ich bin Tom Sullivan, Rileys Bruder.«

Vor Überraschung klappte mir die Kinnlade runter. Es gab noch einen Bruder? Kane war ich bereits einmal flüchtig begegnet. Dass es noch einen Bruder gab, war mir allerdings neu.

»Michelle«, gab ich verwirrt zurück.

»Schön, dich kennenzulernen«, sagte er und ließ meine Hand viel zu schnell wieder los.

Ich versuchte, mich auf den Grund meines Kommens zurückzubesinnen.

»Am Telefon meintest du, dass meine Kommode fertig wäre«, sagte ich zu Riley, der noch immer neben Tom stand und uns neugierig musterte.

»Klar, komm mit, ich habe sie hier drüben abgestellt.« Erleichtert wandte ich mich von Tom ab und folgte Riley in den hinteren Teil seiner Werkstatt. Endlich konnte ich wieder durchatmen.

»Hier ist sie«, verkündete Riley und blieb neben der Kommode stehen. Ich betrachtete das Möbelstück genauer, strich mit den Händen über das glatte Holz.

»Wow, die ist richtig toll geworden.« Klar, Rileys Möbel hatten einen stolzen Preis. Doch sie waren ihr Geld wert, denn er lieferte stets erstklassige Qualität. Die neue Kommode war nicht das erste Möbelstück, das ich mir von Riley hatte anfertigen lassen.

»Danke«, sagte Riley. »Willst du sie gleich mit nach Hause nehmen?«

»Nein, geht leider nicht. Ich bin nicht mit dem Auto da. Ich wollte nur schon mal einen kurzen Blick drauf werfen. Ich könnte sie morgen abholen«, schlug ich vor.

Riley zuckte kurz mit den Schultern. »Ich kann dir die Kommode auch bringen. Das wäre wirklich kein Problem. Allerdings schaffe ich es heute nicht mehr.«

»Ich kann das für dich erledigen«, sagte Tom plötzlich, der sich mittlerweile zu uns gesellt hatte. Bei dem Gedanken, mit Tom allein in einem Auto zu sitzen, wurde mir schon wieder schrecklich heiß. Ich lockerte meinen Schal.

»Das ist wirklich nicht nötig«, gab ich zurück; dabei schlug mir das Herz bis zum Hals.

Tom musterte mich eingehend und ich wich seinem Blick aus, während Riley abwartend dastand.

»Das ist wirklich kein Problem für mich. Ich mache das gerne«, fügte Tom bekräftigend hinzu und brachte mich mit diesem Angebot in eine wahre Zwickmühle.

»Sollen wir die Kommode auf den Pick-up laden?«, hakte Riley nach. Beide Brüder schauten mich jetzt auffordernd an.

Am liebsten hätte ich abgelehnt. Allerdings wollte ich auch nicht unhöflich sein. Daher nickte ich, und Tom schenkte mir ein kleines Lächeln, das meinen Puls erneut beschleunigte.

»Dann laden wir das gute Stück auf«, sagte Riley, und die beiden machten sich auf den Weg nach draußen.

Seufzend trottete ich hinter den Männern her. Verdammt, in welche Lage hatte ich mich denn nun gebracht?

Als ich die Werkstatt verließ, band ich mir den Schal wieder fester um den Hals und setzte auch meine Strickmütze auf. Ich warf einen kurzen Blick zum wolkenverhangenen Himmel hinauf. Es war das erste Mal an diesem Tag, dass es aufgehört hatte zu schneien. Allerdings waren für heute Abend erneut heftige Schneefälle gemeldet.

Ich schaute dabei zu, wie die beiden die Kommode aufluden und Riley sie dann mit Gurten befestigte, nachdem er sie zum Schutz mit einer dicken Plane abgedeckt hatte. Als er damit fertig war, sprang er von der Ladefläche herunter und Tom schlug die Ladeklappe zu. Reichlich nervös trat ich zu den beiden und versuchte, unbeschwert zu lächeln. Das fiel mir allerdings schrecklich schwer.

Seit meinem peinlichen Auftritt im »Sweet Little Things« wusste ich gar nicht, wie ich mich Tom gegenüber verhalten sollte. Und die traumatischen Erfahrungen aus meiner desaströsen Beziehung mit Dylan machte das Ganze nicht besser. Es war also kein Wunder, dass mich Toms Anwesenheit ziemlich nervös machte.

»Machst du mir die Rechnung fertig?«, fragte ich und schob die Hände in die Taschen meines grauen Wollmantels. Unruhig trat ich von einem Fuß auf den anderen.

Riley nickte. »Mach' ich. Ich lasse sie dir in den nächsten Tagen zukommen.«

»Danke«, gab ich zurück.

»Können wir dann los?«, mischte sich Tom ein und setzte die schwarze Wollmütze auf. »Sonst wachsen mir noch Eiszapfen am Hintern.«

Sein Kommentar brachte mich zum Schmunzeln. »Ja, sicher«, sagte ich dann schnell. Ich verabschiedete mich von Riley und beeilte mich, zur Beifahrertür zu gehen, während Tom sich auf den Fahrersitz fallen ließ und Riley wieder in seiner warmen Werkstatt verschwand. Mit heftig klopfendem Herzen stieg ich ein, schloss die Tür hinter mir und schnallte mich an.

Tom startete den Motor und schaute mich fragend an.

»Was ist denn?«, wollte ich wissen.

»Du musst mir schon sagen, wo ich hinfahren soll. Also, den Weg zu deinem Laden kenne ich. Aber ich nehme an, die Kommode ist nicht dafür bestimmt.«

»Ja, entschuldige. Daran hatte ich gar nicht gedacht. Du musst auf der Hauptstraße links abbiegen und dann bis zur nächsten größeren Kreuzung geradeaus fahren.«

Tom nickte mir zu. »Okay, dann mal los.«

Er fuhr aus Rileys Einfahrt auf die Straße. Nun schwiegen wir beide, nur der vereiste Schnee knirschte unter den Reifen. Atemwölkchen bildeten sich vor unseren Mündern, denn obwohl bereits warme Luft aus dem Gebläse kam, war es immer noch eisig kalt im Auto und ich unterdrückte nur mühsam ein Zittern.

»Gleich wird es besser«, sagte Tom und drehte die Heizung noch ein bisschen höher, während er mir einen kurzen Seitenblick zuwarf und sich gleich darauf wieder auf die Straße konzentrierte. »Hinter dem Sitz liegt übrigens eine Wolldecke.«

»Ähm, was?«, stammelte ich und schaute ihn fragend an. Er lächelte, blickte aber weiterhin auf die Straße.

»Ich sagte, hinter deinem Sitz liegt eine Decke. Nur, falls du dich zudecken möchtest.«

Sehr verlockend, aber der Weg war nicht weit. Daher lehnte ich ab. »Es geht schon. Trotzdem danke.«

Angespannt blickte ich hinaus. Gerade hatte es wieder angefangen zu schneien. Dicke Flocken landeten auf der Windschutzscheibe und Tom schaltete den Scheibenwischer ein.

Wir hielten an einer roten Ampel. Während wir auf die Grünphase warteten, fragte Tom: »Weiterhin geradeaus?«

Gedankenversunken nickte ich. »Ja, geradeaus über die Kreuzung und dann bei der übernächsten Querstraße links abbiegen«, sagte ich und verfiel dann wieder in Schweigen.

»Bist du immer so kurz angebunden?«, fragte Tom nach ein paar Minuten.

Ich atmete tief durch und erwiderte den raschen Blick, den er mir zuwarf, bevor er seine Aufmerksamkeit wieder nach vorne richtete.

Jetzt schon, dachte ich mit einem Anflug von Bitterkeit. In meinem Leben vor Dylan war ich ganz anders gewesen. Redegewandt, lustig, selbstbewusst, fröhlich und gesellig.

Aber dann hatte ich mich drastisch verändert, und dafür war Dylan verantwortlich gewesen. Jetzt fiel es mir schwer, mich auf fremde Menschen einzulassen, Freundschaften zu knüpfen und mich zu öffnen. Umso dankbarer war ich für die Freundschaft mit Reece. Sonst blieb ich lieber allein.

Tom war mittlerweile wieder angefahren. »Okay, du scheinst tatsächlich nicht gerne zu reden«, stellte er fest und riss mich mit seinem Kommentar aus meinen Gedanken.

»Tut mir leid«, erwiderte ich.

Tom lächelte. »Dafür hast du die Angewohnheit, dich dauernd für irgendetwas zu entschuldigen. Wenn du keine Lust auf eine Unterhaltung hast, ist das völlig in Ordnung. Das kannst du ruhig sagen.«

Ich atmete tief durch. Der Fimmel, mich ständig zu entschuldigen, war ein weiteres Souvenir aus meiner Ehe mit Dylan. Komm schon, Michelle, reiß dich endlich zusammen. Ich wollte nicht, dass Tom mich für völlig durchgeknallt hielt. Zumindest nicht durchgeknallter als ohnehin schon.

Der Schneefall war stärker geworden, als ich mich endlich bemühte, ein Gespräch in Gang zu bringen.

»Hast du denn schon damit begonnen, das neue Buch zu lesen?«, fragte ich, und Tom warf mir einen kurzen Seitenblick zu.

»Welches Buch?«, fragte er.

Okay, jetzt war ich wirklich verwirrt. »Die Biografie von Dimitri

Sokolow natürlich. Du hast das Buch bei mir im Laden gekauft. Das kannst du doch unmöglich vergessen haben.«

Tom schüttelte den Kopf. »Natürlich habe ich es nicht vergessen, wofür hältst du mich denn? Aber angefangen zu lesen habe ich noch nicht, und wahrscheinlich werde ich das auch nicht tun. Und da wir gerade von dem Buch reden, muss ich gestehen, dass ich keine Ahnung habe, wer Dimitri Sokolow eigentlich ist.«

Fragend schaute ich ihn an. »Warum hast du das Buch dann gekauft?«

Tom warf mir ein umwerfendes Lächeln zu, ehe er sich wieder voll und ganz aufs Fahren konzentrierte.

»Ich brauchte einfach einen Grund, um zu dir in den Laden zu kommen.«

Tom flirtete jetzt ganz offensiv mit mir, und ich wusste vor Überraschung nicht, wie ich mich verhalten sollte. Ich gab mir Mühe, schnell ein unverfänglicheres Thema anzuschneiden.

»Ich wohne noch nicht lange in Riverside, vielleicht habe ich dich deswegen noch nie in der Stadt gesehen«, versuchte ich es.

»Der Themenwechsel war nicht gerade subtil«, lachte Tom, während er den Wagen sicher über die vereisten und zugeschneiten Straßen steuerte, »aber das macht nichts.«

Langsam wurde es warm im Wagen und ich lehnte mich etwas entspannter im Sitz zurück.

»Ich bin in Montana geboren. In Bozeman, um genauer zu sein. Aber ich lebe seit Jahren in Boston«, erzählte er.

»Warum bist du weggezogen?«

»Ach, anders als meine Brüder wollte ich schon immer in die Großstadt. In Boston habe ich die Polizeischule besucht und bin dortgeblieben.«

»Dann bist du also ein Cop geworden?«, hakte ich nach.

Toms Lächeln verschwand, aber dann nickte er. »Ja, bin ich.« Nach einer kurzen Pause fügte er hinzu: »Oder besser gesagt, ich war es.«

Überrascht blickte ich ihn an.

»Was bedeutet das?«, fragte ich und schob sofort ein »Tut mir leid, ich wollte nicht neugierig sein« hinterher.

Tom lächelte mich kurz an und bog dann nach links ab.

»Jetzt habe ich mich schon wieder entschuldigt«, stellte ich fest.

»Ich wurde vor ein paar Tagen suspendiert«, erzählte er mir unvermittelt.

Es wunderte mich, dass er mir so etwas anvertraute, nachdem wir uns gerade erst kennengelernt hatten. Ich war kurz davor, ihn zu fragen, was der Grund für die Suspendierung war, aber ich hielt mich zurück. Es ging mich wirklich nichts an. Außerdem waren wir gerade in meine Straße eingebogen.

»Es ist das dritte Haus«, sagte ich und ließ das Thema damit fallen, als der Pick-up langsam die Straße entlangrollte.

Tom bog schließlich in meine Einfahrt ein und stoppte gleich darauf den Wagen.

»Da wären wir«, erklärte er und machte die Zündung aus.

Komisch, ich hatte nicht mit ihm allein sein wollen, und jetzt wünschte ich, wir hätten einfach noch ein bisschen mit dem Auto herumfahren können, weil es so schön war, sich mit ihm zu unterhalten.

Als Tom die Tür aufriss, strömte ein Schwall kalter Luft in den Wagen, und ich begann sofort wieder zu frieren. Widerwillig stieg ich ebenfalls aus und ging nach hinten zu Tom, der bereits die Ladeklappe aufgemacht und die Gurte gelöst hatte.

»Soll ich dir helfen?«, fragte ich und verschränkte die Arme schützend vor der Brust.

Tom schaute mich zweifelnd an. »Keine Sorge, das schaffe ich schon. Die Kommode ist nicht besonders schwer. Außerdem siehst du aus, als würdest du gleich erfrieren. Du kannst auch drinnen auf mich warten«, schlug er vor, und ich geriet tatsächlich in Versuchung, dieses Angebot anzunehmen.

Ich versuchte zu lächeln, während ich mich gleichzeitig bemühte, mein Zittern unter Kontrolle zu bringen. »Ehrlich gesagt fühle ich mich gerade wirklich, als würde ich gleich einen Kälteschock erleiden.« Doch ich blieb trotzdem neben dem Auto stehen. »Dann halte ich dir zumindest die Tür auf«, erwiderte ich. Tom nickte und hievte dann die Kommode von der Ladefläche, um sie ins Haus zu tragen. Ich ging voran und Tom stapfte leise schnaufend durch den Schnee hinter mir her.

Auf meiner geschützten Veranda stellte er die Kommode ab und ich schloss schnell die Tür auf. Er zog die Mütze vom Kopf und stopfte sie in seine Jackentasche.

»Wo soll ich das gute Stück denn abstellen?«, wollte er wissen, nachdem er die Kommode wieder angehoben und mein Haus betreten hatte.

»Im Schlafzimmer«, antwortete ich schnell.

Tom schaute mich grinsend an. »Das dachte ich mir. Und lass mich raten – dein Schlafzimmer liegt im Obergeschoss.«

Ich erwiderte sein Lächeln. »Leider ja.«

»Da habe ich ja Glück gehabt«, erwiderte er sarkastisch. »Also, wo geht es lang?«

Ich zeigte Tom den Weg und er wuchtete das Möbelstück die Treppen hinauf.

Als wir endlich in meinem Schlafzimmer ankamen, stellte Tom die Kommode genau dort ab, wo ich sie haben wollte. Stöhnend fuhr er sich durch die Haare, nachdem er sich aufgerichtet hatte.

»Langsam ist das Ding doch ziemlich schwer geworden«, gab er zu.

»Das kann ich mir vorstellen. Vielen Dank fürs Tragen«, erwiderte ich und wusste nicht, was ich noch sagen sollte. Es fühlte sich seltsam an, mit ihm in meinem Schlafzimmer zu stehen. Peinlich berührt starrte ich auf den Boden.

»Dann gehe ich mal wieder«, durchbrach Tom unser Schweigen, und ich blickte fast schon erleichtert zu ihm auf. Seine Anwesenheit verwirrte mich.

»Okay«, erwiderte ich knapp.

Er spürte mein Unbehagen mit Sicherheit. Und schon drehte er sich um, verließ mein Schlafzimmer und ging die Treppe ins Wohnzimmer hinunter. Ich folgte ihm und warf einen kurzen Blick aus dem Fenster. Der Schneefall war heftiger geworden und der Wind wirbelte die Flocken durch die Luft. Irgendwie wollte ich ihn nicht einfach vor die Tür setzen. Er war wirklich nett zu mir gewesen.

»Möchtest du noch etwas trinken? Einen Kaffee vielleicht?«, fragte ich und wusste selbst nicht recht, was ich da eigentlich gerade tat.

Tom hielt inne, schaute mich skeptisch an. »Ernsthaft? Du fragst, ob ich noch bleiben will, dabei könnte ich schwören, dass du mich eben nicht schnell genug loswerden konntest.«

Ich spürte, wie meine Wangen zu glühen begannen.

»Heißt das, dass du nichts trinken willst?«, fragte ich stattdessen und enthielt ihm eine Antwort auf seine Feststellung vor.

»Ich bleibe nur, wenn du es wirklich willst«, erwiderte Tom und trat unruhig von einem Bein aufs andere.

Jetzt war er derjenige, der unsicher war, und seltsamerweise entspannte ich mich bei dieser Erkenntnis.

»Natürlich«, gab ich zurück und lächelte ihn an. »Sonst hätte ich dich kaum gefragt.«

Das schien Tom einzuleuchten, denn er nickte langsam. »Aber du weißt schon, wenn ich bleibe, werde ich mich mit dir unterhalten wollen. Sicher, dass du damit klarkommst?«

Ich grinste ein bisschen breiter. »Wirklich witzig. Bleibst du jetzt auf einen Kaffee oder nicht?«

Tom zögerte kurz, dann sagte er: »Klar, bei dem Wetter jagt man schließlich nicht mal einen Hund vor die Tür.«

Während er sich die dicke Jacke auszog und diese über die Lehne meiner beigen Couch fallen ließ, ging ich in die Küche, um die Getränke zuzubereiten.

»Das stimmt wohl«, rief ich zu ihm hinüber, »aber irgendwann wirst du gehen müssen.«

Er murmelte eine Antwort, die ich leider nicht verstehen konnte. Indes nahm ich zwei Tassen aus dem Schrank und stellte sie unter die beiden Ausgabedüsen meiner Kaffeemaschine. Sekunden später erfüllte aromatischer Kaffeegeruch die Küche.

»Wie trinkst du deinen Kaffee?«, fragte ich Tom, der mittlerweile mit verschränkten Armen im Türrahmen lehnte und mich beobachtete. Seine Anwesenheit machte mich immer noch ziemlich nervös.

»Schwarz, ohne Zucker«, antwortete er und stieß sich vom Türrahmen ab. Langsam kam er auf mich zu und blieb dann vor mir stehen. Mein Herzschlag beschleunigte sich, als ich die Hand ausstreckte und Tom seinen Kaffee reichte. »Für dich«, sagte ich. Seine Hände streiften meine, als er mir den Kaffee aus der Hand nahm, und für einen winzigen Augenblick hielt ich den Atem an. Dann trat er einen kleinen Schritt zurück und ich stieß langsam die Luft wieder aus.

Während ich versuchte, meinen Puls halbwegs unter Kontrolle zu bringen, schaute sich Tom interessiert um.

»Das Haus ist wirklich toll«, sagte er, während er die Tasse an die Lippen führte und einen Schluck trank.

»Ich habe es wegen der schönen Aussicht gekauft. Der Blick von der hinteren Veranda auf die Ausläufer der Rocky Mountains ist unglaublich. Ich habe mich sofort in dieses Haus verliebt.«

Tom ging wieder hinüber ins Wohnzimmer und ich folgte ihm.

»Seit wann genau lebst du in Riverside?«, wollte Tom wissen und ließ sich auf meine Couch sinken. Für einen kurzen Moment zögerte ich, aber dann setzte ich mich zu ihm.

»Ich bin im Frühjahr dieses Jahres hergezogen und habe den Laden eröffnet.«

Tom nickte. »Ich war das letzte Mal vor einer gefühlten Ewigkeit hier. Um genau zu sein, an dem Tag, an dem die Hochzeit meines Bruders geplatzt ist.«

Fragend schaute ich ihn an.

»Ist eine lange Geschichte«, winkte Tom ab. »Damit wollte ich eigentlich nur sagen, dass wir uns wahrscheinlich deshalb nicht schon früher begegnet sind. Dein Laden wäre mir sonst bestimmt aufgefallen. Du wärst mir aufgefallen«, sagte er und checkte meine Reaktion auf dieses Kompliment ab. Ich wusste nicht, was ich darauf antworten oder wie ich reagieren sollte, also versuchte ich, mein Gefühlschaos so gut wie möglich zu überspielen.

»Warum bist du überhaupt aus der Stadt weggegangen? Kane und Riley sind schließlich auch geblieben.«

Tom zuckte kurz mit den Schultern. »Seit ich denken kann, wollte ich Polizist werden. Aber kein Kleinstadtcop. Nein, ich wollte in die Großstadt und die richtig bösen Kerle schnappen.«

Ich stellte meine halbleere Tasse auf den Couchtisch und zog die Beine unter den Po. »Haben das Leben und der Job in der Großstadt deine Erwartungen erfüllt?«, fragte ich und schaute Tom, der in seine Tasse starrte, aufmerksam an.

Zuerst dachte ich, er würde nicht antworten. Aber dann sagte er: »Die Realität hat sich als ziemlich hart herausgestellt. Weitaus härter, als uns irgendjemand auf der Polizeischule hätte beibringen können. Willst du gar nicht wissen, was der Grund für meine Suspendierung gewesen ist?«, fragte er dann plötzlich.

Natürlich war ich neugierig.

»Im Grunde interessiert es mich schon. Du kannst es mir gerne erzählen, aber du musst nicht.«

Tom nickte. »Ehrlich gesagt mag ich nicht darüber reden. Ich will nur, dass du weißt, ich bin in nichts Illegales verwickelt gewesen. Ich bin ein ehrlicher Cop.«

»Keine Sorge. Das hätte ich auch nicht vermutet. Aber irgendetwas Gutes muss das Leben in der Großstadt zu bieten haben, sonst würdest du sicher nicht mehr dort leben.«

Tom musterte mich, und dabei spielte ein umwerfendes Lächeln um seine Mundwinkel, das meinen Herzschlag beschleunigte.

»Schon, aber im Moment habe ich das Gefühl, dass das Leben hier in Riverside um einiges mehr zu bieten hat, als bisher angenommen.«

Angesichts seiner Worte begannen meine Wangen augenblicklich zu glühen. Nervös strich ich mir durch die Haare und stand von der Couch auf. Dabei hätte ich fast meinen Kaffeebecher umgerissen.

Toms Lächeln wurde jetzt breiter, frecher. Meine Verlegenheit schien ihn prächtig zu amüsieren. Ich versuchte, meine Unsicherheit zu überspielen, indem ich den Stier bei den Hörnern packte.

»Flirtest du mit mir?«, fragte ich geradeheraus. Daraufhin erhob sich Tom ebenfalls von der Couch, baute sich vor mir auf und ich musste zwangsläufig den Kopf ein kleines Stückchen heben, um ihm in die Augen sehen zu können.

»Die ganze Zeit über, und ich bringe dich damit wohl ziemlich in Verlegenheit.«

Ich zwang mich, seinen Blicken standzuhalten. Versuchte, die lockere, lustige, unbefangene Michelle aus ihrem Schneckenhaus hervorzulocken. Das war unendlich schwer, aber ich gab mein Bestes.

»Nicht im Geringsten«, behauptete ich.

»Ach ja? Ich glaube, dass dich meine Anwesenheit ganz schön nervös macht. Willst du wissen, woran ich das erkenne?«

Die Nähe zu ihm brachte mich völlig durcheinander.

»Du wirst es mir sicher gleich verraten.«

Mein Brustkorb hob und senkte sich in schnellen Atemzügen.

»Du bekommst nicht nur rote Wangen, wenn du aufgeregt bist, sondern auch ziemlich rote Ohren. Was übrigens total süß ist, und ziemlich anziehend. Das habe ich gestern schon gemerkt, als ich wieder in deinem Laden war.«

Die Spannung zwischen uns schien mir fast greifbar. Sein Lächeln war verführerisch. Mein Blick glitt zu seinem Mund. Verflucht, er brachte mich um den Verstand, und ich wünschte, ich hätte ihn einfach küssen können. Sicher, wir waren uns erst vor Kurzem das erste Mal begegnet, aber das änderte rein gar nichts an der Tatsache, dass ich mich zu ihm hingezogen fühlte wie ein Falter zu Licht. Alles an ihm war geheimnisvoll, sexy und unwiderstehlich. Ich sollte mich abwenden, musste mich ablenken, sonst würde ich wirklich noch versuchen, ihn zu küssen. Aber ich konnte nicht. Sein Blick hielt mich gefangen und ihm war anzusehen, dass er meine Gedanken genau erraten konnte. Sicher sprach mein Blick Bände.

Leise seufzend wandte ich mich von ihm ab. »Möchtest du noch einen Kaffee?«, fragte ich und griff fast schon automatisch nach seiner

Tasse. »Nein. Eigentlich will ich etwas anderes, und das hat rein gar nichts mit Kaffee zu tun.«

Seine Hand schloss sich um meinen Unterarm. Mein Puls raste, als ich zu ihm aufsah. Wie waren wir von einer harmlosen Unterhaltung über ein ernsthaftes Gespräch zu diesem heißen Flirt gekommen? Meine Gedanken überschlugen sich. War Tom nicht die Abwechslung, nach der ich suchte? Obwohl ich bis eben gar nicht gewusst hatte, dass ich überhaupt auf der Suche war. Aber nach dem Desaster mit Dylan sehnte ich mich weiß Gott nach Ablenkung. Und Tom könnte diese Ablenkung sein, und nicht nur das. Sein Blick versprach noch so viel mehr als das.

»Was machst du, wenn ich jetzt versuche, dich zu küssen?«, fragte Tom plötzlich und hielt meinen Blick gefangen. Vorsichtig nahm er mir die Tassen aus der Hand und stellte sie auf dem Couchtisch ab. Mit klopfendem Herzen traute ich mich, ein Stückchen an ihn heranzurücken, und erkannte mich selbst kaum wieder. Wir standen jetzt dicht beieinander, sodass sich mein Pullover und sein Shirt berührten. Und dann fasste ich mir ein Herz und kam ihm noch ein bisschen mehr entgegen. Ich spürte seinen Oberkörper an meiner Brust. Tom neigte den Kopf, beugte sich zu mir herab. Mit einem Kribbeln presste ich mich an ihn und schloss wie von selbst meine Augen. Toms Hände glitten jetzt an meine Taille, wanderten meinen Rücken hinauf, zogen mich an sich. Und ich ließ es zu. Herrje, ich war so verwirrt, er hätte wirklich alles mit mir machen können.

Seine Lippen streiften meine Wangen, glitten hinab zu meinem Mund. Mein Herzschlag setzte aus, sein Geruch vernebelte mein Hirn. Tom war gerade dabei, mir vollkommen den Kopf zu verdrehen.

Ich sehnte mich so sehr danach, ihn zu küssen.

»Wenn du das nicht willst, dann solltest du mich jetzt besser aufhalten«, raunte er an meinem Mund, während seine Lippen verführerisch über meinen schwebten. Es trennten uns nur noch wenige Millimeter. Ich fühlte seinen Kuss fast schon auf meiner Haut, als er plötzlich innehielt.

»Hast du das eben gehört?«, flüsterte er und ich nickte langsam und wich ein kleines Stück zurück. Mir hämmerte das Herz vor Aufregung in der Brust. Und dieses Mal lag es nicht an Toms Anwesenheit.

»Das klang, als würde das Geräusch aus meiner Küche kommen«, wisperte ich zurück.

»Ich gehe nachsehen«, erklärte Tom. Aber bevor er losgehen konnte, packte ich ihn am Arm. Mit hochgezogenen Augenbrauen schaute er mich an. »Ich komme mit«, beschwor ich ihn, und Tom nickte. Ich heftete mich an seine Fersen, als er in meine Küche hinüberging.

Auf dem Boden lag eines der Kräutertöpfchen, die sonst immer auf meinem Fensterbrett standen. Es war zerbrochen, und in einiger Entfernung hockte Tiger, meine Katze, auf dem Boden.

Erleichtert stieß ich den Atem aus und merkte erst jetzt, dass ich die Luft angehalten hatte. Also doch kein Einbrecher, nur meine neugierige Katze.

Ich trat hinter Tom hervor, kniete mich auf den Boden und nahm Tiger in die Arme. Als ich wieder aufstand, schnurrte er und rieb seine kleine weiße Schnauze an meinem Arm.

»Ich wusste nicht, dass du eine Katze hast.«

Lächelnd kraulte ich Tigers Fell, dessen Schnurren lauter wurde.

»Ich habe Tiger aus einem Tierheim in Helena geholt und seitdem weicht er mir nicht von der Seite. Meistens schläft er im Bad. Er liebt die Fußbodenheizung. Und jetzt hast du kleiner Schlingel dich unbemerkt nach unten geschlichen«, flüsterte ich in Tigers Fell.

»Den Blumentopf mag Tiger umgeworfen haben, aber den Brief hat er mit Sicherheit nicht unter der Tür durchgeschoben.« Tom deutete mit einem Nicken auf die Hintertür, die von der Küche aus direkt in den Garten führte. Auf dem walnussbraunen Parkettboden lag ein zusammengefalteter Zettel.

»Ich bin mir ziemlich sicher, dass der vorhin noch nicht dort gelegen hat«, sagte Tom stirnrunzelnd.

Ich entließ Tiger wieder auf den Boden und machte mich daran, die Nachricht aufzuheben.

»Das ist wahrscheinlich nichts Wichtiges«, murmelte ich, während ich den Zettel auseinanderfaltete. Als ich die Nachricht aber las, blieb mir fast das Herz stehen. Die Handschrift kam mir irgendwie vertraut vor.

Du warst gerade kein braves Mädchen. Denk daran, ich beobachte dich immer.

Hastig zerknüllte ich das Briefchen und schob es in die Hosentasche meiner Jeans. Dylan, schoss es mir augenblicklich durch den Kopf. Die Nachricht konnte nur von ihm sein. Mir fiel sonst niemand ein, der auf solch irre Ideen hätte kommen können. Ich kannte nur einen Menschen, der krank genug war, so etwas Verrücktes zu tun.

»Ist alles okay?« Tom machte einen Schritt auf mich zu. Fast hatte ich vergessen, dass er in meiner Küche stand.

»Ja, aber sicher«, gab ich zurück und versuchte, meine Gefühle unter Verschluss zu halten. Brich jetzt nicht zusammen, nicht vor ihm. Zieh Tom nicht mit in deine Probleme hinein. Dylan musste in Riverside sein, sonst hätte er mich nicht beobachten können. Wie lange war er wohl schon hier und spionierte mir nach? Ich würde mich nie wieder sicher fühlen können, zumindest hatte er mir das versprochen. Jetzt schien es, als würde er seine Drohung tatsächlich wahr machen.

Tom blickte mich skeptisch an.

»Es ist wirklich alles in Ordnung«, versuchte ich ihn zu beschwichtigen. Nur ein Werbeflyer«, gab ich lapidar zurück und beförderte das verhasste Zettelchen in den Mülleimer.

Tom blickte mich misstrauisch an. Zu Recht. Denn selbst für mich klang diese Behauptung völlig an den Haaren herbeigezogen.

»Okay, wenn du das sagst. Was ist jetzt mit der weiteren Tasse Kaffee, die du mir vorhin angeboten hast?«

»Den musst du leider woanders trinken.« Ich musste Tom so schnell wie möglich loswerden.

»Mir ist gerade eingefallen, dass ich nachher noch einen wichtigen

Termin habe. Du solltest jetzt besser gehen«, sagte ich und bemühte mich, möglichst ruhig zu bleiben. Aber der Gedanke an Dylan ließ mich nicht los. Er beobachtete mich vielleicht sogar jetzt. Ich musste mich zusammenreißen, um nicht von einer Welle aus Panik, Zorn und Angst überrollt zu werden.

Tom hingegen musterte mich mit wachsamem Blick. Er war ein Cop und er wusste mit Sicherheit, dass ich gerade das Blaue vom Himmel log. Allerdings bohrte er zum Glück nicht weiter nach.

»Gut, wenn ich gehen soll, mache ich das natürlich.«

Einerseits war ich erleichtert, andererseits hatte ich Angst, allein zu bleiben. Würde Dylan so weit gehen und in mein Haus eindringen? Im Grunde traute ich ihm alles zu. Als ich an die Nachricht dachte, lief es mir eiskalt den Rücken hinunter. Zweifellos, Dylan schien zu allem fähig, und deswegen wollte ich auch nicht, dass Tom in die Schusslinie geriet.

Ich schob Tom regelrecht hinaus ins Wohnzimmer, dort drückte ich ihm seine schwarze Jacke und Mütze in die Hand. Dann komplimentierte ich ihn in den Flur und riss die Tür auf. Ich schubste ihn förmlich nach draußen.

Kälte strömte ins Haus und ich verschränkte schützend die Hände vor der Brust. Im Schein der Straßenlaternen tanzten Schneeflocken durch die Luft. Tom zog eilig seine Jacke über und setzte die Mütze auf.

Zögernd blickte er mich an. »Bist du sicher, dass es dir gut geht?« Ich nickte schnell. »Aber natürlich. Es ist alles prima. Danke noch mal für deine Hilfe heute.«

»Kein Problem«, gab Tom zurück und schob dann ein »Wir sehen uns später« hinterher.

»Ja klar, bis später«, und zack knallte ich die Tür vor Toms Nase zu.

Mit pochendem Herzen lehnte ich mich an die geschlossene Tür und machte für einen Moment die Augen zu. Jetzt war ich wieder allein. Mein Brustkorb hob und senkte sich in hastigen Atemzügen. Schließlich öffnete ich die Augen und lief eilig durchs Haus. Ich checkte jedes Zimmer auf offene Fenster und vergewisserte mich, dass wirklich alle

Türen verschlossen waren. Dann zog ich noch die Vorhänge zu und ließ mich auf die Couch fallen. Ich streckte die Beine aus, kuschelte mich in die Kissen und verkroch mich unter meine Lieblingsdecke. Es dauerte nicht lange und Tiger tauchte auf. Schnurrend rieb er sein Köpfchen gegen meinen Arm. Ich drückte ihn an mich, strich ihm liebevoll über sein weiches Fell. Nur mühsam konnte ich meine Tränen zurückhalten, während ich meine Wange an Tigers Fell rieb. Am liebsten hätte ich mich mit ihm zusammen im Haus versteckt.

»Warum kann er mich nicht einfach in Ruhe lassen? Hat er mir denn noch nicht genug wehgetan?«, dachte ich laut und kämpfte gegen die Tränen an.

Und dann musste ich zwangsläufig an Tom denken. Warum hatte ich ihn weggeschickt? Ich wünschte, er wäre jetzt hier und ich könnte mich an ihn lehnen. Zum ersten Mal, seit ich aus Helena weggezogen war, fürchtete ich mich davor, allein zu sein.

Kapitel 4

Tom

Wenn ich nicht schnell genug zurückgewichen wäre, hätte mir Michelle die Haustür mit Sicherheit gegen die Nase geknallt, dachte ich missmutig, als ich durch den frisch gefallenen Schnee zum Auto stapfte.

Michelle hatte es wirklich eilig gehabt, mich loszuwerden. Während ich den Schnee von der Frontscheibe meines Autos wischte, warf ich einen Blick zu Michelles Haus hinüber. Mittlerweile waren alle Vorhänge zugezogen. Im Wohnzimmer aber brannte Licht. Man konnte es durch die Vorhänge scheinen sehen. Ich fragte mich, was sie gerade machte und warum sie vorhin so seltsam reagiert hatte. Ihr eigenartiges Verhalten hatte mit Sicherheit etwas mit dem Briefchen zu tun, das auf einmal in ihrer Küche gelegen hatte. Von wegen ein Werbeflyer. Ich glaubte ihr keine Sekunde. Dass sie mir die Wahrheit verschwieg, war eindeutig gewesen. Die Frage war nur, warum sie es tat. Was hatte auf dem Zettel gestanden, das sie so dermaßen durcheinandergebracht hatte? Mein Blick glitt wie von selbst Richtung Hintertür. Ich war zu neugierig, um dieses Ereignis auf sich beruhen zu lassen, also ging ich um Michelles Haus herum, um mir die Sache genauer anzusehen. Ich entdeckte Fußspuren im Schnee. Allerdings waren die schon fast komplett zugeschneit und fielen nur auf, wenn man ganz genau hinsah. Nachdenklich blieb ich stehen und bückte mich dann, um sie unter die Lupe zu nehmen. Ich tippte auf einen Männerschuh, wenn man die Größe und das derbe Profil berücksichtigte. Oder der Abdruck gehörte zu einer Frau mit wirklich großen Füßen, dachte ich und richtete mich wieder auf. Was tat ich hier eigentlich? Ich sollte lieber in mein Auto steigen und ins Hotel fahren, anstatt Michelle nachzuspionieren. Schließlich hatte sie mich darum gebeten, zu gehen, und das sollte ich auch endlich tun.

Vielleicht war es ja wirklich nur ein Werbeflyer gewesen und die ganze Sache vollkommen harmlos, dachte ich, als ich zu meinem Auto zurückging.

Aber da war diese innere Stimme, die flüsterte: Was, wenn nicht?

Ich warf abermals einen Blick auf Michelles Haus, das Licht im Wohnzimmer schimmerte noch immer durch die zugezogenen Vorhänge.

Am liebsten wäre ich zurückgegangen, um mich davon zu überzeugen, dass es ihr gutging. Dass sie sich wieder gefangen und beruhigt hatte. Aber ich wollte ihr auch nicht auf die Pelle rücken. Schließlich hat sie mich gerade buchstäblich aus ihrem Haus geworfen, und das, obwohl wir uns ein paar Minuten vorher fast geküsst hätten.

Und weil ich ihr nicht zu nahe treten wollte, stieg ich schließlich in mein Auto, startete den Motor und legte den Rückwärtsgang ein. Dann setzte ich aus der Einfahrt zurück und machte mich auf den Weg zum Hotel.

Gerade, als ich auf den Hotelparkplatz einbog, klingelte mein Handy. Ich warf einen kurzen Blick aufs Display. Es war Riley. Ich steuerte den Wagen in eine Parklücke und ging ran.

»Hey, was gibt es denn?«, fragte ich und schaltete den Motor meines Wagens aus.

»Hast du Lust, auf einen Absacker in die Bar zu gehen? Ich habe mit Kane gesprochen. Wenn es das Wetter zulässt, kommt er auch«, schlug er vor, und ich dachte kurz über Rileys Angebot nach. Es war noch früher Abend und wenn ich jetzt auf mein Zimmer ging, blieb mir nur vor der Glotze abzuhängen, und darauf hatte ich nicht die geringste Lust.

Daher fragte ich: »Wann soll ich dort sein?«

Als ich später am Abend das Diner betrat, saßen Riley und Kane schon an einem Tisch und warteten auf mich.

»Wird Zeit, dass du endlich auftauchst«, sagte Riley und grinste. »Wir dachten schon, du hättest dich auf dem Weg hierher verfahren«, fügte Kane hinzu und grinste mindestens ebenso breit wie Riley.

»Ja, zwei echte Witzbolde seid ihr.«

Ich setzte mich zu den beiden und Kane schob mir ein Bier zu, das die beiden schon für mich bestellt hatten.

»Danke«, sagte ich und nahm die Flasche entgegen.

Ich trank einen Schluck und stellte sie dann auf den Tisch zurück. Das Bier war alkoholfrei, was auch gut so war, schließlich musste ich noch fahren, und mir war es ohnehin lieber, einen klaren Kopf zu bewahren.

»Ist die Kommode heil bei Michelle angekommen?«, fragte Riley und nahm ebenfalls einen Schluck von seinem Bier.

Ich rollte mit den Augen. »Aber sicher, ich werde es doch wohl schaffen, einen Schrank zu transportieren und ins Haus zu tragen. Keine Sorge, Michelle war vollkommen zufrieden.«

Kanes Grinsen reichte nun von einem Ohr zum anderen. »Mit deinen Qualitäten als Möbelpacker, oder konntest du sie auch von deinen anderen Vorzügen überzeugen?«, fragte er geradeheraus.

Zwangsläufig musste ich an den Kuss denken, oder besser gesagt daran, dass wir uns fast geküsst hätten.

»Hör schon auf mit dem Blödsinn. Ich habe lediglich die Kommode zu ihr nach Hause gefahren und ins Haus gebracht. Das war alles«, gab ich zurück und ignorierte Kanes und Rileys Grinsen geflissentlich. Was dachten sich die beiden eigentlich? Schließlich hatten Michelle und ich uns erst vor Kurzem kennengelernt.

Und trotzdem fühlte es sich vollkommen vertraut zwischen uns an. Zumindest bis zu dem Zeitpunkt, als dieser verdammte Brief aufgetaucht war. Ich hatte mir deswegen keinen Kopf mehr machen wollen, und doch dachte ich schon wieder darüber nach.

»Wo wir gerade von Michelle sprechen – da ist sie auch schon«, sagte

Kane plötzlich und riss mich aus meinen Gedanken. Verwundert blickte ich auf. Er hatte recht. Michelle stand mitten in der Bar. Unsere Blicke begegneten sich. Für einen Moment dachte ich schon, sie würde mich vollkommen ignorieren, aber dann lächelte sie, wenn auch nur flüchtig, in meine Richtung, bevor sie sich abwandte und sich zu vier anderen Leuten an einen Tisch setzte.

Während Riley und Kane eine Unterhaltung anfingen, huschte mein Blick immer wieder zu Michelle, die sich lebhaft mit der Gruppe unterhielt.

»Hörst du uns überhaupt zu?«, vernahm ich Rileys Stimme und schaute perplex zu ihm.

»Klar.«

»Okay, hör schon auf, uns etwas vorzumachen. Seit Michelle aufgetaucht ist, hast du nur noch Augen für sie.«

Da die beiden mich sowieso durchschaut hatten, konnte ich ebenso gut fragen: »Wer sind die Leute, mit denen sie sich unterhält?«

Kane zuckte ahnungslos mit den Schultern, und als Riley gerade den Mund aufmachen wollte, um etwas zu sagen, schwang die Tür der Bar auf und seine Schwiegermutter Maureen betrat lautstark plappernd das Lokal.

Riley konnte sich ein kleines Grinsen nicht verkneifen. Maureen schien mal wieder in Bestform zu sein. Im Schlepptau hatte sie ihre beste Freundin Selma. Ich kannte die beiden von Kanes geplatzter Hochzeit. Als die beiden uns entdeckten, steuerten sie auf uns zu.

Riley begrüßte Maureen mit einer kurzen Umarmung, während Kane und ich Maureen und Selma lediglich die Hand reichten.

»Weißt du, mit wem Michelle dort drüben am Tisch sitzt?«, fragte Riley, und Maureen warf ihm sofort einen fragenden Blick zu.

»Du hast hoffentlich kein Auge auf die Kleine geworfen«, sagte sie streng und Riley schüttelte sofort den Kopf.

»Quatsch, wo denkst du hin. Tom dagegen ...«, gab Riley zurück und ich hätte ihn ohrfeigen können.

Wenn Siennas Mom Bescheid wusste, hätte ich mich auch gleich auf den Marktplatz stellen und es laut herausbrüllen können.

Als ob Maureen meine Gedanken gelesen hätte, sagte sie plötzlich: »Keine Sorge, mein Kleiner, dein Geheimnis ist bei uns gut aufgehoben.« Sie zwinkerte mir verschwörerisch zu, ich allerdings hatte daran meine Zweifel.

Maureen erklärte im Nu, wer wer war, und ich erfuhr auch, dass sie sich wegen der Vorbereitungen für eine Schulaufführung trafen. Dass Michelle in der Theatergruppe war, überraschte mich. Aber warum eigentlich, schließlich kannten wir uns kaum. Als Maureen fertig war, musste sie noch einen ungebetenen Rat loswerden. »Michelle ist wirklich nett, verdirb es dir nicht mit ihr«, riet sie mir abschließend.

»Ich werde mir Mühe geben«, versprach ich und hatte irgendwie das Gefühl, dass es dabei aber auch bleiben würde. Denn so wie es schien, ließ Michelle niemanden an sich heran.

»So«, begann Maureen, »Selma und ich gehen jetzt erst einmal was trinken. Wir haben nämlich etwas zu feiern.«

»Ach ja, was denn?«, fragte Riley.

Maureen und Selma gaben sich geheimnisvoll. »Wir können noch keine Details verraten. Nur so viel – das wird der Knüller.«

Riley verzog die Lippen zu einem breiten Grinsen.

»Sienna wird sicher begeistert sein, wenn du sie in eure Pläne einweihst«, erwiderte er und konnte sich ein Lachen kaum noch verkneifen.

Maureen und ihre abgedrehten Geschäftsideen. Mittlerweile war sogar ich darüber informiert, und dabei lebte ich noch nicht einmal in Riverside. Aber Sienna war sehr gesprächig gewesen.

Nachdem Maureen und Selma verschwunden waren, nahmen Riley, Kane und ich unser Gespräch wieder auf. So sehr ich auch versuchte, der Unterhaltung zu folgen, so sehr wurde ich immer wieder abgelenkt. Mein Blick glitt wie von selbst zu Michelle hinüber und ich konnte nicht aufhören, sie anzuschauen.

»Ich habe genug, ich fahre jetzt nach Hause«, riss mich Kane aus meinen Gedanken und ich eiste notgedrungen meinen Blick von Michelle los.

»Jetzt schon?«, murmelte ich und Kane blickte mich mit hochgezogenen Augenbrauen an.

»Schon? Wir sitzen hier seit über einer Stunde. Zeit, die Riley und ich damit verbracht haben, uns zu unterhalten, und du, Michelle anzustarren. Ja, ich würde dir gerne noch dabei Gesellschaft leisten, aber Sam wartet auf mich, und mit ihr Zeit zu verbringen ist ehrlich gesagt verlockender, als mit dir stummem Fisch abzuhängen. Nehmt es mir nicht übel, aber ich verschwinde jetzt. Wir können das ja wiederholen, wenn du wieder mehr bei der Sache bist«, schlug Kane an mich gewandt vor.

Riley nickte zustimmend und mir war es auch recht. »Gute Idee«, meinte er und fügte dann hinzu: »Ich sollte auch endlich nach Hause gehen.«

Nachdem wir ausgetrunken hatten, machten wir uns auf den Weg. Während wir an den vollbesetzten Tischen vorbeigingen, kam ich nicht umhin, noch einmal in Michelles Richtung zu sehen. Auch sie schaute mich an. Unsere Blicke begegneten sich, und dann verzog sie ihre vollen Lippen zu einem kleinen Lächeln. Ein Lächeln, das meinen Herzschlag um einige Takte beschleunigte. Am liebsten wäre ich noch geblieben und hätte mit ihr gesprochen. Ich wollte wissen, ob alles in Ordnung war. Wo sie sich vorhin so seltsam benommen hatte. Aber dazu bekam ich leider keine Chance. Nicht, solange Michelle an diesem Tisch saß. Das Einzige, was mich beruhigte, war, dass sie sich scheinbar wieder gefangen hatte. Sonst wäre sie wohl kaum hier. Also verließ ich hinter Riley und Kane die Bar, um ins Hotel zurückzufahren.

Kapitel 5

Michelle

Es war erst halb sieben am Morgen, als ich in meiner Küche stand und mir Kaffee in eine Tasse goss. Während ich trank, lehnte ich an der Küchenzeile und schaute zum Fenster hinaus. Dunkle Wolken zogen am grauen Himmel entlang. Es war noch duster, aber ganz langsam kroch das erste Licht des Tages am Horizont empor. Irgendwann in der Nacht hatte es aufgehört zu schneien und der Wetterbericht hatte für heute auch keine neuen Schneefälle vorhergesagt.

Letzte Nacht hatte ich furchtbar geschlafen. Die meiste Zeit hatte ich mich nur unruhig im Bett hin und her gewälzt. Doch ich fand nicht in den Schlaf. Stattdessen spukte mir der Wortlaut der Nachricht immer wieder durch den Kopf. *Du warst gerade kein braves Mädchen. Denk daran, ich beobachte dich immer.*

Ich war mir sicher, dass Dylan den Brief geschrieben und unter der Hintertür durchgeschoben hatte. Von wem sollte die Nachricht sonst sein? Über diese Frage hatte ich beinahe die gesamte vergangene Nacht nachgedacht, doch mir war partout niemand außer meinem Ex-Mann eingefallen, der zu solch einem Verhalten fähig gewesen wäre.

Das bedeutete, Dylan musste nach Riverside gekommen sein. Bis jetzt hatte ich ihn noch nicht gesehen. Aber der Wortlaut der Nachricht war eindeutig. Er hatte mich beobachtet, und nicht nur mich, sondern auch Tom. Er hatte uns beiden zugesehen. Wo er sich versteckt haben mochte? Im Garten gab es ein Dutzend Orte, die bestens dafür geeignet waren. Offensichtlich war ihm nicht entgangen, wie nahe Tom und ich uns in meinem Wohnzimmer gekommen waren und dass wir uns fast geküsst hätten. Ich dachte an Tom und wie wohl ich mich bei ihm gefühlt hatte. Doch dann hatten wir den Brief entdeckt und schon hatte mich meine Vergangenheit wieder eingeholt und es geschafft, meine Gegenwart zunichtezumachen.

Seufzend wandte ich mich vom Fenster ab und räumte meinen leeren Kaffeebecher in die Spülmaschine.

Während ich hinüber ins Wohnzimmer ging und das Licht ausmachte, dachte ich, dass es wirklich besser war, Tom nicht in meine Probleme mit hineinzuziehen. Es war richtig gewesen, ihn wegzuschicken. Auch, wenn es das Letzte gewesen war, was ich in diesem Augenblick gewollt hatte. Aber ich kannte Dylan sehr genau und er war zu fast allem fähig, das wusste ich, denn ich hatte es oft genug am eigenen Leib erfahren müssen. Es hatte Momente in unserer Ehe gegeben, da hatte ich das Gefühl, Dylan würde vor nichts und niemandem zurückschrecken. Was würde er tun, wenn ich zuließe, dass sich zwischen Tom und mir mehr entwickelte? Das Risiko, es herauszufinden, wollte ich lieber nicht eingehen. Es fiel mir schwer, aber letztendlich wusste ich, dass es besser war, für uns beide.

Im Flur zog ich mir Mantel, Schal, Mütze und Handschuhe an und dachte einmal mehr, wie sehr ich mich doch geirrt hatte. Am Tag meiner Scheidung hatte ich das Gefühl gehabt, mich endlich von Dylan befreit zu haben. Doch nun belehrte er mich, wie damals angekündigt, eines Besseren. Als ich Dylan das letzte Mal begegnet war, sagte er zu mir, dass er mich niemals in Ruhe lassen würde, und egal, wo ich auch hinginge, er würde mich überall finden, das schwor er mir, und daran würde auch die einstweilige Verfügung nichts ändern, die ich gegen ihn erwirkt hatte.

Nun bekam ich ihn nicht mehr aus meinem Kopf. Immer wieder blickte ich mich suchend um und fragte mich, ob er gerade in meiner Nähe war und mich beobachtete. Nicht einmal mehr in meinen eigenen vier Wänden fühlte ich mich sicher, dafür hatte der Mistkerl mit der anonymen Nachricht gesorgt. Ich hasste Dylan aus tiefstem Herzen und fragte mich verzweifelt: Warum tut er mir das an?

Gestern Abend war ich drauf und dran gewesen, das Treffen mit der Theatergruppe in der Bar abzusagen. Ich wollte mich nur noch zu Hause verschanzen, aus Furcht, ihm wieder gegenüberzustehen. Aber dann war mir klar geworden, dass er genau das bezweckte. Er wollte mir Angst machen und zerstören, was ich mir so mühsam in Riverside aufgebaut hatte.

Aber ich hatte keine Lust, mir mein Leben noch mal kaputt machen zu lassen. Er würde mir meine Freiheit nicht nehmen. Also war ich aufgestanden, hatte mir meinen Mantel geschnappt und war trotzig zum Treffen gefahren. Schlimm genug, dass er den Moment mit Tom ruiniert hatte. Umso weniger wollte ich zulassen, dass Dylan am Ende gewann. Tom in der Bar zu treffen, hatte mir allerdings einen kleinen Stich ins Herz versetzt. Ich spürte, dass er mich immer wieder nachdenklich angeschaut hatte. Was dachte er wohl über mich? Dass ich verrückt war, vermutlich.

Schließlich schnappte ich mir meine Tasche und verließ das Haus. Neben meinem Auto blieb ich stehen. Es war komplett eingeschneit. Ein Blick auf die Uhr sagte mir, dass ich es nicht schaffen würde, meinen Wagen von Eis und Schnee zu befreien und dann noch rechtzeitig den Laden zu öffnen. Also entschied ich mich auch heute Morgen dafür, zu Fuß zu gehen. Schließlich war es nicht besonders weit und das Wetter eigentlich auch zu schön, um mit dem Auto zu fahren, denn mittlerweile kämpfte sich die Sonne durch die dichten Wolken.

• • •

»Was ist heute mit dir los?«

Reece' Frage ließ mich zusammenzucken und ich eiste meinen Blick schnell vom Fenster los.

Ich überlegte kurz, ob ich Reece von Dylans Brief erzählen sollte, oder zumindest, dass ich den Verdacht hatte, er könnte ihn geschrieben haben, oder ob ich die Sache lieber für mich behielt. Allerdings war Reece meine beste Freundin, und wenn ich mit ihr nicht über meine Probleme reden konnte, mit wem dann? Meine Eltern und meine Schwester wohnten zu weit weg, in Helena, und ich wollte sowieso nicht, dass sie sich unnötig Sorgen um mich machten.

Reece legte mir beruhigend die Hand auf den Rücken. »Komm schon, Michelle. Erzähl, was mit dir los ist.«

Über meine Scheidung und die Gründe dafür wusste Reece längst Bescheid. Also musste ich mich nicht mit Erklärungen zu meiner Vergangenheit aufhalten.

»Ich glaube, Dylan ist in Riverside.«

Reece starrte mich aus großen Augen an. »Warum denkst du das?«, wollte sie sofort wissen.

»Gestern Nachmittag habe ich eine Nachricht gefunden, die unter der Küchentür durchgeschoben wurde. Oder besser gesagt, Tom hat sie gefunden.«

Reece' Augen wurden immer größer. »Tom? Wer zum Teufel ist Tom?«

Richtig, Reece wusste ja noch gar nichts von ihm.

»Tom ist der gut aussehende Fremde, der letztens im Laden war. Und du wirst es nicht glauben – er ist übrigens Riley und Kane Sullivans Bruder.«

»Wow, damit hatte ich nicht gerechnet. Ich wusste nicht, dass es noch einen dritten Bruder gibt.«

Ich zuckte kurz mit den Schultern. »Ich auch nicht. Jedenfalls sind wir uns durch Zufall in Rileys Werkstatt begegnet und Tom hat die Kommode, die ich bei seinem Bruder in Auftrag gegeben hatte, zu mir nach Hause gefahren. Und dort haben wir in der Küche den Brief gefunden.«

Reece nickte und musste das Gesagte erst mal sacken lassen.

»Und was stand drin?«, wollte sie jetzt wissen.

Ich atmete tief durch und dann wiederholte ich den genauen Wortlaut.

»Oh Gott, das ist ja schrecklich! Und du denkst wirklich, dass es Dylan war? Hast du ihn denn gesehen?«

»Nein, habe ich nicht«, gab ich zu und begann damit, unruhig im Laden auf und ab zu laufen. »Aber wer sollte es sonst gewesen sein, wenn nicht er?«

Reece überlegte kurz, musste dann aber ratlos verneinen. »Ehrlich gesagt fällt mir da auch niemand ein.«

»Hast du Tom von Dylan erzählt und davon, was in dem Brief stand?«

Energisch schüttelte ich den Kopf. »Nein, und das werde ich auch nicht tun. Ich denke, es ist besser, er weiß nichts davon.«

Reece schaute mich nachdenklich an. »Wenn du meinst. Ich an deiner Stelle würde ihm davon erzählen.«

»Du verstehst das nicht«, platzte ich heraus. »Gestern, bei mir zu Hause, hätten wir uns fast geküsst. Keine Ahnung, wie es überhaupt dazu kommen konnte. Aber es wäre tatsächlich beinahe passiert. Ich weiß, es hört sich komplett verrückt an, aber ich habe mich Tom in diesem Moment unheimlich nah gefühlt. Alles schien so vertraut, obwohl wir uns noch gar nicht lange kennen.«

Reece schüttelte den Kopf. »Nein, das hört sich gar nicht verrückt an. Eher total schön. Du solltest froh sein, jemanden getroffen zu haben, in dessen Nähe du so etwas fühlst, und ich finde, gerade deshalb solltest du mit ihm darüber reden.«

»Nein, das geht einfach nicht«, erwiderte ich. »Ich habe dir doch erzählt, was auf dem Zettel stand. Er beobachtet mich, und das bedeutet, dass er auch Tom beobachtet. Was, wenn er ihm etwas antut?«

»Traust du das Dylan wirklich zu? Ich meine, klar, er ist ein Mistkerl. Aber denkst du, er würde so weit gehen? Und wenn doch, gehe ich davon aus, dass Tom sehr gut in der Lage ist, selbst auf sich aufzupassen. Guck dir den Kerl doch mal an. Er ist groß, stark, und ich sage dir, Dylan hätte nicht den Hauch einer Chance gegen ihn. Wenn Tom wirklich Interesse an dir hat, dann lass es dir von Dylan nicht kaputt machen«, riet sie mir abschließend.

Laut seufzend erwiderte ich: »Ich fürchte, das ist schon passiert. Nachdem ich Tom gestern regelrecht aus meinem Haus geworfen habe, wird er wohl kaum noch etwas mit mir zu tun haben wollen.«

»Ich kenne ihn zwar nicht, aber mein Gefühl sagt mir, dass er ganz anders reagieren würde, als du glaubst. Männer sind da nicht so leicht zu kränken. Denk noch einmal darüber nach, vielleicht überlegst du es dir ja und sprichst doch mit ihm.«

Bevor ich Reece antworten konnte, läutete das Telefon im Laden und ich zuckte zusammen.

Genervt schüttelte ich den Kopf. »Jetzt erschrecke ich mich schon, nur weil das Telefon klingelt. Verdammter Dylan.«

Eilig lief ich zum Tresen, um das Gespräch anzunehmen.

»*Sweet Little Things*. Michelle am Telefon. Wie kann ich Ihnen weiterhelfen?«

»Sehr professionell, Schwesterchen.«

»Hey, Stella, toll, dass du anrufst«, freute ich mich.

»Ja, ich habe es schon bei dir zu Hause probiert, dich dort aber nicht erreicht. Also dachte ich, ich versuche es einfach im Laden.«

Die Stimme meiner Schwester zu hören, bescherte mir sofort bessere Laune. Jetzt merkte ich auch wieder, wie sehr ich Stella vermisste und es mir fehlte, mich mit ihr zu unterhalten.

»Ich rufe eigentlich nur an, um zu hören, ob es bei deinem Besuch bleibt?«

»Auf jeden Fall. Allerdings kann ich doch nicht so lange bleiben, wie ich anfangs dachte. Das Weihnachtsgeschäft ist einfach zu wichtig für uns, als dass ich den Laden mehrere Tage schließen könnte. Während ich bei euch bin, schmeißt Reece das Geschäft allein.«

»Okay, das kann ich natürlich verstehen. Wir freuen uns einfach, dass du kommst. Ich habe vor, mich mit dir ins Weihnachtsgetümmel zu stürzen. Du wirst es nicht glauben, aber ich habe noch kein einziges Geschenk besorgt. Das will ich nämlich mit dir zusammen machen.«

Ich lächelte. »Du weißt doch, dass ich nicht gerne einkaufen gehe. Aber ich freue mich trotzdem darauf, den Tag mit dir zu verbringen.

Lass uns mal wieder einen richtigen Frauennachmittag machen«, schlug ich vor. »Kommt Mom auch mit?«

»Ja, tut sie«, gab Stella zurück. »Sie freut sich mindestens genauso sehr darauf, dich zu sehen, wie ich.«

»Das ist toll. Ich freue mich auch auf euch. Hast du in letzter Zeit etwas von unserem kleinen Bruder gehört? Ich würde zu gerne wissen, wie es ihm geht«, sagte ich, und fügte dann hinzu: »Ich habe versucht, ihn zu erreichen, aber die Internetverbindung war ziemlich miserabel.«

»Nein, leider nicht. Das letzte Mal, dass ich mit Josh gesprochen habe, ist schon eine Weile her. Aber ich weiß sicher, dass Mom und Dad vor zwei oder drei Tagen mit ihm Kontakt hatten. Die beiden sagten, dass es ihm gut geht.«

Erleichtert atmete ich auf. »Arbeitet er noch in dem provisorischen Krankenhaus im Jemen?«, wollte ich wissen.

»Nein«, entgegnete Stella. »Er hilft jetzt bei einem neuen Projekt für Ärzte ohne Grenzen. Soweit ich weiß, ist er seit mindestens einer Woche schon im Sudan.«

»Ich wünschte, er würde endlich zurück nach Montana kommen«, seufzte ich, weil ich mir oft Sorgen um meinen Bruder machte.

»Das wünschte ich auch. Aber du kennst doch Josh. Er ist mit Leib und Seele Arzt, und er hilft eben, wo er kann.«

»Ja, ich weiß. Dann wird er Weihnachten sicher nicht bei euch in Helena verbringen.«

»Nein, das wird er nicht. Mom und Dad waren ziemlich traurig deswegen. Aber die beiden verstehen das natürlich. Kommst du an Weihnachten nach Hause?«, fragte Stella, und mich packte sofort das schlechte Gewissen.

»Ich fürchte, ich schaffe es diesmal nicht. Ich habe mit dem Laden einfach zu viel um die Ohren. Glaubst du, Mom und Dad werden sauer sein?«

Stella überlegte. »Ach Quatsch, ein bisschen traurig vielleicht, aber überlass das nur mir. Ich muss jetzt leider auflegen. Die Arbeit ruft. Melde dich noch mal, bevor du kommst«, bat sie abschließend.

»Kein Problem. Dann sehen wir uns ja bald.«

»Ja, genau. Wir sehen uns bald. Und bitte richte Reece liebe Grüße von mir aus.«

»Mach ich«, gab ich zurück. »Und du sagst Mom und Dad liebe Grüße von mir, und Josh natürlich, falls du ihn noch mal am Telefon erwischen solltest.«

»Geht klar. Bis bald, Michelle.«

»Ich soll dir von Stella liebe Grüße ausrichten«, sagte ich zu Reece, nachdem ich aufgelegt hatte und mich endlich an die Arbeit begab.

»Während deiner Abwesenheit brauchst du dir keine Sorgen um den Laden zu machen. Ich kümmere mich schon um alles.«

Ich schenkte meiner besten Freundin ein Lächeln. »Das weiß ich doch. Du bist einer der wenigen Menschen, auf die ich mich zu hundert Prozent verlassen kann.«

Das Messingglöckchen kündigte einen Kunden an. Betty Jackson marschierte in den Laden und begrüßte uns mit einem freundlichen »Guten Tag, meine Lieben.«

Reece lächelte die alte Dame an und fragte dann: »Also, Betty, wie können wir behilflich sein?«

»Ich brauche meine Rätselzeitschriften. Heute müssten die neuen Ausgaben zu haben sein.«

Reece warf mir einen fragenden Blick zu. »Ja, sind sie auch. Die Zeitungen waren bei der heutigen Lieferung dabei«, erklärte ich, und Reece trat mit Betty im Schlepptau ans Zeitungsregal.

»Ich gehe nach draußen und fange endlich an, die Lichterketten aufzuhängen.«

Reece warf mir einen kurzen Blick über die Schulter hinweg zu. »Ja, mach das. Ich helfe Betty in der Zwischenzeit mit den Zeitschriften.«

Während Reece mit Betty beschäftigt war, schleppte ich den Karton mit den Lichterketten und die Leiter hinaus, um endlich an die Arbeit zu gehen. Als ich den Karton öffnete, stieß ich einen lauten Seufzer aus. Die Lichterkette war komplett verknotet. Missmutig bückte ich mich und versuchte, dem Chaos Herr zu werden. Als ich es endlich geschafft hatte, wenigstens einen Teil der Kette zu entwirren, klappte ich die Leiter auf, stieg die Stufen nach oben und fing damit an, die Lichterkette zu befestigen.

»Brauchst du Hilfe?«, fragte plötzlich eine Stimme hinter mir. Ich zuckte zusammen und bekam einen solchen Schreck, dass ich fast von der Leiter gefallen wäre. Ich konnte mich gerade noch festhalten. Mit heftig klopfendem Herzen drehte ich mich um. Mason schaute zu mir auf. Er hatte seine dunkelblaue Strickmütze tief in die Stirn gezogen und den Mantelkragen hochgeschlagen, um sich vor dem kalten Wind zu schützen.

Ich erholte mich allmählich von dem Schreck. Es ist nur Mason, sagte ich mir immer wieder und atmete tief durch. Ständig befürchtete ich, Dylan könnte auftauchen. Es war nur eine Frage der Zeit, bis er mir über den Weg lief. Im Moment fühlte ich mich wie ein Mäuschen, das in seinem Loch hockte und sich nicht hinaus traute, weil es genau wusste, dass die große böse Katze davor lauerte. Das musste unbedingt aufhören.

»Danke der Nachfrage, aber nein, ich schaffe das schon«, lehnte ich Masons Angebot ab.

Mit einem Nicken wies ich auf den Teil der Lichterkette, den ich bereits angebracht hatte.

»Wie findest du es?«, fragte ich.

Mason lächelte. »Sieht gut aus. Wenn du fertig bist, sieht es bestimmt noch besser aus.«

»Das hoffe ich. Was hast du denn da überhaupt?«, fragte ich und deutete auf die Zeitung, die er in der Hand hielt. »Kaufst du deine Lektüre jetzt etwa bei der Konkurrenz?«, fügte ich scherzhaft hinzu.

Mason schüttelte sofort den Kopf. »Nein, natürlich nicht«, gab er schnell zurück, und ich lächelte angesichts seiner augenscheinlichen Verlegenheit.

»Das war doch nur ein Witz«, versicherte ich ihm und stieg von der Leiter herunter.

Mason schien erleichtert. Ich ging in den Laden zurück und er folgte mir. Mason nahm eine der aktuellen Tageszeitungen aus dem Regal und kam dann zu mir an den Tresen, um dafür zu bezahlen. »Sieht aus, als könntest du nicht genug bekommen«, bemerkte ich, als Mason vor mir stehen blieb.

»Ich bin eben gerne informiert. Du siehst übrigens ziemlich erschöpft aus«, merkte Mason an, als er die Zeitung einpackte, und erinnerte mich unwissentlich an die vergangene Nacht, in der ich kein Auge zugetan hatte. Ich warf einen Blick zu Reece hinüber. Aber sie war noch mit einem anderen Kunden beschäftigt.

»Ich habe nicht besonders geschlafen. Aber es geht mir gut«, behauptete ich. Ich würde ihm bestimmt nicht von dem Brief geschweige denn von den Albträumen, die mich nun wieder quälten, erzählen.

Mason sah mich zweifelnd an. »So siehst du aber wirklich nicht aus«, beharrte er und ging mir mit seinem Gerede langsam aber sicher ziemlich auf die Nerven.

»Danke für das nette Kompliment«, gab ich sarkastisch zurück und reichte Mason sein Wechselgeld.

»So war das nicht gemeint«, stammelte er. Aber ich winkte lässig ab. »Lass nur«, sagte ich knapp. »Ich mache jetzt draußen weiter. Ich sollte endlich die Lichterketten fertig aufhängen.«

»Wenn du Hilfe benötigst –«, setzte Mason erneut an, aber ich unterbrach ihn schnell. »Tue ich nicht«, sagte ich, um ihn nicht auf dumme Ideen zu bringen.

»Gut, dann gehe ich jetzt. Aber falls du es dir anders überlegst, kannst du dich bei mir melden. Du weißt ja, wie du mich erreichen kannst.«

Mit Müh und Not unterdrückte ich ein genervtes Stöhnen. Hatte Mason denn nichts anderes zu tun?

Dann verschwand er endlich und ich folgte ihm nach draußen, um wieder auf die Leiter zu steigen und die Girlanden und Lichterketten anzubringen. Der kalte Wind pfiff mir um die Nase und ich fröstelte leicht.

»Guten Morgen, Michelle«, grüßte Ruth Henderson, die auf dem Gehweg vorbeilief.

»Morgen«, gab ich knapp zurück und musste mich ordentlich strecken, um einen weiteren Teil der Lichterkette zu befestigen.

»Da hast du aber noch eine Menge zu tun«, sagte Ruth, die für einen Augenblick stehen geblieben war und nun mit einem knappen Nicken auf den Wirrwarr an Weihnachtsbeleuchtung deutete, der noch immer in einem Karton neben der Leiter stand.

»Das kannst du laut sagen. Ich wünschte, ich hätte die Kette nicht gebraucht gekauft. Dann müsste ich mich jetzt nicht mit diesem Durcheinander herumschlagen«, erwiderte ich lächelnd. Und dann erweckte etwas, oder besser gesagt, jemand auf der anderen Straßenseite meine Aufmerksamkeit. Ich sah genauer hin und mir gefror das Blut in den Adern. Dort stand Dylan. Für ein paar Sekunden war ich wie gelähmt, dann mischte sich etwas anderes in dieses Gefühl, nämlich rasende Wut. Schnell kletterte ich von der Leiter herunter. Ruth blickte mich besorgt an, als ich an ihr vorbeihastete und, ohne zu schauen, über die Straße rannte. Mit heftig klopfendem Herzen blieb ich mitten auf der Main Street stehen und suchte den Bürgersteig ab. Von Dylan war allerdings keine Spur. Ganz so, als wäre er vom Erdboden verschluckt worden. Mir pfiff der kalte Wind um die Ohren. Der Wetterbericht hatte sich geirrt, von wegen, heute würde es keinen Schneefall geben, denn gerade schwebten die ersten Schneeflocken vom Himmel und tanzten in der eiskalten Luft.

»Komm von der Straße runter«, hörte ich Ruth aufgeregt hinter mir rufen. Perplex schaute ich mich um und sah aus dem Augenwinkel ein dunkles Auto auf mich zukommen. Der Fahrer des Wagens bremste abrupt, schlingerte auf der glatten Straße und kam einen knappen Meter vor mir zum Stehen. Mein Herz hämmerte in meiner Brust. Ich starrte verwirrt das Auto an, das mich gerade fast überfahren hätte. Die Tür des Jeeps flog auf und ausgerechnet Tom stieg aus dem Auto und kam auf mich zugerannt. In seiner Miene spiegelte sich Besorgnis wider.

»Ist dir etwas passiert?«, fragte er, als er neben mir stehen blieb und mich angestrengt musterte.

Ich schüttelte den Kopf. »Nein, mir geht es gut«, gab ich zurück. Tom entspannte sich sichtlich und atmete tief durch.

Dann schimpfte er plötzlich los: »Was hast du dir dabei gedacht, mitten auf der verdammten Straße zu stehen? Ich hätte dich fast über den Haufen gefahren.«

Tom zerrte mich förmlich auf den Gehweg. Ruth stand immer noch vor meinem Laden und beobachtete die Szene interessiert. Na toll, ausgerechnet Ruth, eine der größten Klatschbasen Riversides.

»Ist alles in Ordnung, Michelle?«, fragte sie und klang besorgt und neugierig zugleich.

»Es geht mir gut«, fauchte ich und schüttelte Toms Hand ab, die auf meinem Arm lag.

Ich hatte Dylan gesehen. Er war es eindeutig gewesen. Da war ich mir ganz sicher. Ich schickte mich an, die Straße hinunterzulaufen, aber Tom hielt mich fest.

»Du solltest lieber hierbleiben. Du wirkst völlig durcheinander«, riet er. Aber ich brauchte keine guten Ratschläge. Ich musste Dylan finden. Deshalb riss ich mich los und hastete die Straße entlang. Hektisch blickte ich mich in alle Richtungen um. Ich sah in jedes Gesicht, aber von Dylan war tatsächlich nichts zu sehen. Ich war mir so sicher gewesen, ihn erkannt zu haben. Wie konnte er eben noch dort gestanden haben und jetzt plötzlich weg sein? Verdammt, ich war kurz davor, durchzudrehen. Tom tauchte wieder hinter mir auf. Sein Auto war am Straßenrand geparkt.

Vorsichtig legte er mir seinen Arm auf die Schulter. »Du zitterst vor Kälte. Lass uns in deinen Laden gehen«, schlug er vor und fügte dann hinzu: »Ich glaube, du könntest einen Kaffee vertragen, und ich ehrlich gesagt auch. Als du plötzlich vor mir auf der Straße gestanden hast, habe ich einen Riesenschreck bekommen.«

Ich zögerte, konnte meinen Blick jedoch nicht von der Umgebung losreißen. Dylan war da gewesen. Ich wusste es.

»Komm schon«, sagte Tom nachdrücklich und versuchte, mich in Richtung meines Ladens zu lotsen.

Notgedrungen wandte ich mich ab. Mir war tatsächlich schrecklich kalt. Der Schneefall war stärker geworden und ich sehnte mich nach einer Tasse heißen Kaffee. Also fügte ich mich seinem Vorschlag und lief neben ihm den Gehsteig zum »Sweet Little Things« hinunter. Aber ich konnte nicht anders, als mich immer wieder suchend umzuschauen. Tom stapfte indes schweigend neben mir her. Als wir die beiden Stufen, die zu meiner Ladentür führten, nahmen, warf ich einen flüchtigen Blick auf die halbvolle Kiste mit dem Wirrwarr aus Lichterketten. Darum würde ich mich später kümmern.

Tom stieß die Tür für mich auf. Das Messingglöckchen läutete und gleich darauf umfing mich wohlige Wärme.

Nicht nur Tom war mir in den Laden gefolgt. Auch Ruth ließ es sich nicht nehmen, sich nach meinem Befinden zu erkundigen.

»Was ist denn passiert?«, fragte Reece aufgeregt, als sie uns bemerkte.

»Sie stand plötzlich auf der Straße. Um ein Haar hätte ich sie überfahren.«

Reece wandte sich an mich. »Was machst du denn für Sachen?«, fragte sie, und dann ergänzte sie leiser: »Ist alles in Ordnung?«

Am liebsten hätte ich ihr alles erzählt. Jedes Wort brannte mir auf den Lippen. Aber ich konnte Reece nichts erzählen, solange Tom und Ruth im Laden standen.

»Ich glaube, Michelle könnte jetzt einen Kaffee vertragen«, meldete sich Tom zu Wort und wandte sich mit dieser Bitte an Reece. Die nickte sofort und eilte zur Maschine.

Ruth löcherte mich mit Fragen und gab mir zu allem Überdruss auf meine knappen Antworten auch noch nervtötende Ratschläge. Das konnte ich jetzt wirklich nicht gebrauchen.

Reece reichte eine Tasse Kaffee an Tom weiter, der diesen dann vor mir abstellte. Bevor er etwas sagen konnte, platzte mir endgültig der Kragen.

»Das reicht jetzt«, fauchte ich angriffslustig. »Ich will, dass ihr mich allein lasst. Ich brauche keine Hilfe, ich komme alleine klar. Also lasst mich endlich in Ruhe.«

Ruth starrte mich aus großen Augen an und Tom stand einfach nur da und ließ zu, dass ich mich abreagierte. Bei Reece konnte ich förmlich hören, wie sie vor Überraschung die Luft anhielt. Meine Nerven lagen blank. Ich musste mich selbst erst einmal neu sortieren, meine Gedanken ordnen. Warum konnte das denn keiner verstehen?

»Also, das muss ich mir wirklich nicht bieten lassen«, plusterte sich Ruth auf. »Ich wollte doch nur helfen. Aber wenn du meine Hilfe nicht willst, dann gehe ich lieber.« Und damit rauschte sie aus dem Laden. Das Glöckchen klingelte und die Tür fiel krachend hinter ihr ins Schloss. Erleichtert atmete ich auf. Ruth war ich los. Und darüber war ich froh, auch wenn sie sicher eine Zeitlang nicht mehr in den Laden kommen würde. Doch das war jetzt zweitrangig. Fehlte nur noch Tom, der auch endlich nach Hause gehen sollte. Ich könnte einfach die Krallen ausfahren. Ihn zu vergraulen würde mir derzeit sicher nicht schwerfallen.

»Das Gleiche gilt für dich«, sagte ich geradeheraus, und Tom schaute mich mit hochgezogenen Augenbrauen an.

Reece blickte erstaunt zwischen Tom und mir hin und her und fragte verständnislos: »Michelle, was ist denn nur passiert?«

Ich ignorierte Reece' Frage, wandte mich stattdessen wieder an Tom.

»Ich meine es ernst. Bitte geh jetzt endlich«, forderte ich ihn nachdrücklich auf.

Tom erhob sich leise seufzend.

»Bist du sicher, dass du jetzt allein sein willst? Geht es dir auch wirklich gut?«

»Reece ist doch da«, erklärte ich mit fester Stimme.

Oh Mann, ich hatte es so satt, diese Fragen zu beantworten. Nein, es ging mir nicht gut. Meine Vergangenheit, die ich abgeschüttelt zu haben glaubte, drohte mich einzuholen. Es war gemein von mir, Tom anzufauchen. Schließlich wusste er nichts von Dylan, oder davon, was ich durchgemacht hatte. An Toms Miene konnte ich sehen, dass meine Worte ihn ziemlich vor den Kopf stießen. Er wich einen Schritt zurück.

»Tut mir echt leid, dass ich mir Sorgen um dich mache und mich vergewissern will, dass mit dir alles in Ordnung ist. Schließlich hätte ich dich fast überfahren. Aber meinetwegen. Dann komm allein klar. Du wirst wissen, was das Beste für dich ist.«

Und damit drehte er sich um, setzte sich die Mütze wieder auf und verschwand wortlos.

Mit klopfendem Herzen schaute ich ihm nach und stellte fast schon erschrocken fest, dass ich mich lange nicht mehr so elend gefühlt hatte. Tom war der erste Mann, der mir seit meiner katastrophalen Ehe etwas bedeutete, und das, obwohl wir uns erst ganz kurz kannten. Und nun stieß ich ihn derart von mir, dass ich es wohl nie wieder gutmachen konnte. Ich fühlte mich schrecklich. Die Tür fiel krachend hinter ihm ins Schloss und ich musste mir alle Mühe geben, um nicht in Tränen auszubrechen.

»Sagst du mir jetzt endlich, was gerade passiert ist?«, hakte Reece nach.

»Ich habe Dylan gesehen«, gestand ich, und Reece stieß einen leisen Fluch aus.

»Das musste ja irgendwann kommen.«

Ich konnte einfach nicht mehr, ich war den Tränen nahe. Ich hatte Ruth beschimpft, Tom vergrault, und das alles nur wegen Dylan.

Reece reichte mir ein Taschentuch.

»Ich glaube, du solltest lieber nach Hause gehen. Mach dir keine Gedanken um den Laden, ich schaffe das schon«, sagte sie. »Ruh dich einfach aus.«

Das Angebot war wirklich verlockend. Normalerweise hätte ich es abgelehnt. Aber dieses Mal akzeptierte ich Reece' Vorschlag ohne Widerrede.

»Du hast recht. Ich sollte wirklich nach Hause gehen.«

Reece starrte mich aus großen Augen an. »Wow, ich glaube, das war eine Premiere. Michelle hört auf mich. Ich brauche einen roten Stift, denn den Tag muss ich mir im Kalender anstreichen.«

»Jetzt lass doch die Witze«, gab ich zurück.

Als ich meinen Kram in meine Umhängetasche gestopft hatte, blieb ich vor Reece stehen. »Und es macht dir wirklich nichts aus, wenn ich gehe?«

Reece schüttelte umgehend den Kopf. »Nein, und jetzt verschwinde endlich.«

»Schon gut, schon gut. Ich gehe ja.«

Ich zog mich an, während Reece im Türrahmen lehnte.

Als ich damit fertig war, fragte sie: »Und du bist dir sicher, dass ich dich nicht fahren soll?«

»Ganz sicher«, gab ich zurück und umarmte Reece fest. »Habe ich dir eigentlich schon mal gesagt, dass du einfach die Beste bist?«

Reece lächelte. »Klar, schon ungefähr hundert Mal, und jetzt raus mit dir. Ruh dich aus«, beschwor sie mich eindringlich.

»Das werde ich«, erwiderte ich, und dann drehte ich mich um und stapfte durch den hohen Schnee nach Hause.

Kapitel 6

Tom

Meine Gefühle zu beschreiben, die mich überkamen, als mich Michelle das zweite Mal, seit wir uns kannten, vor die Tür setzte, war schwer. Ich wusste nicht, ob ich sie für die größte Zicke seit Menschengedenken halten sollte, oder ob ich mir Sorgen um sie machen musste.

Als sie plötzlich vor mir auf der Straße aufgetaucht war, war mir das Herz in die Hose gerutscht. Im letzten Moment hatte ich bremsen können. Doch es hatte nicht viel gefehlt und ich hätte sie voll erwischt. Wenn ich daran dachte, was heute hätte passieren können, wurde mir übel.

Als ich durch den stärker gewordenen Schneefall zu meinem Auto stapfte, schlug ich den Jackenkragen hoch und beeilte mich, endlich ins Trockene zu kommen. Ich hatte keine Lust, ins Hotel zurückzufahren, und Riley wollte ich auch nicht bei der Arbeit stören. Ich überlegte, was ich sonst noch tun könnte, und dann beschloss ich, bei Kane vorbeizuschauen.

Der Weg zur Ranch war schlecht befahrbar, aber nach einer guten Stunde erreichte ich mein Ziel. Ich parkte vor dem Haus und stieg dann die Stufen zur Veranda hinauf.

Zweimal klopfte ich an die Tür, ehe Kane öffnete. Er trug eine schwarze Strickmütze, eine dicke Jacke und verschlissene Jeans. Seine Füße steckten in derben Boots.

»Hey, Tom, was machst du denn hier?«, fragte er überrascht.

»Ich wollte einfach nur meinen Bruder besuchen«, erwiderte ich. Kane schaute mich stirnrunzelnd an, dann lächelte er. »Wenn das so ist, dann freue ich mich, dich zu sehen. Allerdings bin ich gerade auf dem Sprung. Die Arbeit ruft.«

»Ich sehe schon«, erwiderte ich. »Kann ich dir vielleicht helfen?«

Kane schaute mich misstrauisch an. »Klar kannst du das. Die Pferde brauchen frisches Heu, und wo wir gerade dabei sind, kannst du mir auch erzählen, warum du wirklich hier bist.«

Meinem Bruder konnte ich einfach nichts vormachen.

Kane zog die Tür hinter sich zu. »Komm mit«, forderte er mich auf, und gemeinsam stapften wir durch den Schnee zum Stall hinüber.

»Jetzt erzähl schon.«

Gerade als ich ansetzen wollte, ihm von dem Beinahunfall zu erzählen, meinte Kane: »Ich tippe jetzt mal auf eine gewisse Ladenbesitzerin, die dir nicht mehr aus dem Kopf geht.«

Ich warf Kane einen kurzen Seitenblick zu. »Ist das so offensichtlich?«

Kane zuckte kurz mit den Schultern. »Nach unserem Treffen in der Bar eigentlich schon. Erzähl, was ist denn passiert?«

»Ich verstehe sie einfach nicht«, platzte ich heraus. »Als ich ihr die Kommode brachte, sind wir uns ziemlich nahegekommen.«

»Wie nahe denn?«, unterbrach mich Kane, während er den Riegel des schweren Tores beiseiteschob und es öffnete. Wir betraten den beheizten Stall und Kane schloss das Tor hinter uns.

»Wir waren kurz davor, uns zu küssen«, erwiderte ich, während Kane nach einer Heugabel griff, die an der Stallwand lehnte.

»Nimm dir auch eine, wenn du mir helfen willst.«

Ich schnappte mir eine der Heugabeln und folgte Kane zur ersten Box.

Er öffnete sie und fragte: »Warum ist es nicht dazu gekommen?«

Ich erinnerte mich an den Tag zurück und erklärte: »Wir haben plötzlich ein Geräusch gehört, das aus der Küche kam, und dort haben wir dann ein Briefchen gefunden. Irgendjemand musste es unter der Tür hindurchgeschoben haben.«

»Und was ist dann passiert?«, hakte Kane nach, der sich auf die Heugabel gestützt hatte und gespannt auf meine Antwort wartete.

»Wenn ich das wüsste«, erwiderte ich nachdenklich. »Nachdem Michelle den Brief gelesen hatte, war sie komplett verändert. Und dann hat sie mich förmlich aus ihrem Haus geschmissen. Seitdem weicht sie mir aus, und zu allem Überfluss hätte ich sie vorhin beinahe überfahren.«

Kane riss die Augen auf. »Ernsthaft?«

Ich nickte. »Ja, sie stand plötzlich mitten auf der Straße. Ich konnte gerade noch bremsen.«

Kane blickte nachdenklich drein. »Hast du sie gefragt, was mit ihr los ist?«

Ich rollte die Augen. »Klar habe ich das. Was glaubst du denn? Aber sie hat mich wieder abgewimmelt.«

Kane überlegte, aber dann schüttelte er den Kopf. »Keine Ahnung, was ich davon halten soll«, sagte er dann. Damit war ich kein bisschen schlauer als vorher.

»Okay, lass uns nicht mehr über Michelle reden«, sagte ich dann. Sie wollte scheinbar nichts mit mir zu tun haben, und das sollte ich wohl lieber akzeptieren. Ich verbannte sie vorerst aus meinem Kopf. Egal, wie schwer es mir auch fiel.

Kane zeigte mir, wie die Boxen zu reinigen waren, und ich half ihm dabei. Wir schufteten ein paar Stunden, doch als die Dämmerung bereits hereinbrach, waren wir immer noch nicht ganz fertig mit der Arbeit.

»Du solltest ins Hotel fahren«, meinte Kane. »Der Schneefall ist mittlerweile ziemlich heftig geworden. Oder du bleibst die Nacht über hier.«

Ich dachte kurz über Kanes Angebot nach. Aber dann beschloss ich, doch lieber nach Riverside zu fahren.

»Ein anderes Mal«, erwiderte ich und fragte dann: »Kommst du hier allein zurecht?«

»Klar«, gab Kane zurück. »Außerdem sind wir fast fertig, und wenn ich es heute doch nicht mehr schaffe, mache ich einfach morgen weiter. Dann sind auch Roger und Jeff wieder da. Also keine Sorge, ich krieg' das schon hin.«

Ich nickte. »Okay, dann verschwinde ich jetzt.«

»Fahr vorsichtig«, sagte Kane zum Abschied und fuhr mit der Arbeit fort, während ich zu meinem Auto zurücklief, um mich auf den Weg nach Riverside zu machen.

...

Als ich am nächsten Morgen in meinem Hotelzimmer aufwachte, klatschten immer noch Schneeflocken gegen die Fensterscheiben. Ich stand auf und warf einen Blick nach draußen. In der vergangenen Nacht waren wieder mehrere Zentimeter Neuschnee gefallen.

Leise seufzend ging ich ins Bad, um unter die Dusche zu springen. Wenn ich pünktlich bei Riley sein wollte, musste ich mich beeilen, sonst würden wir es nicht mehr rechtzeitig nach Bozeman schaffen.

Nachdem ich fertig geduscht, mich angezogen und im Hotelrestaurant ein schnelles Frühstück zu mir genommen hatte, trat ich hinaus auf den Parkplatz. Mein Auto war komplett eingeschneit und es dauerte eine gefühlte Ewigkeit, bis ich den Schnee heruntergekehrt und die Scheiben freigekratzt hatte. Dann stieg ich ein und machte mich endlich auf den Weg zu Riley. Als ich in die Einfahrt bog, stand er bereits vor seiner Werkstatt und wartete auf mich.

Ich ließ die Scheibe herunter. »Können wir fahren?«, fragte ich meinen Bruder. Er nickte und gleich darauf stieg er auf der Beifahrerseite meines Wagens ein.

»Klar, los geht's«, entgegnete er, während er sich anschnallte und ich rückwärts aus der Einfahrt auf die Straße rollte. Dann machten wir uns auf den Weg nach Bozeman, um einen antiken Schrank abzuholen, den Riley wieder auf Vordermann bringen wollte.

Der Schneefall war auf der Heimfahrt am späten Nachmittag noch genauso heftig wie am Morgen und die Scheibenwischer meines Autos arbeiteten auf Hochtouren. Die Fahrt zurück nach Riverside schien mir endlos. Umso erleichterter war ich, als wir das Ortseingangsschild passierten. Wir fuhren direkt zu Rileys Werkstatt, um den Schrank abzuladen. Als wir später gemeinsam in Rileys Werkstatt standen, strich er andächtig über das alte Holz.

»Ein Prachtstück«, sagte er und schien echt fasziniert.

Grinsend betrachtete ich meinen Bruder.

»Also, für mich ist das einfach nur ein alter Schrank. Der, um ehrlich zu sein, sogar ziemlich stinkt.«

»Du bist ja auch kein Schreiner«, gab Riley verständnisvoll zurück. »Schau mal genau hin, wie sauber und stabil er gearbeitet ist. Um es verständlich auszudrücken: Er braucht nur ein handwerkliches Update, um wieder in neuem Glanz zu erstrahlen. Und das werde ich ihm schon verpassen, und danach verkaufe ich ihn mit ordentlich Gewinn.«

Ich klopfte Riley lachend auf die Schulter. »Ich merke schon, du bist vollkommen in deinem Element. Hast du eigentlich Hunger? Wir könnten noch einen kurzen Abstecher ins Diner machen. Was hältst du davon?«

Riley schüttelte den Kopf. »Nimm es mir nicht übel, aber ich denke, ich fange lieber gleich mit der Arbeit an.«

Bedauernd zuckte ich mit den Schultern. »Okay, meinetwegen. Dann eben ein anderes Mal.«

Nachdem wir uns verabschiedet hatten, machte ich mich allein auf den Weg ins Diner. Ich musste unbedingt etwas essen, und da war ein Burger genau das Richtige.

Ich lenkte mein Auto in eine freie Parklücke am Straßenrand und stieg aus. Den Rest des Weges wollte ich zu Fuß gehen. Vielleicht bekam ich in der kalten Luft den Kopf frei. Eisiger Wind pfiff mir um die Nase und die Schneeflocken wirbelten mir ins Gesicht. Ich zog meine Strickmütze tiefer in die Stirn und schlug den Kragen meiner Daunenjacke hoch. Während ich durch die Straßen schlenderte, warf ich hin und wieder einen Blick in die weihnachtlich geschmückten Schaufenster.

Ich dachte darüber nach, ob ich zurück nach Boston fahren oder ob ich die Feiertage in Riverside bei meinen Brüdern verbringen sollte. Vor dem Buchladen in der High Street blieb ich stehen und studierte die Titel in der Auslage.

Als ich mich vom Schaufenster abwandte, kniete Michelle in einigen Schritten Entfernung fluchend auf dem Bürgersteig und sammelte ihre Einkäufe vom Boden auf.

Ich sah ihr einen Moment lang zu, unschlüssig, ob ich ihr helfen oder einfach weitergehen sollte. Schließlich entschied ich mich dafür, ihr meine Hilfe anzubieten, auf die Gefahr hin, dass sie mich wieder wegschicken würde.

Ich ging auf sie zu, während sie noch immer am Boden hockte und Orangen aus dem Schnee aufklaubte. Dann blieb ich vor ihr stehen, räusperte mich leise und Michelle blickte endlich auf. Ihre Wangen färbten sich rosa, aber sie sagte nichts.

»Ich würde dir wirklich gerne helfen, aber du hast gesagt, du kommst hervorragend allein zurecht. Also weiß ich nicht, was ich tun soll.«

Ich wollte meinen Weg fortsetzen, als Michelle plötzlich sagte: »Vergiss einfach, was ich gesagt habe. Kannst du mir helfen?«

Ich schwieg und zögerte einen Moment. Dieses Zögern brachte Michelle dazu, hinzuzufügen: »Bitte!«

»Wenn du mich so nett fragst, dann natürlich gerne«, erwiderte ich und kniete mich neben Michelle auf den verschneiten Gehweg und machte mich daran, die Orangen und Granatäpfel und allerhand anderen Kram, der aus ihrer Einkaufstasche gefallen war, aufzuklauben. Als wir endlich alles eingepackt hatten, stand Michelle auf und ich erhob mich ebenfalls. Sie trug die schwere Tüte nun wieder auf dem Arm.

Ich überlegte nicht lange und streckte die Hände nach den Einkäufen aus. »Lass mich das für dich tragen«, sagte ich und wollte ihr die Tüte aus der Hand nehmen.

»Ich brauche aber keine Hilfe«, wehrte Michelle ab und wollte die blöde Tüte nicht loslassen.

»Jetzt gib schon her«, forderte ich sie ungehalten auf. »Oder wollen wir schon wieder streiten? Herrje, es sind doch nur Einkäufe und nicht der heilige Gral. Ich weiß, du bist stark und du kannst alles allein schaffen. Aber ich will dir doch nur einen Gefallen tun. Was ist so schlimm daran?«

Ich konnte die Rädchen in ihrem Kopf förmlich arbeiten sehen. Dann atmete Michelle tief durch und überließ mir tatsächlich ihre Einkaufstüte.

Ich erwiderte schmunzelnd: »War das jetzt wirklich so schrecklich schwer?« Damit entlockte ich ihr tatsächlich ein kleines Lächeln.

Sie seufzte laut. »Nein, gar nicht«, sagte sie, während sie den Kopf schüttelte und den Schal enger um ihren Hals zog. »Ich glaube, ich sollte mich wegen meines Verhaltens bei dir entschuldigen«, fuhr sie nach einer kurzen Pause fort.

»Okay, ist angenommen«, gab ich knapp zurück. »Schließlich hat jeder hin und wieder einen schlechten Tag. Das verstehe ich. Und jetzt lass uns lieber gehen. Ich bringe dich nach Hause, bevor wir noch an Ort und Stelle erfrieren.«

Mir war kalt und im Grunde wollte ich nur noch ins Warme. Außerdem knurrte mein Bauch vor Hunger. Aber ich war bereit, auf Wärme und Essen zu verzichten, nur um ein bisschen mit Michelle zusammen zu sein. Ganz nah beieinander standen wir auf dem Gehsteig. Die Schneeflocken sammelten sich auf ihrer Mütze und in ihren Haaren, die darunter hervorschauten. Sie sah einfach wunderschön aus. Ihre Wangen waren von der Kälte gerötet und die vollen roten Lippen zitterten leicht in der eisigen Luft. Sie machte mich vollkommen verrückt. Dabei musste sie im Grunde nichts tun, als hier vor mir zu stehen, und schon überkam mich das starke Bedürfnis, sie zu berühren, sie zu küssen und dabei fest in meine Arme zu schließen.

Michelle nickte kurz. »Ja, lass uns gehen.« Und dann zögerte sie einen winzigen Augenblick, bevor sie fragte: »Wollen wir einen kleinen Umweg machen?«

»Wo möchtest du denn hingehen?«

Jetzt lächelte sie mich an, und dieses Lächeln hätte Eisblöcke zum Schmelzen bringen können. Wie konnte es passieren, dass mir eine Frau Herzklopfen bescherte, die mich nicht wollte, die mich stattdessen bei jeder sich bietenden Gelegenheit wegstieß? Und dennoch dachte ich jede freie Minute an Michelle.

Sie blickte mich einen Moment lang eindringlich an. Unser beider Atem stieg in kleinen weißen Wölkchen in der Luft auf.

»Bevor du jetzt antwortest, lass mich dir eins sagen: Das, woran du gerade denkst, werden wir auf gar jeden Fall tun.«

Ihr Kommentar brachte mich zum Schmunzeln. »Du weißt nicht, woran ich gerade gedacht habe«, erwiderte ich, und Michelle gab zurück: »Oh doch, Tom Sullivan. Gerade konnte ich in deinem Gesicht lesen wie in einem offenen Buch. Wir werden sicher nicht zu dir ins Hotel gehen und unanständige Dinge tun.«

Ich lachte laut auf. »Schade, die Idee hätte mir gut gefallen.«

Michelles Wagen färbten sich noch eine Spur dunkler, was ich wiederum sehr süß fand.

Ich rückte noch ein bisschen näher an sie heran. Die Papiertüte mit den Einkäufen knisterte, als sie gegen Michelles grauen Wollmantel und gegen meine Daunenjacke gedrückt wurde.

»Willst du mir etwa erzählen, dass du nicht noch einmal an den Nachmittag in deinem Haus denken musstest, an dem wir uns fast geküsst hätten? Ich muss nämlich immerzu daran denken«, raunte ich, einfach weil es stimmte und ich wollte, dass sie es wusste. Michelle ging mir seit unserer ersten Begegnung nicht mehr aus dem Kopf. Mich hatte es wirklich voll erwischt.

Die Tüte knisterte noch ein bisschen lauter.

»Gib es schon zu«, lockte ich sie. »Weißt du, seit jenem Tag stelle ich mir andauernd vor, was passiert wäre, wenn wir uns doch geküsst hätten. Wie sich dein Mund wohl auf meinem anfühlt und wie schön es sein muss, dich überall zu berühren.«

Michelle stieß leise seufzend den Atem aus.

»Mit diesem Gerede solltest du lieber aufhören«, ermahnte sie mich. Doch ich schüttelte den Kopf.

»Warum denn? Mir gefällt es, und ich glaube, dir auch.« Nach einer kleinen Pause fügte ich hinzu: »Und ich denke, wenn wir nicht nur darüber reden, sondern diese Dinge, von denen ich gerade gesprochen habe, auch wirklich tun würden, würde es dir sogar noch besser gefallen.«

Michelle leckte sich leicht über die Lippen. Ob unbewusst oder nicht, diese kleine Geste machte mich ganz verrückt. Sie starrte für einen Moment auf den mit Schnee und Eis bedeckten Gehsteig, bevor sie wieder zu mir aufblickte.

»Das Einzige, was ich dir anbieten kann, ist meine Freundschaft. Ich bin nicht bereit für eine Beziehung oder eine Affäre«, sagte sie und jedwedes Lächeln war aus ihrem hübschen Gesicht verschwunden. Stattdessen sah sie gerade ziemlich traurig aus. Das tat mir leid. Mir fiel der Brief wieder ein und ich bekam mehr und mehr das Gefühl, dass ihr seltsames Verhalten darauf zurückzuführen war. Wenn sie mir doch nur erzählen würde, von wem der Brief war oder was darin gestanden hatte. Aber dazu schwieg sie sich aus, und ich wusste nicht, ob ich sie direkt danach fragen sollte. Schließlich wollte ich sie nicht verschrecken.

Also trat ich einen Schritt zurück. »Wenn das so ist, muss ich mich wohl mit deiner Freundschaft begnügen. Aber ein Kaffee ist doch hoffentlich noch drin?«, gab ich zurück, und Michelle wirkte erleichtert.

»Gemeinsam einen Kaffee zu trinken, war übrigens das, was ich dir vorhin vorschlagen wollte«, sagte sie.

»Und warum hast du das nicht gleich gesagt?«

Jetzt lachte sie endlich. »Weil du mich mit deinem Gerede ziemlich durcheinandergebracht hast«, gab sie zu und wandte sich dann schnell ab, damit ich ihr nicht in die Augen schauen konnte. Gemeinsam gingen wir den verschneiten Gehweg entlang.

Sie hatte behauptet, in meinem Blick könne man lesen wie in einem offenen Buch. Das konnte ich bei ihr genauso. Freundschaft – von wegen!

»Wohin wollen wir gehen?«, fragte Michelle, als wir schon ein Stückchen gelaufen waren.

Ich zuckte kurz mit den Schultern. »Keine Ahnung. Allerdings könnte ich dir den Weg zum Hotel zeigen. Der Kaffee dort ist wirklich gut«, erwiderte ich schmunzelnd.

Michelles Lachen wurde ausgelassener. »Als ob ich den nicht kennen würde. Lass uns einfach ins Diner gehen. Das liegt am nächsten.«

Ich seufzte leise. »Es war einen Versuch wert. Na gut, meinetwegen, dann eben ins Diner. Du bist wirklich eine Spielverderberin.« Michelle blickte lächelnd zu mir auf und ich blieb kurz stehen. »Irgendwann werden wir im Hotel landen, und dann wird alles, was ich vorhin gesagt habe, wahr werden. Denn du kannst nicht leugnen, dass du Gefallen daran gefunden hast.«

Michelle schwieg und setzte ihren Weg scheinbar unbeirrt fort. Aber ich wusste, dass ich mit meiner Vermutung voll ins Schwarze getroffen hatte.

Ich stieß die Tür zum Diner auf und ließ Michelle vorangehen. Wunderbare Wärme schlug uns entgegen und ich zog mir die Mütze vom Kopf.

»Wollen wir uns ans Fenster setzen?«, fragte ich, während sich Michelle den Schnee vom Mantel klopfte und ebenfalls die Strickmütze abnahm. Ihre Mähne sah wunderbar zerzaust aus und ich musste bei ihrem Anblick lächeln.

»Was ist denn, warum lachst du?«, fragte Michelle verunsichert. Ich deutete mit einem kleinen Nicken auf ihren Wuschelkopf. »Deine Haare«, erklärte ich knapp und Michelle lief schon wieder rot an.

Nervös zupfte sie an ihren wilden Strähnen. »Ich muss schrecklich aussehen«, sagte sie und wirkte peinlich berührt. Aber ich schüttelte rasch den Kopf.

»Nein, gar nicht«, erwiderte ich schnell. »Ich finde, du siehst verdammt sexy aus. Ehrlich gesagt lässt mich der Anblick deiner zerwühlten Haare wieder an mein Hotelzimmer denken.«

Michelle räusperte sich leise und ich genoss es, sie durcheinanderzubringen.

»Na, komm schon. Setzen wir uns«, sagte ich lachend. Wir ließen uns an einem Tisch am Fenster nieder.

Michelle führte ihre Tasse an die Lippen und ich musste mich schwer zusammenreißen, um sie nicht pausenlos anzustarren.

»Ich werde dich jetzt nicht fragen, wie du dich fühlst. Obwohl ich das natürlich sehr gerne wissen möchte. Aber, da es dir augenscheinlich gut geht, nachdem ich dich fast überfahren hätte, begnüge ich mich vorerst damit. Es sei denn natürlich, du möchtest mir irgendetwas sagen.«

Michelle stellte ihre Tasse auf dem Tisch ab. »Es geht mir gut«, sagte sie nachdrücklich. »Und jetzt hör auf, mich deswegen zu nerven. Lass uns lieber über etwas anderes reden. Wie wäre es, wenn du mir zur Abwechslung mal etwas von dir erzählst?«, forderte sie mich auf. »Bis jetzt haben wir nur über mich geredet, und ich finde, es ist an der Zeit, dass du etwas aus deinem Leben preisgibst.«

»Das habe ich doch schon«, wiegelte ich ab. »Ich habe dir verraten, wo ich geboren bin, dass ich auf der Polizeischule war und ein Cop bin. Außerdem habe ich dir sogar erzählt, dass ich suspendiert wurde.«

Michelle nickte. »Stimmt. Aber du wolltest mir den Grund dafür nicht verraten. Erinnerst du dich?«

»Habe es nicht vergessen«, entgegnete ich knapp. »Und ich glaube, ich möchte lieber immer noch nicht darüber reden.«

Michelle starrte mich mit hochgezogenen Augenbrauen an. »Das ist schade. Du fragst mich ständig, wie es mir geht; ich finde, es wäre an der Zeit, auch mal darüber zu reden, wie es dir eigentlich geht. Ich spüre doch, dass dich die Suspendierung nicht kaltlässt. Und ich denke, solange du nicht darüber reden kannst, will ich auch nicht über meine Gefühle und meine Vergangenheit sprechen.«

»Das ist wohl nur fair«, gab ich nachdenklich zurück.

»Erzählst du mir wenigstens, warum du nach Riverside gekommen bist?«, fragte Michelle schließlich, und ich war dankbar, dass sie nicht weiter auf dem Thema herumritt.

»Ich wollte einfach meine Brüder besuchen«, gab ich sofort zurück.

Michelle musterte mich genauer. »Irgendwie glaube ich dir das nicht.«

Ich seufzte leise. »Kannst du mir nicht ein paar unverfänglichere Fragen stellen?«, schlug ich vor.

Michelle lächelte. »Eigentlich dachte ich, das hätte ich gerade getan. Sollen wir lieber wieder gehen?«, schlug sie dann vor. »Die Idee herzukommen, war vielleicht doch nicht so gut.«

Ich schüttelte den Kopf.

»Lass uns hierbleiben. Wie wäre es mit einem kleinen Deal? Wenn ich dir von mir erzähle, dann erzählst du mir auch etwas über dich. Wie klingt das?«

Michelle blickte mich stirnrunzelnd an und ich wusste, dass sie ebenfalls mit verdeckten Karten spielte. Es gefiel ihr genauso wenig wie mir, etwas von sich preiszugeben.

Sie überlegte, nickte dann aber. »Einverstanden. Du fängst an.«

»Das dachte ich mir«, murmelte ich und fühlte mich das erste Mal in ihrer Gegenwart unbehaglich. Was würde sie sagen, wenn sie erfuhr, dass ich die Schuld am Tod meines besten Freundes trug?

»Warum wurdest du vom Dienst suspendiert?«, fragte Michelle hartnäckig. Am liebsten wäre ich einfach aus dem Diner verschwunden. Mann, es fiel mir immer noch so schrecklich schwer, über Cade zu reden. Nicht einmal mit Riley und Kane hatte ich richtig darüber gesprochen. Doch im Gegensatz zu Michelle hatten die beiden auch nicht so unnachgiebig nachgebohrt. Aber Deal war nun mal Deal. Und deswegen saß ich noch hier und war mehr oder weniger bereit, Michelle alles zu erzählen. Leider wusste ich nicht, wie ich am besten anfangen sollte. Wie erklärte ich ihr, was passiert war?

Was Cades Tod in mir ausgelöst hatte?

Michelle deutete mein Schweigen falsch, denn plötzlich sagte sie: »Lassen wir's einfach. Tut mir leid, ich hätte dich nicht unter Druck setzen sollen. Es ist offensichtlich, dass du nicht mit mir darüber sprechen willst und dich unwohl fühlst. Vergessen wir diesen ganzen Quatsch und reden einfach über etwas anderes.« Daraufhin ließ sie das Thema Suspendierung und den Grund dafür tatsächlich fallen. Ich wusste nicht recht, ob ich über ihren plötzlichen Sinneswandel erleichtert sein sollte. Vielleicht hätte es auch gutgetan, ihr von Cade zu erzählen. Einmal mehr stellte ich fest, dass Michelle mich völlig durcheinanderbrachte.

»Bleibst du über die Feiertage in Riverside oder fährst du vorher nach Boston zurück? Ich hoffe, ich darf dir diese Frage stellen.«

»Das klang jetzt ziemlich spitz.«

Michelle lächelte. »Und genauso war es gemeint. Kannst du mir denn darauf eine Antwort geben? Oder ist das auch wieder supergeheim?«

Es gefiel mir, dass sie mir Paroli bot. Michelle war eindeutig kein Mäuschen, das sich versteckte.

»Keine Sorge. Diese Frage ist vollkommen legitim. Eigentlich wollte ich Weihnachten in Boston verbringen. Nun ja, aber jetzt gibt es einen Grund, länger zu bleiben.«

Michelle blickte mich mit hochgezogenen Augenbrauen an. »Welchen?«, wollte sie wissen, und diese Frage brachte mich zum Schmunzeln.

»Es gibt da eine gewisse Person, die in mein Leben geplatzt ist und die hin und wieder sehr kompliziert sein kann und die es schafft, mich mit ihrer Hartnäckigkeit an den Rand des Wahnsinns zu treiben. Allerdings gleicht das besagte Person mit ihrer Intelligenz und ihrem Charme lässig wieder aus. Und um die Wahrheit zu sagen, hat sie mir ziemlich den Kopf verdreht.«

Michelle lief purpurrot an und ich lächelte. Verflucht, sie war so süß.

»Keine Ahnung, von wem du da redest«, murmelte sie.

»Du bist dir darüber vielleicht nicht bewusst, aber gerade deine

Zurückhaltung wirkt ungeheuer anziehend auf mich. Und ich glaube, du weißt sehr genau, dass ich nur deinetwegen hierbleiben möchte«, gab ich unverblümt zurück, und wieder glühten ihre Wangen.

»So etwas solltest du nicht sagen«, erwiderte sie und versuchte mühsam, ihre Emotionen unter Kontrolle zu halten.

Gerade, als ich sie fragen wollte, warum ich solche Dinge eigentlich nicht sagen sollte, wurden wir ärgerlicherweise unterbrochen.

»Hey, Michelle«, sagte plötzlich ein Kerl, der an unseren Tisch getreten war.

Michelle blickte auf. Vor uns stand der Typ, der mit Michelle und dem Rest der Truppe dieses Theaterstück organisierte.

»Mason«, stammelte Michelle verlegen. »Ich wusste nicht, dass du hier bist.«

Masons Blick wanderte von Michelle zu mir und glitt dann wieder zu Michelle zurück.

»Ich hatte auch nicht erwartet, dich hier zu sehen. Dann bist du scheinbar damit fertig, deine Lagerbestände zu checken?« Seine Stimme hatte einen vorwurfsvollen Klang und im Moment wirkte er ziemlich angepisst. Keine Ahnung, was sein Problem war.

»Noch nicht ganz«, erwiderte Michelle, und ich hatte den Eindruck, dass sie sich ertappt fühlte. »Ich mache sozusagen nur gerade eine kleine Pause«, fügte sie schnell hinzu.

»Und ich leiste ihr dabei Gesellschaft«, mischte ich mich in die Unterhaltung ein. Langsam fiel mir der Typ gehörig auf die Nerven. Merkte er denn nicht, dass er störte?

»Das sehe ich«, gab er zurück und schaffte es kaum, seine Verärgerung zu unterdrücken. Ich allerdings musste mir ein Grinsen verkneifen. Gott, was war der Typ doch für ein Idiot!

»Können wir dann später wegen der Requisiten telefonieren?«, wandte er sich wieder Michelle zu, die sofort nickte.

»Klar, ich rufe dich heute noch an. Versprochen.«

Mason nickte verkniffen. »Okay, dann bis später.«

Bevor er wegging, streifte er mich mit einem Blick. Wenn Blicke töten könnten, wäre ich gerade leblos vom Stuhl gefallen, dachte ich mit einem Anflug von Belustigung. Mich zusammen mit Michelle zu sehen, störte den Typen eindeutig. Allerdings war mir das egal. Was kümmerte mich dieser Mason? Hauptsache, er verschwand endlich.

»Sollte ich irgendetwas über euch beide wissen?«, fragte ich und Michelle seufzte leise auf.

Sie schüttelte umgehend den Kopf.

»Das war gerade schrecklich peinlich«, sagte sie und ließ meine Frage damit unbeantwortet.

Ihre Verlegenheit brachte mich zum Schmunzeln.

»Du weißt schon, dass Mason total auf dich steht, oder?«

»Das musst du mir nicht sagen.«

»Und warum war er so sauer?«, bohrte ich nach. Mich interessierte brennend, ob zwischen den beiden etwas lief. Allerdings wäre ich doch wirklich überrascht, wenn es so wäre.

»Eins gleich vorab: Diese Gefühle beruhen nicht auf Gegenseitigkeit. Und sauer ist er wahrscheinlich deshalb, weil er sich heute mit mir treffen wollte«, begann Michelle zu erklären und ich verstand sofort.

»Und du ihm gesagt hast, dass du beschäftigt bist«, ergänzte ich und Michelle nickte schuldbewusst.

»Genau, und jetzt erwischt er mich, wie ich mit dir hier sitze und Kaffee trinke. Das war gerade wirklich unangenehm.«

Ich zuckte kurz mit den Schultern. »Nicht für mich«, gab ich dann feixend zurück. »Und dir sollte es auch egal sein, schließlich seid ihr beiden kein Paar und du bist ihm keine Erklärungen darüber schuldig, mit wem du deine Freizeit verbringst.«

Kapitel 7

Michelle

Nach kurzem Überlegen gab ich zurück: »Du hast recht. Ich sollte mir wegen Mason keine Gedanken machen.«

Ich schaute zum Fenster hinaus, die Schneeflocken tanzten vom wolkenverhangenen Himmel. Ich beobachtete Mason, der gerade vom Parkplatz des Diners fuhr.

Ich wollte mich gerade abwenden, als jemand meine Aufmerksamkeit erregte.

Ein Knoten bildete sich in meinem Bauch und ich konnte es kaum fassen. Auf der gegenüberliegenden Straßenseite stieg Dylan tatsächlich gerade aus seinem Auto. Dann war er wirklich hier. Dieses Mal hatte ich keinerlei Zweifel, denn ich konnte sein Gesicht genau sehen.

»Michelle, was hast du denn?«

Toms Stimme ließ mich zusammenzucken und ich wandte meinen Blick für einen Moment von Dylan ab. Er hörte sich besorgt an.

»Nichts«, murmelte ich und schaute wieder zum Fenster hinaus. Ich befürchtete schon, Dylan wäre weg und ich hätte mir das Ganze am Ende doch nur eingebildet. Aber er stand immer noch dort draußen.

Mein Herz rutschte eine Etage tiefer und Blut rauschte in meinen Ohren.

»Ich muss gehen«, sagte ich, ohne Tom anzuschauen, und bevor ich ernsthaft darüber nachdenken konnte, was ich da eigentlich im Begriff war zu tun, stand ich auf und ließ Tom allein am Tisch sitzen. Ich machte mir nicht einmal die Mühe, meine Jacke anzuziehen, ich eilte einfach zur Tür hinaus.

Beißende Kälte und schneidender Wind schlugen mir entgegen, als ich auf den Gehsteig stürmte. Mein Blick heftete sich auf Dylan. Ich ließ ihn keine Sekunde aus den Augen. Ich hatte zu viel Angst, er könnte doch nur ein Hirngespinst sein.

Mit heftig klopfendem Herzen hastete ich über die Straße. Hinter mir hörte ich Toms Stimme, aber ich schaute mich nicht nach ihm um. Toms Rufe hatten Dylans Aufmerksamkeit erregt und er blickte in unsere Richtung. Seine Augen weiteten sich, als er mich auf sich zukommen sah. In mir wuchs der Zorn.

»Was willst du hier?«, blaffte ich ihn an, als ich endlich vor ihm zum Stehen kam.

»Wow, wirklich eine nette Begrüßung. Ich freue mich auch, dich zu sehen«, sagte er sarkastisch, und ich schäumte vor Wut.

»Du weißt, dass du dich mir nicht nähern darfst«, herrschte ich ihn an. War es wirklich nötig, ihn an die einstweilige Verfügung zu erinnern?

»Ich habe mich dir nicht genähert. Du bist gerade zu mir gekommen«, gab Dylan selbstgefällig zurück und ich hätte ihm am liebsten die Augen ausgekratzt und ihm den verlogenen Mund gestopft.

Gott, ich hasste ihn aus tiefstem Herzen.

»Ich will, dass du aus Riverside verschwindest«, forderte ich ihn ungehalten auf.

Aber Dylan stieß nur ein zynisches Lachen aus.

»Das ist ein freies Land und ich kann hingehen, wo ich will, solange ich einen Abstand von 25 Metern zu dir einhalte. Und das habe ich bis jetzt getan.«

»Ich weiß, was du versuchst. Aber ich werde nicht zulassen, dass du mein Leben zerstörst. Dass du mir kaputt machst, was ich mir in den letzten Monaten so mühevoll aufgebaut habe.«

»Ich weiß nicht, wovon du redest«, stellte sich Dylan unwissend. Ich nahm ihm das ahnungslose Getue keine Sekunde lang ab.

Ich stand kurz davor zu explodieren. Hielt er mich für komplett bescheuert?

»Ich weiß genau, dass die Nachricht von dir war«, platzte ich heraus. »Also versuch gar nicht erst, es abzustreiten! Nur dass du es weißt, ich habe keine Angst vor dir«, schrie ich ihn an. Es war mir egal, dass die Leute zu uns herüberstarrten, dass mein Geschrei alle Aufmerksamkeit auf sich zog. Im Moment war mir wirklich alles egal. Meine ganze Wut, mein unbändiger Zorn brachen aus mir heraus.

Dylan wich einen Schritt zurück und erwiderte kalt: »Du bist noch genauso hysterisch wie früher. Und jetzt rate ich dir, *mich* in Ruhe zu lassen. Außerdem habe ich keine Ahnung, wovon du eigentlich sprichst. Welcher Brief?«

»Leugne es, so oft du willst. Du warst es. Das weiß ich genau. Ich warne dich, kommst du mir noch einmal zu nahe, lasse ich dich verhaften.«

Dylan lachte ungläubig auf. »Wofür denn? Ich habe nichts getan.«

Am liebsten hätte ich ihm mitten auf der Straße eine runtergehauen. Ich war kurz davor, mich auf Dylan zu stürzen. Aber da knirschten Schritte hinter mir im Schnee, und wenn Tom nicht plötzlich aufgetaucht wäre und mich zurückgehalten hätte, hätte ich das vermutlich sogar getan.

»Beruhige dich, Michelle«, raunte Tom. Ich wollte seinen Arm abschütteln. Aber er hielt mich fest. Tom baute sich neben mir auf und an seiner Körpersprache konnte ich erkennen, dass er vor einer Konfrontation mit Dylan nicht zurückschrecken würde.

»Das ist Dylan, mein Ex-Mann«, klärte ich Tom auf und versuchte, Haltung zu bewahren und der abgrundtiefen Abneigung Herr zu werden, die mich zu übermannen drohte. Tom verbarg seine Überraschung gekonnt und seine Miene blieb ausdruckslos.

»Er wollte gerade gehen«, fügte ich hinzu.

Dylans Blick glitt von Tom zu mir und kehrte dann zu mir zurück.

»Wir sehen uns sicher noch«, sagte Dylan und lächelte kalt. Dann stieg er in seinen Wagen und fuhr davon.

Mit hämmerndem Herzen blieb ich auf dem Gehweg stehen. Tom legte mir meinen Wollmantel um die Schultern und erst jetzt merkte ich, wie sehr ich fror. Eilig schlüpfte ich in den Mantel.

»Ich wusste nicht, dass du verheiratet gewesen bist«, sagte Tom in die angespannte Stille hinein.

»Da gibt es auch nichts zu wissen. Sorry, dass du diesen hässlichen Streit gerade miterleben musstest.«

Ich wartete Toms Antwort nicht ab, stattdessen marschierte ich ins Diner zurück, um meine Einkäufe, meine Mütze und die Handschuhe zu holen. Tom folgte mir unaufgefordert und schnappte sich vor mir die Tüte mit den Einkäufen.

»Ich begleite dich nach Hause«, bot er an. »Wir können gleich gehen. Ich habe schon gezahlt.«

»Danke«, murmelte ich, lehnte sein Angebot, mich nach Hause zu bringen, allerdings ab.

»Nein, danke. Ich gehe lieber allein. Ich sagte doch schon, dass ich keine Hilfe brauche. Weder von dir noch von sonst wem, und jetzt gib mir die Tüte zurück.«

Tom starrte mich streitlustig an. Warum war er nur so verdammt schwierig? Anstatt mir zu antworten, marschierte er einfach aus dem Diner und ließ mich stehen. Genervt rannte ich ihm nach.

»Was soll das?«, fuhr ich ihn an, als ich ihn endlich eingeholt hatte.

»Ich habe keine Lust auf einen Streit mit dir, und außerdem ist meine Erziehung zu gut, als dass ich dich jetzt die schwere Tüte allein schleppen lassen könnte. Also, akzeptiere es einfach«, riet er mir und ging weiter.

»Du bist so dermaßen anstrengend«, sagte ich, als ich neben Tom herstapfte und mir meine Mütze und die Handschuhe anzog.

»Da stehen wir uns beide in nichts nach«, gab Tom zurück und grinste mich schief an. »Und jetzt lass uns einfach gehen.«

• • •

»Lässt du immer die Haustür offen, wenn du das Haus verlässt?«, fragte Tom, der jetzt auf der Veranda stehen geblieben war und sich den Schnee von den Stiefeln klopfte. Jetzt sah ich es auch. Meine Haustür stand einen Spalt breit offen.

»Ich bin mir sicher, dass ich vorhin abgeschlossen habe«, entgegnete ich und trat unsicher von einem Bein aufs andere.

Ein mulmiges Gefühl stieg in mir auf, und als Tom die Tür weiter aufstieß und mein Haus betrat, folgte ich ihm zögerlich.

Das Erste, was mir auffiel, war, dass es im Haus schrecklich kalt war. Tom stellte die Einkäufe im Flur ab und nahm meine Hand. Er bedeutete mir, still zu sein. Während er meine Hand festhielt, überwog in mir das Gefühl der Sicherheit das der Furcht. Wir gingen langsam ins Wohnzimmer hinüber und ich rückte näher an ihn heran.

»Das Fenster steht offen«, raunte er und sah ernsthaft besorgt aus.

Die Gardinen blähten sich im kalten Wind und ich musste mich schwer zusammenreißen, dass mir nicht die Tränen in die Augen schossen. Irgendjemand war in meinem Haus gewesen.

»Du wartest hier«, raunte Tom und dann fügte er hinzu: »Ich gehe nachsehen, ob noch jemand hier ist.«

Ich schüttelte schnell den Kopf und hielt seine Hand ein bisschen fester.

»Das mache ich auf gar keinen Fall. Ich komme mit«, flüsterte ich mit fester Stimme.

Tom rollte mit den Augen, gab sich dann aber geschlagen. Widerstand war ohnehin zwecklos. »Meinetwegen. Aber du bleibst hinter mir«, wies er mich streng an, und ich nickte.

Tom ging in jedes Zimmer und überall bot sich das gleiche Bild: Alle Fenster standen weit offen.

Panik kroch in mir hoch, als mir richtig bewusst wurde, dass während meiner Abwesenheit jemand in meinem Haus gewesen war. Als wir alles abgesucht hatten, entspannte sich Tom.

»Es ist niemand hier«, sagte er. Erleichterung schwang in seiner Stimme mit.

»Wir sollten die Fenster schließen«, sagte ich, aber Tom schüttelte den Kopf.

»Warte noch. Wir rufen besser die Cops. Vielleicht können die irgendwo Fingerabdrücke finden.«

Daran hatte ich noch gar nicht gedacht.

Tom nahm sein Handy zur Hand, um die Polizei zu rufen. Er meldete, was passiert war, und als er das Gespräch beendet hatte, schob er das Telefon zurück in seine Jackentasche.

»Die Cops werden gleich hier sein«, sagte er. »Kannst du nachsehen, ob etwas gestohlen wurde? Das wäre sehr hilfreich.«

»Okay«, stammelte ich und wusste gar nicht, wo ich anfangen sollte. Auf den ersten Blick erschien es mir allerdings nicht so, denn es standen weder Schubladen noch Schranktüren offen und augenscheinlich war auch nichts durchwühlt worden.

Ich ging trotzdem eilig durchs Haus und überprüfte die wichtigsten Dinge. Aber mein weniges Bargeld, das ich im Haus hatte, der Schmuck und auch alle wichtigen Dokumente waren noch an ihrem Platz. Mein erster Eindruck, dass nichts fehlte, bestätigte sich folglich.

Gerade als ich ins Wohnzimmer zurückkehrte, klingelte es an der Tür. Schreckhaft zuckte ich zusammen.

»Schon gut«, sagte Tom, der das mitbekommen hatte. »Das sind sicher nur die Kollegen.«

Tom öffnete und zwei Deputys standen auf meiner Veranda. Einen Moment später betraten die beiden mein Haus.

»Ich glaube, bei mir ist eingebrochen worden«, platzte ich heraus. Ich war furchtbar durcheinander.

Die beiden schauten sich langsam um.

»Können Sie uns sagen, ob etwas gestohlen wurde?«

»Ich habe nachgesehen. Aber ich glaube nicht, dass etwas fehlt. Nichts Wichtiges zumindest«, gab ich zurück.

Der Kleinere von den beiden machte sich auf einem Schreibblock Notizen, während der andere ein paar Fragen stellte.

»Ist Ihnen etwas Ungewöhnliches aufgefallen, als Sie heute Abend nach Hause gekommen sind?«

»Als wir auf der Veranda ankamen, bemerkten wir, dass die Haustür einen kleinen Spalt breit offenstand«, erklärte ich, und Tom fügte hinzu: »Nach Betreten des Hauses haben wir gesehen, dass alle Fenster im Haus geöffnet worden waren.«

Die Cops nickten und der Kleinere notierte sich diese Information, dann steckte er seinen Block vorerst zurück in die Tasche.

Einer der beiden schaute sich die Haustür genauer an und schüttelte dann den Kopf. »Die Tür wurde nicht aufgebrochen«, stellte er fest. Mir wurde übel. Das bedeutete, dass noch jemand einen Schlüssel für dieses Haus hatte. Ich hatte das Gefühl, vor Schreck gleich umzukippen. War das das erste Mal, dass jemand in meinem Haus gewesen war? Tom griff nach meiner Hand und drückte sie leicht. Ich blickte ihn an und war unglaublich froh, jetzt nicht allein zu sein.

»Besitzt außer Ihnen noch jemand einen Schlüssel für dieses Haus?«, wollte einer der Cops wissen, aber ich verneinte.

»Meines Wissens nicht.«

»Okay, dann schauen wir uns jetzt mal die Fenster an. Vielleicht haben wir Glück und können ein paar Fingerabdrücke finden.«

»Wir warten hier«, sagte Tom, während ich unfähig war, irgendetwas zu tun, zu denken oder zu sagen.

Nachdem die Cops alle Fenster überprüft hatten, blieben sie vor uns stehen.

»Tut mir leid. Wer auch immer in Ihrem Haus war, war sehr gründlich. Wir haben weder Abdrücke noch Einbruchspuren gefunden. Nicht einmal von Ihnen gab es Abdrücke. Der Täter oder die Täterin hat alle Griffe sauber gewischt.«

Tom fluchte lautstark und ich bekam eine Gänsehaut, und das lag mit Sicherheit nicht an den frostigen Temperaturen, die mittlerweile im Haus herrschten. Nur mit Mühe konnte ich die Tränen zurückhalten, als mir die Tragweite dieses Einbruchs bewusst wurde.

Es war niemand, der mir etwas stehlen wollte, sondern jemand wollte mir Angst machen, und es funktionierte. Ich hatte sogar schreckliche Angst.

»Haben Sie eine Idee, wer das gewesen sein könnte?«, wollten die Cops wissen. Ich spürte Toms Blicke auf mir. Ich wusste genau, was er dachte, und das Gleiche ging mir auch gerade durch den Kopf.

»Da fällt mir nur mein Ex-Mann ein. Sein Name ist Dylan Randall. Er lebt in Helena, aber ich habe ihn heute in Riverside gesehen. Außerdem denke ich, dass er schon seit ein paar Tagen hier in der Stadt ist.«

»Hat er Ihnen nach der Scheidung schon mal Probleme bereitet?«, bohrte einer der beiden nach.

Ich seufzte leise. Den Brief ließ ich unerwähnt. Ich hatte ihn sowieso längst weggeworfen und konnte nicht mit Sicherheit sagen, dass er von Dylan war. Obwohl ich immer noch der festen Überzeugung war. Nur dummerweise hatte ich dafür keine Beweise.

»Ich habe eine einstweilige Verfügung gegen ihn erwirkt; er darf sich mir bis auf 25 Meter nicht nähern. Aber ich würde ihm diesen Einbruch zutrauen«, gestand ich.

Die Cops nickten. »Wir werden das prüfen«, versprachen sie. »Aber mehr können wir im Moment leider nicht tun.«

Ich nickte. »Okay, vielen Dank.«

Die Cops verabschiedeten sich und Tom und ich blieben allein zurück.

Ich war wie gelähmt. Toms Stimme ließ mich zusammenzucken, als er sagte: »Setz dich hier hin.« Vorsichtig drückte er mich auf die Couch und ich ließ es zu.

»Ich schließe alle Fenster.« Tom verschwand und ich blieb im Wohnzimmer zurück.

Ich fühlte mich schrecklich hilflos und dieses Gefühl hasste ich am meisten.

Nach einer Weile kam Tom zurück. Ich hatte mich keinen Zentimeter bewegt.

»Schau mal, wer im Bad gewartet hat.«

Tom hielt Tiger im Arm und ich sprang von der Couch auf.

»Oh mein Gott, ich hatte Tiger völlig vergessen. Was ist denn nur los mit mir?«

Tom übergab mir meine Katze. Während er in der Küche verschwand, presste ich Tiger fest an mich und verbarg meinen Kopf in seinem warmen Fell. »Es tut mir so leid. Zum Glück ist dir nichts passiert.«

Tiger schnurrte und rieb sein Köpfchen gegen meine Wange.

Als Tom neben mir stehen blieb, hielt er mir eine Tasse Kaffee unter die Nase.

Ich drückte Tiger noch einmal und setzte ihn dann am Boden ab. Tom stellte die Tasse indes auf den Couchtisch. »Ich dachte, den könntest du jetzt vertragen«, sagte er und lächelte aufmunternd.

»Ja, vielen Dank. Wirklich lieb von dir.«

Schwer atmend ließ ich mich auf die Couch sinken und griff nach der Tasse. Gedankenversunken trank ich mehrere Schlucke.

»Du solltest deine Schlösser so schnell wie möglich auswechseln lassen«, riet mir Tom und fügte dann hinzu: »Wenn du möchtest, kann ich dir die neuen Schlösser einbauen.«

»Das ist eine gute Idee«, gab ich erleichtert zurück.

Und dann schwiegen wir. Wahrscheinlich, weil Tom nicht wusste, was er alles fragen konnte. Und ich, weil ich mir nicht sicher war, was ich Tom alles erzählen wollte.

»Ich glaube, ich sollte jetzt lieber verschwinden«, sagte Tom schließlich und unterbrach damit die Stille, die sich zwischen uns gesenkt hatte. Und gleich darauf stand er auch schon von der Couch auf und schnappte sich seine Jacke, die über der Lehne hing.

»Nein«, sagte ich sofort und erhob mich ebenfalls. Versehentlich verschüttete ich etwas Kaffee. Die heiße Flüssigkeit spritzte mir auf die Hand und ich versuchte leise fluchend, das kurze Brennen zu ignorieren.

»Alles okay?«, fragte Tom und deutete auf meine Finger.

»Meine Hand ist mir egal«, entgegnete ich und ging um den Couchtisch herum.

Tom schaute mich mit hochgezogenen Augenbrauen an.

»Ich will auf keinen Fall allein sein«, sagte ich geradeheraus. Jetzt war keine Zeit für Schüchternheit oder Spielchen. Irgendein Verrückter war heute in mein Haus eingestiegen, und nicht nur das – dieser Irre, der mit sehr hoher Wahrscheinlichkeit mein Ex-Mann war, hatte im schlimmsten Fall sogar einen Schlüssel und könnte jederzeit wiederkommen.

Ich holte tief Luft, rieb mir über das Gesicht und strich mir die Haare zurück. Dann blickte ich wieder zu Tom auf.

»Du musst hierbleiben, bitte«, sagte ich, und hätte ihn zur Not auch angefleht.

»Schon gut«, antwortete Tom einen Augenblick später. »Wenn du das wirklich möchtest, dann bleibe ich heute Nacht bei dir. Ehrlich gesagt ist mir das auch lieber so. Ich wollte nur nicht aufdringlich sein und dich bevormunden.«

Freudlos lachte ich auf. »Vorhin wollte ich dich unbedingt loswerden, und jetzt ist meine größte Angst, dass du verschwinden könntest und ich heute Nacht allein sein muss.« Nach einer kurzen Pause gestand ich Tom: »Ich habe schreckliche Angst, dass er wiederkommt.« Ich hatte den Satz noch nicht einmal richtig ausgesprochen, da war er schon bei mir und schloss mich in seine Arme. Vor Erleichterung hätte ich weinen können.

»Du brauchst keine Angst zu haben. Ich bin bei dir und ich lasse dich nicht allein. Versprochen!«, flüsterte er in meine Haare und ich hielt mich an ihm fest.

Mir war immer noch kalt und ich zitterte leicht. Aber in Toms Umarmung fühlte ich mich wie in einem Kokon. Vollkommen beschützt, als könnte mir nichts und niemand auf der Welt etwas anhaben. Nicht, solange er bei mir war. So geborgen wie in diesem Augenblick hatte ich mich ewig nicht gefühlt.

Sanft rieb er über meine Arme. Selbst in meinem warmen Pullover fröstelte ich noch.

»Du zitterst ja«, raunte er in mein Haar, während er mich wieder fest in seine Arme zog. »Sollen wir den Kamin anmachen?« Ich nickte sofort.

»Gerne.«

Tom ließ mich los, und damit schwand auch das Gefühl der Wärme und Geborgenheit.

»Ich kann dir helfen«, bot ich an, während Tom Holz in den Kamin schlichtete. Aber ich bekam nur ein Kopfschütteln von ihm.

»Lass nur, das schaffe ich schon.«

Natürlich würde er das. Derweil ließ ich mich wieder auf die Couch plumpsen. Einen Moment später knisterte und flackerte ein hübsches kleines Feuer in meinem Kamin. Lächelnd kehrte Tom zur Couch zurück, auf der ich es mir in der Zwischenzeit bequem gemacht hatte, und ließ sich neben mich sinken.

Für einen kurzen Augenblick betrachtete ich sein Profil, während Toms Aufmerksamkeit auf die züngelnden Flammen gerichtet war. Kurze Zeit später umfing uns wunderbare, herrliche Wärme. Langsam entspannte ich mich.

»Darf ich?«, fragte ich in die Stille hinein und deutete auf seine Schulter.

Tom lächelte und nickte dann. »Klar, mach nur«, forderte er mich auf, und das musste er mir bestimmt nicht zweimal sagen.

Leise seufzend rutschte ich näher an Tom heran und barg schließlich meinen Kopf an seiner Schulter. Sofort war das Gefühl von Sicherheit und Geborgenheit wieder da. Und als Tom seinen Arm um meine Schultern legte, fühlte es sich einfach vollkommen richtig an.

Ich schaute den tanzenden Flammen zu und spürte, wie ich zunehmend müder wurde. Der Tag hatte mich erschöpft, vor allem dieser Abend hatte mir meine Kräfte geraubt. Meine Augenlider wurden schwerer und schwerer an und ich geriet in starke Versuchung, einfach die Augen zu schließen und einzuschlafen.

Es war Toms Stimme, die mich hochschrecken ließ. Sein Blick war auf das Feuer gerichtet, als er sagte: »Es passierte an einem Freitagabend. Meine Kollegen und ich trafen uns in unserer Stammkneipe.

Dort gingen wir jeden Freitag nach Ende unserer Schicht hin. Cade war nicht nur mein Partner, sondern auch mein bester Freund. Er wollte an diesem Abend nicht mitkommen, sondern lieber nach Hause zu seiner Frau und seinen Kindern fahren. Aber wir haben ihn überredet, mitzukommen, und er hat sich überreden lassen. Als wir später die Bar verließen, bemerkte ich einen Typen, der gerade versuchte, ein Auto zu klauen. Cade wollte eine Streife anfordern, denn schließlich waren wir nicht mehr im Dienst. Aber ich wollte nicht warten, aus Angst, dass der Typ entwischen könnte.«

Tom seufzte leise auf, löste seinen Blick nicht vom flackernden Schein des Feuers. Ich wagte kaum zu fragen, was dann passierte, weil ich Bedenken hatte, dass er dann nicht weitersprechen würde. Aber Tom fuhr fort, und was er sagte, nahm mich aufs Heftigste mit. Vor Mitgefühl zerriss es mir schier das Herz.

»Wir griffen ein. Plötzlich hatte der vermeintliche Dieb eine Waffe gezogen und schoss blind drauflos. Cade wurde tödlich getroffen und ich bekam einen Schuss ins Bein ab.«

»Oh mein Gott«, flüsterte ich. »Das tut mir schrecklich leid.« Seufzend fuhr er sich mit den Händen durch die Haare.

»An jenem Abend wurde mein bester Freund umgebracht. Cade war wie ein Bruder für mich. Ich war auf jede Familienfeier eingeladen, und nun bin ich für seinen Tod verantwortlich.«

Ohne zu überlegen, griff ich nach Toms Hand und drückte sie leicht. »Ich finde nicht, dass du Schuld daran trägst«, sagte ich eindringlich. »Du solltest dir das nicht einreden.« Tom starrte auf unsere Hände, deren Finger fest ineinander verschlungen waren.

»Doch, schon«, sagte er nachdenklich. »Jetzt kann ich seiner Frau und seinen Kindern kaum in die Augen sehen. Bei Cades Begräbnis war ich im Krankenhaus und seitdem habe ich nicht mehr mit Penny oder den Kleinen gesprochen. Weil ich nicht wusste, was ich ihnen sagen sollte. Und ich weiß auch nicht, wie ich jemals mit meinen Schuldgefühlen fertigwerden soll.«

Ihn so unglücklich zu sehen, tat weh. Doch was konnte ich tun, um ihm sein Los leichter zu machen?

»Du solltest sie anrufen. Penny, meine ich.«

Tom schaute mich mit gerunzelter Stirn an.

»Ich meine es ernst. Du musst mit ihr reden, sonst wirst du Cades Tod niemals verkraften können. Die Schuldgefühle werden dich auffressen. Lass das nicht zu«, redete ich weiter, und wusste nicht, ob ich überhaupt das Recht dazu hatte, ihm diese Ratschläge zu geben. Wir kannten uns kaum, und doch fühlte ich mich ihm gerade so nah wie keinem anderen vor ihm.

Tom sagte nichts zu meinem Vorschlag. Was er als Nächstes tun würde, war seine Entscheidung.

Aber er erwiderte den leichten Druck meiner Hand. Der warme Schein des Feuers tanzte auf unserer Haut. Der Wind peitschte die Schneegraupel gegen die Fensterscheiben. Im Haus war es jetzt dank des Kaminfeuers wieder mollig warm. Ohne Scheu saß ich neben Tom auf meiner Couch. Unsere Schultern berührten sich und er hatte es mit seiner bloßen Anwesenheit geschafft, dass ich mich trotz des Einbruchs geborgen und beschützt fühlte.

»War Cades Tod etwa der Grund für deine Suspendierung?«, fragte ich vorsichtig.

Tom schüttelte den Kopf. »Nein«, erwiderte er dann und erklärte: »Durch den Schuss ins Bein war ich längere Zeit dienstunfähig. Doch als ich wieder gesund und im Dienst war, war trotzdem nichts mehr wie vorher. Ich hatte einen neuen Partner bekommen, und bei einer Drogenrazzia wurden wir mit der Waffe bedroht und ich habe gezögert, meine zu ziehen. Es fühlte sich an wie eine Blockade, die zwar nur wenige Sekunden gedauert hat, aber diese Sekunden hätten uns das Leben kosten können.«

Ich nickte verständnisvoll. »Was ist danach passiert?«, fragte ich. Tom seufzte leise.

»Mein Captain hat mir geraten, weitere Therapiestunden zu absolvieren. Ich weigerte mich, weil ich die vorgeschriebenen Stunden bereits abgeleistet hatte. Doch im Grunde war es keine Bitte, eher ein Befehl seinerseits, der bei Missachtung mit Suspendierung bestraft werden würde. Und da ich jetzt hier bin, kannst du dir den Rest sicher zusammenreimen.«

»Ja, schon klar«, erwiderte ich und wusste nicht so richtig, was ich dazu sagen sollte. Schweigen senkte sich über uns, bis Tom es brach.

»Ich möchte dich jetzt auch etwas fragen«, flüsterte er über das Knistern des Feuers hinweg.

Ich konnte mir sehr gut vorstellen, was er wissen wollte. Am liebsten hätte ich den Kopf geschüttelt. Aber jetzt hatte er mir aus seiner Vergangenheit erzählt, da hielt ich es nur für fair, wenn ich nun auch seine Fragen beantworten würde.

Zögerlich gab ich zurück: »Was möchtest du wissen?«

»Was hat Dylan getan, dass du eine einstweilige Verfügung gegen ihn erwirkt hast?«

Ich merkte, wie ich mich versteifte. Ich wollte meine Hand zurückziehen, aber Tom hielt sie fest in seiner.

»Du willst nicht darüber reden«, stellte er fest, und damit hatte er recht. Ich wollte wirklich nicht darüber reden. Denn die Erinnerungen an meine gescheiterte Ehe waren einfach zu schmerzhaft. »Du kannst es mir erzählen. Vertrau mir«, bat er, und seltsamerweise begann ich daraufhin zu erzählen.

»Ich hätte auf meine Eltern hören sollen. Meine Mom hat mich vor Dylan gewarnt. Er ist ein Choleriker, sagte sie zu mir. Du begehst einen Fehler, wenn du ihn heiratest. Aber du kannst dir sicher denken, was ich getan habe. Nämlich alle ihre guten Ratschläge in den Wind geschlagen.« Ich atmete tief durch. »Letztendlich hat meine Mom recht behalten. Die Hochzeit war wirklich ein Fehler gewesen.«

»Hat er dich geschlagen?«, fragte Tom plötzlich und wandte den Blick nicht eine Sekunde von meinem Gesicht ab.

Ein Kloß bildete sich in meinem Hals, als ich an Dylan dachte und an den Moment, in dem er das erste Mal die Hand gegen mich erhoben hatte.

»Ehrlich gesagt hat er mich nicht nur geschlagen, er hat mich verprügelt.«

Tom zog scharf die Luft ein. »Erzähl mir genau, was passiert ist«, bat er und wirkte zornig.

Schonungslos berichtete ich weiter.

»Es fing alles relativ harmlos an. Er war eifersüchtig. Anfangs fühlte ich mich geschmeichelt, zeugte es doch von seinen ernsten Gefühlen für mich. Aber dann artete das Ganze aus. Er unterstellte mir, ich würde mit anderen Männern flirten, würde ihn betrügen, und eines Abends ist er wegen einer Kleinigkeit vollkommen ausgeflippt. Er hat mir die Nase blutig geschlagen.«

Ich musste mich heftig zusammenreißen, um nicht aufzustehen und davonzulaufen oder loszuheulen.

Ich hätte nicht mehr sagen müssen. Aber aus irgendeinem Grund wollte ich Tom alles erzählen, also sprach ich weiter: »Hinterher hat er sich entschuldigt und mir geschworen, dass er mich nie wieder schlagen würde.«

Ich lachte freudlos auf, als ich hinzufügte: »Du kannst dir sicher vorstellen, wie lange er dieses Versprechen gehalten hat.«

Tom räusperte sich leise. »Was ist dann geschehen?«, fragte er und ich holte wieder tief Luft, bereit, weiterzusprechen.

»Es kam, wie es kommen musste. Irgendwann hat er mich wieder geschlagen. Der Auslöser erneut nur eine Kleinigkeit. Aber diesmal hat er sich nicht entschuldigt. Am nächsten Morgen stand ich vor dem Badezimmerspiegel. Dylan war bereits zur Arbeit gegangen, und ich ertappte mich dabei, wie ich versuchte, die Spuren seiner Schläge mit Make-up zu kaschieren. Und in diesem Augenblick wurde mir klar, wenn ich jetzt bei ihm bliebe, würde es immer so weitergehen. Dylan würde sich niemals ändern. Also habe ich meine Sachen gepackt und bin Hals über Kopf aus unserer gemeinsamen Wohnung ausgezogen.«

»Was hast du dann gemacht? Wo bist du hingegangen?«, wollte Tom wissen.

»Ich hatte Glück, weil ich eine Familie hatte, die hinter mir stand und es auch heute noch tut. Meine Eltern, meine Schwester Stella und mein Bruder Josh haben mich immer unterstützt. Zunächst bin ich bei meinen Eltern untergekommen. Ich wollte einfach nicht allein sein. Und dann habe ich endlich die Scheidung eingereicht.«

»Ich kann mir gut vorstellen, wie Dylan reagiert hat, als er von der Arbeit nach Hause kam und du warst nicht mehr da.«

»Er ist völlig ausgerastet, zumindest habe ich das von unseren ehemaligen Nachbarn gehört. Seitdem habe ich nie wieder einen Fuß in unsere Wohnung gesetzt. An dem Tag, als unsere Ehe rechtskräftig geschieden wurde, hat er mir gedroht und gesagt, dass ich nie mehr sicher vor ihm sein würde. So wie es nun scheint, hat er seine Drohungen wahr gemacht.«

»Wie ging es weiter?«, hakte Tom nach.

»Ich bin danach innerhalb Helenas mehrmals umgezogen. Aber er hat mich überall gefunden. Ich habe meine Telefonnummer geändert, aber auch das hat nichts genützt. Er hat mich einfach nicht in Ruhe gelassen. Irgendwann konnte ich nicht mehr. Ich habe ihn angezeigt und die Verfügung erwirkt. Das war ein harter Kampf, aber am Ende hatte ich ihn gewonnen. Und jetzt kommt er nach Riverside. Das ist bestimmt kein Zufall.«

»Glaubst du wirklich, er ist in dein Haus eingebrochen?«, fragte Tom.

»Auf jeden Fall«, erwiderte ich überzeugt. »Ich wüsste nicht, wer es sonst gewesen sein sollte.«

Tom schwieg einen kurzen Moment, dann erwiderte er: »Du kennst Dylan am besten, aber so, wie er sich heute Nachmittag aufgeführt hat, würde ich es ihm ebenfalls zutrauen.«

»Dylan hat mir monatelang Angst gemacht, und jetzt, als ich endlich wieder wo Fuß gefasst habe, fängt alles von vorne an. Ich habe es satt. Ich hasse es, Angst zu haben. Um ehrlich zu sein, habe ich sogar riesige Angst. Wenn ich daran denke, dass Dylan durch mein Haus geschlichen ist, muss ich mich zusammenreißen, um nicht in Panik zu verfallen.«

Tom wandte sich mir jetzt ganz zu. »Ich weiß, du bist stark und du brauchst keinen Beschützer. Aber lass mich einfach ein bisschen auf dich aufpassen. Wenigstens, solange Dylan in der Stadt ist«, bat er mich und mir wurde ganz warm ums Herz. Wie hätte ich dieses Angebot ablehnen können?

Nicht nur das Feuer knisterte im Kamin, sondern es kam mir vor, als wäre die Spannung zwischen uns fast greifbar.

»Und wie willst du das anstellen? Auf mich aufzupassen, meine ich?«

Tom rutschte ein kleines bisschen näher an mich heran und ich wartete mit laut klopfendem Herzen ab. Unsere Knie berührten sich.

Ein süßes Lächeln umspielte Toms Mundwinkel, als er erwiderte: »Heute Nacht bei dir zu bleiben, ist doch schon mal ein guter Anfang.«

Lächelnd fragte ich: »Und wo wirst du schlafen?«

Tom schmunzelte schelmisch zurück. »Am liebsten nah bei dir. Aber notfalls gebe ich mich auch mit der Couch zufrieden.«

Die Luft zwischen uns schien zu vibrieren, als er näher und näher kam. Seine Lippen schwebten gefährlich nah an meinem Mund.

Bis eben hatte Tom noch gelächelt, aber jetzt schaute er mich eindringlich an.

»Ich muss dich warnen, wenn du mich jetzt nicht aufhältst, werde ich dich küssen.«

Er ließ meine Hand los, strich mir eine Haarsträhne aus dem Gesicht und ich legte meine Hände auf seine Schultern.

»Wie wäre es, wenn du einfach dein Glück versuchst?«, flüsterte ich. Das Feuer im Kamin loderte hell auf und ein paar Scheite rutschten zusammen, sodass kleine Funken in die Luft stoben.

Mit seinen Fingerspitzen zeichnete Tom meine Lippen nach und hob dann mein Kinn an. Mein Herz schlug vor Aufregung schnell in meiner Brust.

»Ich erinnere mich nicht, schon mal etwas so sehr gewollt zu haben«, raunte er.

»Geht mir genauso«, flüsterte ich zurück, und dann war ich diejenige, die den ersten Schritt wagte. Ich beugte mich zu ihm und küsste ihn einfach. Seine Lippen fühlten sich unglaublich an. Tom erwiderte den Kuss und ich hatte das Gefühl, ein paar Zentimeter über der Couch zu schweben. Ich kuschelte mich an ihn und hielt mich an ihm fest. Der Kuss wurde intensiver. Ich wollte mehr, kam ihm weiter entgegen, und Tom beugte sich über mich und drückte mich sanft in die Kissen. Als er seine Hand unter meinen Pullover schob, löste ich meine Lippen von seinen und wich ein Stück zurück.

»Was ist denn los?«, fragte Tom und zog seine Hand langsam zurück.

Bevor ich etwas erwidern konnte, schob er hinterher: »Du musst mir nichts erklären. Ich denke, ich weiß, was los ist. Ich bin zu schnell, oder? Wir können es auch langsamer angehen lassen.«

Ich schüttelte den Kopf. »Nein«, gab ich zurück und lächelte leicht. »Das ist nicht das, was ich sagen wollte.«

»Nicht?«, fragte Tom ungläubig nach.

»Nein, eigentlich wollte ich sagen, dass mich die Fernbedienung am Po drückt.«

Tom lachte laut auf und lehnte sich zurück, während ich die Fernbedienung zur Seite legte.

»Ist es jetzt besser?«

Ich nickte. »Viel besser, und übrigens ist langsam das Letzte, was ich gerade will«, sagte ich, während ich auf seinen Schoß kletterte. Tom schaute mich unverwandt an und ich konnte förmlich hören, wie ihm das Herz vor Aufregung in der Brust schlug.

»Bist du nervös?«, fragte ich ihn. Er nickte.

»Seltsamerweise schon«, gab er zu und spornte mich mit seiner Antwort an, dieses Gefühl noch ein bisschen zu steigern.

Ich hielt seinem Blick stand, während ich mir meinen Pullover auszog und ihn dann achtlos zu Boden fallen ließ.

Ein süßes Lächeln umspielte Toms Mundwinkel.

»Gefällt dir, was du siehst?«, fragte ich.

Tom nickte wieder. »Und wie.«

Als ich mir seiner sehnsuchtsvollen Blicken bewusst wurde, löste ich die Häkchen meines BHs und zog ihn ebenfalls aus.

»Du siehst unglaublich toll aus«, flüsterte er, während seine Augen im Schein des Kaminfeuers leuchteten.

»Du bist dran«, forderte ich ihn auf.

Tom grinste. »Du tust wirklich alles, um mich nackt zu sehen.« Lachend zuckte ich die Schultern. »Sieht ganz danach aus.«

Tom packte mich kurzerhand, hob mich von seinem Schoß und setzte mich dann wieder auf der Couch ab.

Amüsiert schaute ich ihm dabei zu, wie er aufstand, sich vor mir aufbaute und sich auszog, und ich genoss seine kleine Show in vollen Zügen.

Dann reichte er mir die Hände, ich ergriff sie und er half mir von der Couch auf.

Er drückte mich an sich, strich mit den Händen über meinen Rücken, küsste mich und raunte schließlich an meinem Mund: »Deine Jeans müssen wir unbedingt loswerden.« Im gleichen Atemzug glitten seine Hände über meine Brüste, hinunter zu meinem Bauch und zum Bund meiner Jeans.

Konzentriert öffnete Tom den Knopf und zog dann den Reißverschluss auf. Er schob die Jeans nach unten und ich strampelte sie mir von den Füßen. Sanft fuhr er über den dünnen Stoff meines Höschens, das letzte verbliebene Kleidungsstück, und dann streifte er mir auch das vom Körper. Noch bevor es zu Boden gefallen war, küsste er mich wieder und ich drängte mich gegen ihn.

»Ich kann es nicht erwarten, mit dir zusammen zu sein«, flüsterte er.

»Geht mir genauso«, gab ich zurück, und dann tat ich etwas, was ich seit einer gefühlten Ewigkeit nicht mehr hatte tun können. Ich ließ mich einfach fallen und gab mich ganz hin. Meinen Gefühlen und Tom.

Er hob mich hoch und ich schlang die Beine um ihn. Lächelnd fragte er: »Couch oder Schlafzimmer? Ich würde mich übrigens auch mit dem Fußboden zufriedengeben.«

»Ich entscheide mich für die Couch.« Die Worte hatten gerade meinen Mund verlassen, da ließ mich Tom auch schon auf die Couch fallen und beugte sich dann mit einem süßen Lächeln über mich.

Wieder küsste er mich. Zuerst meinen Mund, dann glitten seine Lippen hinab zu meinem Hals, über die Vertiefung an meiner Kehle. Leise seufzend bog ich den Kopf zurück und schloss die Augen. Die Empfindungen, die seine Küsse in mir auslösten, überwältigten mich und ich bog den Rücken durch, um ihm entgegenzukommen. Schon so lange hat mich kein Mann mehr zärtlich berührt. Während seine Lippen weiter und weiter abwärtsglitten, streichelte und berührte er meine Brust. Sein Dreitagebart kitzelte mich und ich stöhnte sehnsuchtsvoll auf. Ich hielt es vor Lust kaum noch aus, während zugleich Aufregung und Nervosität in mir aufstiegen. Tom indes widmete sich seelenruhig meinen Brüsten, leckte und saugte mit genau dem richtigen Druck und machte mich damit vollkommen verrückt.

»Willst du noch mehr?«, flüsterte er und schaute zu mir auf.

Ich war kaum in der Lage zu nicken, und Tom lächelte.

»Ja, du willst es«, sagte er zur Bestätigung.

Seine Zunge wanderte weiter abwärts, umkreiste meinen Bauchnabel, und ich stöhnte auf, als er eine Spur aus Küssen weiter nach unten zog.

Das war die reinste Folter. Aber dann erlöste er mich und küsste mich genau dort, wo ich es gerade am allermeisten brauchte.

Als ich es kaum noch aushielt, zog er sich zurück und schaute zu mir auf.

»Bitte«, flüsterte ich unter schnellen Atemzügen und wusste eigentlich gar nicht, worum ich genau bat. Aber eines wusste ich – ich wollte unbedingt ganz mit ihm zusammen sein. Tom gefiel es sichtlich, mich an den Rand des Erträglichen gebracht zu haben.

»Was möchtest du denn?«, neckte er mich und begann wieder damit, mich zu küssen.

Meine Hände glitten in seine Haare.

»Ich will dich ganz und gar«, flüsterte ich, während ich ihm in die Augen sah.

Tom hauchte mir abermals einen Kuss auf den Mund. »Genau das habe ich auch gerade gedacht.«

»Bitte sag, dass du ein Kondom dabeihast«, flüsterte ich an seinem Mund.

Tom lächelte mich an. »Seit ich dir begegnet bin, immer.«

Er löste sich von mir und griff nach seiner Jeans, die auf dem Boden neben der Couch lag. Einen Augenblick später hatte er das Kondom gefunden und zog es sich über.

Als er sich über mich beugte, schlang ich die Beine um seine Hüften. Tom küsste mich wieder und während seine Lippen auf meinem Mund verweilten, drang er in mich ein. Ihn in mir zu spüren, fühlte sich unglaublich schön an, intensiv und berauschend. Langsam bewegte er sich in mir; wir fanden zueinander in einem perfekten Rhythmus, als hätte es schon immer so sein müssen. Als wäre Tom der Richtige, der Eine, der, auf den man sein ganzes Leben lang gewartet hat.

• • •

»Soll ich wirklich nicht mitkommen?«, fragte ich, während ich vor Tom auf meiner Veranda stand und frierend von einem Bein aufs andere trat. Sonnenstrahlen ließen den Pulverschnee glitzern.

Er schüttelte den Kopf. »Nicht nötig. Ich fahre schnell nach Bozeman und besorge die neuen Schlösser. Sie zu wechseln, ist nicht besonders aufwendig. Ich erledige das heute noch für dich. Dass irgendein Irrer einen Schlüssel zu deinem Haus hat, beunruhigt mich.«

Ich nickte. »Okay, danke. Das ist lieb von dir.«

»Machst du den Laden heute auf?«, wollte Tom wissen, während er mich schützend an seine Brust zog und ich gleich ein bisschen weniger fror.

An normalen Samstagen war der Laden immer bis mittags geöffnet. Aber heute war kein normaler Samstag. Denn gestern war jemand, genauer gesagt Dylan, in mein Haus eingebrochen, und ich hatte mit Tom eine umwerfende Nacht verbracht. Gegensätzlicher hätte der Tag wohl kaum verlaufen können. Der Gedanke an die gemeinsame Nacht zauberte ein flüchtiges Lächeln auf mein Gesicht.

»Woran denkst du gerade?«, flüsterte Tom fragend, als er einen Kuss auf meine Stirn hauchte. Meine Wangen färbten sich rosa und Tom schenkte mir ein süßes Lächeln. Ich fühlte mich ertappt.

»Lass mich raten, du hast gerade an letzte Nacht gedacht.«

»Natürlich nicht«, erwiderte ich entrüstet und Tom lachte laut auf.

»Du bist eine schlechte Lügnerin«, sagte er und gab mir einen zärtlichen Kuss auf die Nasenspitze. »Und jetzt gib es schon zu.«

»Schon gut, es stimmt. Ich habe daran gedacht. Bist du jetzt zufrieden?«

»Ich bin erst zufrieden, wenn ich eine Wiederholung kriege«, erwiderte er geradeheraus. Seine Ehrlichkeit gefiel mir.

»Wechsel meine Schlösser aus, und dann werden wir sehen, was sich machen lässt.«

»Oh Mann, du bist unerbittlich.« Tom gab mir noch einen Kuss und lächelte. »Aber das mag ich an dir.«

Dann wurde er ernst. Sanft strich er mir eine Haarsträhne aus dem Gesicht. »Bist du sicher, dass es dir gut geht?«

Ich wusste, dass er nicht unsere gemeinsame Nacht meinte, sondern den Einbruch. Gestern allein in meinem Haus zu bleiben, hätte ich nicht überstanden. Die Angst hätte mich aufgefressen. Ich war so froh, dass er für mich da gewesen war.

»Es geht mir gut, wirklich. Und übrigens muss ich dir noch Danke sagen, dass du gestern Nacht bei mir geblieben bist; das war wirklich nett von dir.«

»Purer Eigennutz«, erwiderte er, während seine Augen schelmisch aufblitzten. Aber dann wurde er ernst. »Ich hätte dich niemals allein gelassen. Wenn du mich vor die Tür gesetzt hättest, dann hätte ich die Nacht in meinem Auto vor deinem Haus verbringen müssen. Aber unter keinen Umständen wäre ich weggefahren.«

»Du hättest erfrieren können«, gab ich zu bedenken und Tom zuckte kurz mit den Schultern.

»Wahrscheinlich hätte ich darauf gehofft, dass du irgendwann Mitleid hast und mich doch noch ins Haus lässt.«

»Ich bin froh, dass es nicht so weit gekommen ist.«

»Ich auch«, erwiderte Tom und drückte mich an sich. Während ich meinen Kopf an seine Brust lehnte, sagte ich, um die Stimmung, wieder ein bisschen aufzulockern: »Wie du in der vergangenen Nacht für Ablenkung gesorgt hast, war wirklich grandios.« Diese Bemerkung verfehlte ihre Wirkung nicht und Tom lachte lauthals auf. Das Lachen vibrierte in seiner Brust, ich konnte es spüren, denn mein Kopf ruhte noch immer an seinem Oberkörper.

Tom umarmte mich fest. »Du bist wirklich lustig. Aber jetzt mal ganz im Ernst, Michelle: Ich lasse nicht zu, dass dir etwas geschieht. Du kannst dich auf mich verlassen«, schwor er, bevor er mich auf Armeslänge von sich hielt. Und ich zweifelte nicht eine Sekunde daran, dass er die Wahrheit sagte.

»Kommst du wirklich allein klar, solange ich weg bin?«

Ich nickte. »Dylan wird sich hüten, tagsüber hier aufzukreuzen. So dumm ist nicht mal er.«

Tom nickte, schien aber nicht überzeugt. »Dann hoffen wir mal, dass du recht hast. Ich fahre jetzt und komme so schnell wie möglich zurück«, versprach er.

»Ich warte hier auf dich.«

Im gleichen Moment kam Tiger miauend aus dem Haus gelaufen. Zaghaft tapste er durch den Schnee und drängte sich dann schnurrend gegen meine Knöchel. Lächelnd blickte ich zu ihm hinab.

»Siehst du, ich habe auch schon einen Beschützer.«

Tom musste ebenfalls schmunzeln. »Ich zweifele keine Sekunde an Tigers Tapferkeit. Allerdings wäre es mir lieber, du würdest nicht allein im Haus bleiben. Kannst du nicht irgendwo anders hingehen?«

Er schien wirklich besorgt, und ich seufzte leise auf. Auch wenn ich es für ausgeschlossen hielt, dass sich Dylan während Toms Abwesenheit blicken ließ, konnte ich seine Besorgnis durchaus verstehen.

Tiger machte indes wieder kehrt und verschwand im Haus. Der Schnee war ihm wohl doch zu kalt.

»Wenn es dich beruhigt, schaue ich bei Reece vorbei.«

Tom nickte sofort. »Ja, das würde es wirklich.«

Er hauchte mir noch einen Kuss auf die Lippen und zog dann den Reißverschluss meiner Strickjacke bis ganz nach oben. Seine Fürsorglichkeit war einfach unglaublich süß. »Ich kann es kaum erwarten, wieder bei dir zu sein.«

»Geht mir auch so«, gab ich zurück und ließ ihn nur widerwillig los. Dann wandte er sich schließlich um und lief die Stufen meiner Veranda hinunter.

»Bis später«, rief er mir noch zu und machte sich auf den Weg zu seinem Auto.

Ich wollte gerade wieder ins Haus gehen, als ich bemerkte, dass Tom plötzlich stehen geblieben war und sich umschaute. Besorgt ging ich zu ihm.

»Was ist denn los?«, fragte ich und folgte seinem Blick.

Und dann sah ich es auch. Da waren Fußspuren im Schnee, die hinters Haus führten. Ich bekam eine Gänsehaut, und das lag ausnahmsweise nicht an den frostigen Temperaturen.

»Du hattest gestern Abend Besuch«, stellte Tom nüchtern fest.

Dann überlegte er laut: »Als die Cops da waren, hat es geschneit, und der Schneefall hielt auch danach noch eine Weile an. Nachdem wir uns geliebt hatten, war ich in der Küche, um ein Glas Wasser zu trinken. Erinnerst du dich?«

»Ja«, stammelte ich und Tom fuhr mit seinen Überlegungen fort.

»Dabei habe ich einen Blick aus dem Fenster geworfen. Da war das Schneegestöber bereits vorüber. Bedeutet also, dass der Besucher auf jeden Fall eine ganze Weile nach der Polizei hier gewesen sein muss. Sonst wären die Fußspuren jetzt nicht mehr sichtbar.«

Ich spürte Panik in mir aufkeimen, als ich gemeinsam mit Tom den

Fußspuren folgte. Sie endeten hinter einem Baum, der ungefähr in fünf Schritten Entfernung vor meinem Wohnzimmerfenster stand.

»Jemand hat uns gestern Nacht zugesehen«, sagte Tom schonungslos und mir drehte sich der Magen um.

Ich schnappte nach Luft, als ich mir vorstellte, wie Dylan hinter dem Baum hockte und Tom und mich auf der Couch beobachtete.

»Du bist schneeweiß im Gesicht«, stellte Tom fest, als er mich anblickte, und schloss mich dann in eine feste Umarmung. »Komm schon, ich bringe dich lieber wieder rein.« Ich nickte. Tom legte den Arm um meine Schultern und gemeinsam gingen wir ins Haus zurück.

»Ich habe kein gutes Gefühl dabei, dich auch nur eine Minute allein zu lassen«, sagte Tom, als wir auf der Couch saßen. Seine Stimme klang aufgewühlt, als er vorschlug: »Ruf Reece an, frag sie, ob sie hier bei dir bleiben kann, bitte.«

»Sie wird denken, dass ich verrückt bin.«

Tom schüttelte den Kopf. »Nein, wird sie nicht. Sie ist deine Freundin und wird es verstehen. Bitte tu mir den Gefallen. Sonst kann ich nicht nach Bozeman fahren.«

»Na gut, ich mache es, versprochen.«

Tom reichte mir mein Handy, das auf dem Couchtisch lag, und ich nahm es nur widerwillig entgegen.

Ich wählte Reece' Nummer. Nach dem vierten Klingeln ging sie endlich ran. In ein paar knappen Sätzen schilderte ich Reece, was geschehen war, und noch bevor ich fragen konnte, ob sie herkommen konnte, sagte Reece bereits: »Rühr dich nicht vom Fleck, ich bin gleich bei dir.«

Tom schien erleichtert, als ich ihm erzählte, dass Reece gleich hier sein würde.

»Gut, dann warte ich solange«, meinte er und war bereits dabei, es sich auf der Couch gemütlich zu machen, indem er Anstalten machte, seine Jacke auszuziehen.

»Die lässt du besser an«, sagte ich, und dann fügte ich hinzu: »Bis Reece hier eintrifft, vergehen höchstens zwanzig Minuten. Ich komme schon klar. Und jetzt fahr lieber. Umso eher bist du zurück.«

Tom schien hin- und hergerissen.

»Na gut«, lenkte er widerstrebend ein. »Aber wenn Dylan hier auftaucht, dann zögerst du nicht, sondern rufst sofort die Cops.«

»Das mache ich. Jetzt fahr schon.«

Zögernd ließ Tom meine Hand los und sagte seufzend: »Okay. Ich bin bald wieder da.«

Ich folgte Tom wieder nach draußen auf meine Veranda und blieb dort mit einem mulmigen Gefühl im Bauch stehen. Nachdenklich schaute ich Tom dabei zu, wie er in seinen Wagen stieg und rückwärts aus meiner Einfahrt rollte. Als sein Auto außer Sichtweite war, fühlte ich mich allein und verwundbar, und in diesem Augenblick war ich heilfroh, dass ich auf Tom gehört und Reece angerufen hatte. Hoffentlich war sie bald hier.

Nervös stand ich im Wohnzimmer und schaute zum Fenster hinaus. Mein Blick fiel auf Tiger, der auf der Fensterbank hockte und döste. Sein kleiner schwarz-weißer Körper hob und senkte sich in gleichmäßigen Atemzügen. Ihn zu beobachten, beruhigte mich, und umso mehr erschrak ich, als es plötzlich an der Tür klingelte. Während ich heftig zusammengezuckt war, hatte Tiger lediglich eins seiner grünen Augen geöffnet und es dann blinzelnd wieder zusammengekniffen.

Ich eilte zur Tür und atmete erleichtert auf, als Reece auf meiner Veranda stand. Die Tür war gerade hinter ihr ins Schloss gefallen, da zog sie mich bereits in eine feste Umarmung.

Als sie mich wieder losließ, blickte sie mindestens so besorgt drein wie Tom vorhin.

Während meine beste Freundin Mantel, Schal und Mütze auszog, bat sie: »Ich kann nicht glauben, was gestern Abend passiert ist. Erzähl mir alles noch mal ganz in Ruhe.« Noch bevor ich etwas erwidern konnte, marschierte sie auch schon in meine Küche. »Wie wäre es mit einem Kaffee? Also, ich könnte jetzt wirklich einen gebrauchen. Oder doch lieber Tee?«, überlegte sie laut.

»Kaffee ist immer gut«, sagte ich, während ich mich am Esstisch auf einen Stuhl plumpsen ließ.

»Das stimmt«, erwiderte Reece und machte sich prompt an der Maschine zu schaffen.

Als wir schließlich zusammen am Tisch saßen und jede eine große Tasse Kaffee vor sich stehen hatte, schilderte ich Reece ausführlich, was gestern geschehen war. Nur was Toms und meine nächtlichen Aktivitäten betraf, ging ich lieber nicht ins Detail. Obwohl es Reece natürlich brennend interessierte, was zwischen Tom und mir vorgefallen war.

Die Zeit verging wie im Flug, und eins musste ich zugeben: Seitdem sie hier war und wir das leidige Thema Dylan endlich beendet und uns wichtigeren Dingen zugewandt hatten, hatte sie es geschafft, mich ganz und gar abzulenken. Wir sprachen über den Laden, welche Pläne wir hatten und wie wir diese am besten umsetzten konnten. Als es schon später Mittag war, schaute Reece auf ihre Armbanduhr.

Bedauernd sagte sie: »Eigentlich habe ich in fünfzehn Minuten einen Friseurtermin. Aber weißt du was, den sage ich einfach ab.« Ich schüttelte schnell den Kopf. »Nein, das wirst du nicht tun. Tom wird bald wieder hier sein, und bis dahin komme ich allein klar. Ich habe genug zu tun. Langweilig wird mir bestimmt nicht.«

»Darum geht es nicht«, erinnerte mich Reece. »Ich habe einfach kein gutes Gefühl dabei, dich jetzt allein zu lassen. Nicht nach dem, was du mir alles erzählt hast.«

Ich schüttelte den Kopf. »Du solltest mit Tom einen Club gründen. Er hat vorhin so etwas Ähnliches gesagt. Und jetzt geh schon, sonst verpasst du deinen Termin am Ende wirklich noch. Ich bringe dich noch zur Tür.«

Reece schien, genau wie Tom vorhin, hin- und hergerissen. Aber schließlich schaffte ich es, sie aus dem Haus zu komplimentieren, indem ich vorgab, furchtlos und stark zu sein.

Nachdem Reece in ihr Auto gestiegen und aus meiner Einfahrt gerollt war, stand ich abermals mit einem unguten Gefühl am Fenster und blickte angestrengt hinaus. Tiger hatte sich mittlerweile nach oben ins Bad auf seinen Lieblingsplatz verzogen.

Unruhig beobachtete ich die Menschen, die hin und wieder auf dem Gehweg vorbeigingen. Und jedes Mal befürchtete ich, Dylan könnte plötzlich unter ihnen sein.

Es war still im Haus, bis auf das Ticken der Uhr, das mir mittlerweile viel zu laut vorkam und mich gewaltig nervte. Irgendwann hielt ich es nicht mehr aus. Ärgerlich dachte ich, dass ich mich in meinem eigenen Haus wie eine Gefangene fühlte. Verfluchter Dylan, schimpfte ich innerlich und zog kurzerhand meinen dicken Daunenmantel über, setzte meine Mütze auf und schlüpfte in meine schwarzen Stiefel.

Als ich die Haustür öffnete, schlug mir erfrischende Kälte entgegen, und ich zog mir Handschuhe über.

Die Tür fiel hinter mir ins Schloss und ich griff nach der Schneeschaufel, die neben der Haustür an der Wand lehnte, und ging hinunter in meine Einfahrt, um mein Auto freizuschaufeln, das ich seit Tagen nicht bewegt hatte. Bis Tom wieder da war, musste ich mich irgendwie ablenken, und da konnte ich schließlich auch etwas Vernünftiges tun.

Ich hatte gerade damit begonnen, den Schnee vom Auto zu kehren, als plötzlich jemand meinen Namen rief. Erschrocken blickte ich auf und atmete einen kurzen Moment später erleichtert durch.

»Hey, Mason«, grüßte ich und Mason lächelte mich an. Meine kleine Flunkerei von vor ein paar Tagen schien er mir mittlerweile verziehen zu haben.

»Hast du deinen Laden denn heute Vormittag nicht geöffnet?«, wollte er wissen, während er näherkam und schließlich in meiner Einfahrt stehen blieb. »Du bist doch hoffentlich nicht krank?«

Ich schüttelte den Kopf, hatte aber nicht vor, Mason von meinem Ärger mit Dylan zu erzählen.

Daher sagte ich ausweichend: »Heute leider nicht. Aber am Montag habe ich wie gewohnt offen.«

Mason nickte lächelnd, hakte aber zu meiner Erleichterung nicht weiter nach. Auf die Schnelle wäre mir wahrscheinlich keine glaubhafte Lüge eingefallen, um die Schließung des Ladens zu erklären.

»Ein Glück, ich dachte schon, ich müsste am Montag auf deinen Kaffee verzichten und meine Zeitung woanders kaufen. Hast du schon wegen der Kostüme mit Sally gesprochen?«, wechselte er das Thema.

Mist, das hatte ich bei der ganzen Aufregung der letzten Tage völlig vergessen.

»Nein, leider noch nicht«, gab ich zerknirscht zu. »Aber ich rufe sie gleich an. Übrigens sind die Kostüme so gut wie fertig.«

Okay, das war total geflunkert. Um ehrlich zu sein, hatte ich es lediglich geschafft, den Stoff zuzuschneiden. Weiter war ich noch nicht gekommen. Aber das musste Mason ja nicht wissen. Er würde sich nur sinnlos aufregen und befürchten, dass ich nicht rechtzeitig fertig werden würde. Aber glücklicherweise gehörte ich zu den Menschen, die unter Druck noch besser arbeiten konnten.

Mason nickte strahlend. »Super. Dann steht der Schulaufführung nichts mehr im Weg.«

»Nein, tut es nicht, und ich freue mich schon darauf, die Kinder in den Kostümen zu sehen.«

Gerade, als Mason etwas erwidern wollte, rollte Toms Auto in meine Einfahrt.

Mason starrte Tom an, als der aus seinem Wagen ausgestiegen war und ihm knapp zunickte. Masons Gesicht blieb ausdruckslos, aber das schien Tom nicht zu stören, falls er es überhaupt bemerkt hatte. Stattdessen kam er auf mich zu. Sein umwerfendes Lächeln versetzte mich fast in Atemnot. Als er bei mir angekommen war, zog er mich zur Begrüßung in seine Arme und drückte mir unverhohlen einen Kuss auf den Mund. Sofort wollte ich mehr.

Mason räusperte sich lautstark und ich riss mich von Tom los. Peinlicherweise musste ich zugeben, dass ich Mason gerade völlig vergessen hatte.

»Ich muss dann weiter«, erklärte er, und ich war ganz froh darüber.

»Wir sehen uns ja dann spätestens am Montag«, sagte ich zu ihm und erntete lediglich einen verkniffenen Gesichtsausdruck.

Nach einer kurzen Verabschiedung ging Mason weiter und ich konnte mich endlich wieder Tom widmen.

»Sorry, dass ich erst so spät wieder da bin. Aber auf den Straßen war die Hölle los.«

Lächelnd griff ich nach dem Kragen seiner Jacke und zog ihn wieder zu mir herunter, denn Tom war mehr als einen Kopf größer als ich.

Ohne Scheu küsste ich ihn und sagte dann: »Macht nichts.« Ich deutete mit einem knappen Nicken auf mein zur Hälfte freigeschaufeltes Auto. »Wie du siehst, habe ich mir die Zeit ganz gut vertrieben.«

»Und ich habe die neuen Schlösser besorgt«, sagte Tom und hielt die Einkaufstüte hoch. »Ich baue sie dir heute noch ein.«

Ich lächelte und schmiegte mich wieder an ihn. »Das ist lieb von dir«, flüsterte ich an seiner Brust.

»Wo ist eigentlich Reece?«, fragte er und schaute mich abwartend an. Ich zuckte kurz mit den Schultern. »Sie hatte noch einen Termin. Eigentlich wollte sie ihn absagen, aber das habe ich ihr ausgeredet, und wie du siehst, lebe ich noch«, versuchte ich zu scherzen. Aber Tom fand das ganz offensichtlich nicht besonders witzig. »Tut mir leid«, sagte ich deshalb schnell.

»Ich mache mir einfach nur Sorgen um dich«, verteidigte sich Tom.

»Das weiß ich doch«, gab ich milde zurück. »Dann wird dir vermutlich gar nicht gefallen, was ich dir jetzt sagen muss.«

Tom schaute mich mit hochgezogenen Augenbrauen an. »Und was wäre das?«

»Ich werde für die nächsten Tage zu meiner Familie nach Helena fahren. Der Besuch ist schon lange geplant. Ich hätte es dir gestern schon erzählen sollen«, sagte ich zerknirscht.

Tom zog mich wieder an sich und gab mir einen Kuss auf die Nasenspitze. »Ich werde dich zwar sehr vermissen, aber gleichzeitig bin ich erleichtert, dass du ausgerechnet jetzt wegfahren willst. Es bringt dich sozusagen aus der Schusslinie. Vielleicht ist Dylan es leid, in Riverside rumzuhängen, wenn du nicht da bist, und verschwindet wieder.«

»Schon möglich.«

Tom holte Luft und ich wusste, er wollte Einspruch erheben, aber bevor er etwas sagen konnte, kam ich ihm zuvor. »Versuch bitte nicht, es mir auszureden. Ich freue mich schon wahnsinnig lange darauf, endlich meine Eltern und meine Schwester wiederzusehen. Diesen Besuch werde ich auf keinen Fall verschieben.«

Tom gab sich geschlagen. Er hätte ja auch nichts dagegen tun können.

»Wann wirst du zurück sein?«, hakte er nach.

»Schon bald. Ich bin nur zwei, vielleicht auch drei Tage weg.«

Toms Miene hellte sich auf. »Das bedeutet, du verbringst Weihnachten in Riverside – und hoffentlich mit mir.«

Ich nickte und konnte mir ein glückliches Strahlen beim besten Willen nicht verkneifen.

»Unbedingt«, gab ich zurück und Tom lächelte ebenfalls.

»Wunderbar, dann sind wir uns diesbezüglich einig. Ich sollte jetzt lieber an die Arbeit gehen.«

Widerwillig ließ ich Tom los. »Okay, ich habe auch noch zu packen. Danke, dass du die Schlösser für mich austauschst. Das ist toll.«

Tom lächelte verwegen, als er mich plötzlich schnappte und an sich zog. »Du hast mich so weit gebracht, dass ich echt alles für dich tun würde«, gab er zu und drückte mir einen Kuss auf den Mund. Am liebsten hätte ich ihn noch länger geküsst. Aber meine Reisetasche würde sich nicht von allein packen. Nachdrücklich schob ich ihn von mir und Tom ließ nur ungern von meinen Lippen ab.

»Bring mich nicht auf Ideen«, flachste ich und hauchte ihm ein Küsschen auf die Wange. Dann verschwand ich nach drinnen, während Tom damit begann, mein Haus wieder sicher zu machen.

Kapitel 8

Tom

Ich stand auf dem Bürgersteig und schaute Michelle zu, wie sie in ihrem Auto rückwärts aus der Einfahrt rollte und auf die Straße einbog. Sie hielt vor mir an und ließ das Seitenfenster herunterfahren. Ich beugte mich zu ihr ins Wageninnere und gab ihr einen Kuss auf den Mund.

»Ich werde dich vermissen«, flüsterte ich an ihren verlockenden Lippen. Mann, am liebsten hätte ich sie überhaupt nicht fahren lassen.

Michelle lächelte. »Ich bin bald wieder da, versprochen. Du wirst gar nicht merken, dass ich weg bin«, fügte sie augenzwinkernd hinzu. Ich schüttelte sofort den Kopf.

»Oh doch. Ich werde es merken. Glaub mir«, gab ich zurück und strich ihr liebevoll eine Haarsträhne hinters Ohr. »Pass auf dich auf«, sagte ich. Ich machte mir schon jetzt Sorgen. Klar, ich war ein Cop und erlebte jeden Tag auf der Arbeit Schlimmeres als einen Einbruch. Aber jetzt betraf es eine Frau, an der mir eine Menge lag, und deshalb hatte ich kein gutes Gefühl dabei, Michelle allein fahren zu lassen, wohin auch immer. Was, wenn Dylan ihr nach Helena folgte? Allmählich wurde ich paranoid.

»Keine Sorge, mir passiert schon nichts«, versicherte mir Michelle und ich gab mir die größte Mühe, ihr zu glauben.

»Gib gut auf Tiger acht«, bat sie mich noch und ich nickte.

»Mach dir um ihn keine Gedanken. Es wird deinem Kater an nichts mangeln«, versprach ich ihr und stieß mich dann widerwillig von der

Karosserie ab. Michelle ließ das Fenster nach oben fahren. Sie lächelte und fuhr schließlich los. Seufzend schaute ich ihrem Wagen nach, bis er nicht mehr zu sehen war.

Als ich am frühen Abend das Diner betrat, herrschte Hochbetrieb. Ich schaute mich um, aber von Riley war noch nichts zu sehen. Es gab keinen freien Tisch, deshalb ging ich zum Tresen. Ich zog mir die Strickmütze vom Kopf, stopfte sie in die Jackentasche und bestellte mir dann einen Kaffee.

»Hey«, vernahm ich eine mir unbekannte Stimme hinter mir und schaute mich um. Mason lehnte sich neben mich an den Tresen.

»Für mich auch einen Kaffee«, sagte er, als die Bedienung des Diners vor ihm stehen blieb. Ein paar Augenblicke später wurden die Getränke vor uns abgestellt.

»Werden Sie länger in Riverside bleiben?«, fragte er möglichst beiläufig.

Ich warf ihm einen kurzen Blick zu, bevor ich mich wieder meinem Kaffee widmete. Ich zuckte kurz mit den Schultern. »Das habe ich noch nicht entschieden«, behauptete ich. Was ging es Mason an, ob ich blieb oder ob ich nach Boston zurückkehrte?

»Ich habe Sie öfter mit Michelle gesehen«, nervte Mason weiter. Suchend schaute ich mich nach Riley um. Wenn man ihn mal brauchte, war er nicht da. Wo blieb der Kerl nur?

»Was dagegen? Ich wusste nicht, dass das verboten ist.«

Mason sah mich ausdruckslos an. Irgendetwas an dem Typen störte mich.

»Nein, schon gut. Michelle ist einfach eine gute Freundin«, erklärte er, und bei mir fiel endlich der Groschen.

»Und Sie wollen nicht, dass ich sie enttäusche.«

Mason nickte. »So in etwa.«

Die Tür des Diners öffnete sich und ich sah Riley hereinkommen. Ich trank meinen Kaffee aus und stellte die leere Tasse auf dem Tresen ab.

»Keine Sorge«, sagte ich zu Mason, während ich aufstand, und gab ihm einen Klaps auf die Schulter. »Das habe ich nicht vor. Wir sehen uns sicher noch«, verabschiedete ich mich schnell und ging dann auf meinen Bruder zu, der sich suchend nach mir umschaute.

»Da bist du ja endlich«, begrüßte ich ihn.

»Der Schneefall wird immer heftiger«, entgegnete er und klopfte sich den Schnee von den Schultern.

Ich entdeckte einen Tisch am Fenster, der gerade frei wurde. »Komm schon, setzen wir uns dort hin.« Ich deutete in die besagte Richtung und Riley nickte knapp. »Meinetwegen. Ich habe einen Bärenhunger.«

Einen Moment später ließ er sich mir gegenüber auf die rote Lederbank fallen.

»Wartest du schon lange?«, fragte er, während er sich die Jacke auszog und neben sich auf die Bank legte.

Ich schüttelte den Kopf. »Nein«, erwiderte ich und fügte vielsagend hinzu: »Ich hatte derweil eine nette Unterhaltung mit Mason.«

»Mason?«

Ich nickte. »Und was wollte er von dir?«, hakte Riley nach.

Ich zuckte kurz mit den Schultern. »Er hat mich wegen Michelle ausgefragt.«

Rileys Mundwinkel verzogen sich nach oben.

»Michelle? Läuft da etwas zwischen euch?«

Ich dachte an unsere gemeinsame Nacht. Michelle bedeutete mir wirklich viel. Ich musste nur an sie denken, schon konnte ich mit dem Lächeln kaum mehr aufhören, so glücklich war ich. Sicher, alles war unglaublich schnell gegangen. Aber bei Michelle hatte ich das Gefühl, dass wir uns schon viel länger kannten. Gleich vom ersten Moment an hatte ich sie unglaublich toll gefunden.

Trotzdem wollte ich meinem Bruder nicht jedes Detail erzählen. Aber etwas wollte ich ihm trotzdem verraten: »Wir haben uns ein paar Mal getroffen und ich mag sie sehr gerne«, gab ich zu.

»Und wie sehr magst du sie?«, bohrte Riley nach. Ich hätte es wissen müssen. Mein Bruder würde nicht eher Ruhe geben, bis ich mit der Sprache herausgerückt hatte.

Ich zögerte einen kurzen Augenblick, aber dann sagte ich geradeheraus: »Wahnsinnig, und das ist seltsam, denn wir kennen uns noch gar nicht richtig.«

Rileys Lächeln wurde breiter. »Tja, so was soll es geben, und genau darin liegt Masons Problem. Er steht auf Michelle. Das weiß eigentlich jeder. Seit sie das Geschäft auf der Main Street eröffnet hat, hängt er ständig in ihrem Laden rum.«

»Eben meinte er, sie wäre nur eine gute Freundin.«

Riley zuckte kurz mit den Schultern. »Das glaube ich ihm nicht. Ich denke, er will es einfach nicht zugeben. Lass uns jetzt was zu essen bestellen.«

Damit war das Thema überraschenderweise für ihn erledigt. Was übrigens völlig untypisch für meinen Bruder war.

»Klar, ich sterbe gleich vor Hunger.«

Als wir unsere Bestellung aufgegeben hatten, krempelte sich Riley die Ärmel seines grauen Langarmshirts hoch und fragte: »Bleibst du über die Feiertage in Riverside, oder fährst du nach Boston zurück?«

»Ich werde hierbleiben«, entgegnete ich ohne Umschweife und nahm einen Schluck von meinem Wasser, das uns eine der Kellnerinnen mittlerweile gebracht hatte.

Rileys Mundwinkel umspielte ein Lächeln. »Lass mich raten, Michelle ist der Grund.«

Ich grinste ebenfalls. »Du hast es erfasst. Bis dahin ist sie auch wieder zu Hause.«

Riley schaute mich fragend an. »Und wo ist sie jetzt?«

»Sie ist zu ihrer Familie nach Helena gefahren. In ein paar Tagen kommt sie zurück.«

»Dann steht der trauten Zweisamkeit ja nichts mehr im Wege.«

Gerade, als ich etwas erwidern wollte, öffnete sich die Tür erneut und Dylan betrat das Diner.

»Verdammt, was will der denn hier?«, fluchte ich.

Riley schaute sich um.

»Wer ist das?«, fragte er, als sein Blick auf Dylan fiel.

»Das erkläre ich dir später«, erwiderte ich knapp und stand auch schon auf.

»Was zum Teufel willst du hier?«, blaffte ich Dylan an, der mittlerweile am Tresen auf einem Barhocker saß und die Speisekarte studierte.

Mit hochgezogenen Augenbrauen sah er mich an.

»Nach was sieht es denn aus? Was essen natürlich.«

»Das habe ich nicht gemeint«, gab ich ungehalten zurück. »Du weißt, dass du dich Michelle nicht nähern darfst.«

Dylan zuckte kurz mit den Schultern. »Danke für die Erinnerung. Allerdings sehe ich Michelle hier nirgendwo. Von daher kann ich mich sehr wohl hier aufhalten. Und jetzt zieh Leine. Ich will in Ruhe essen.«

Wollte er mich verarschen? Verdammt, ich hätte den Typen erwürgen können. Ich schlug ihm die Speisekarte aus der Hand. Dylan blickte mich zornig an.

»Was soll das, verdammt noch mal?«, rief er.

Unsere Auseinandersetzung hatte mittlerweile eine Menge Aufmerksamkeit erregt. Die Gäste starrten uns schweigend an. Jeder wartete gespannt darauf, was als Nächstes geschehen würde. Die Leute waren mir egal. Mir war nur wichtig, dass Dylan kapierte, dass er aus Michelles Leben verschwinden sollte.

»Hör gut zu, wenn du Michelle, ihrem Laden oder ihrem Haus noch einmal zu nahe kommst, mache ich dich fertig. Ich hoffe, wir verstehen uns. Wir wissen genau, dass du in ihr Haus eingestiegen bist.«

Dylan presste die Lippen aufeinander. Seine Kiefermuskeln spannten sich an.

»Ich weiß nicht, wovon du redest. Aber wenn du mich nicht in Ruhe lässt, dann rufe ich die Cops«, entgegnete er wütend.

»Tolle Idee. Mach das. Rein zufällig bin ich ein Cop.«

Ich genoss seinen überraschten Gesichtsausdruck. Damit hatte er nicht gerechnet. Dass Montana nicht in meine Zuständigkeit fiel, konnte er ja nicht wissen.

»Merk dir meine Worte. Dann dürfte nichts schiefgehen.«

Dylan schien seinen Zorn mühsam hinunterzuschlucken. Schwieg und entgegnete nichts auf meine Drohung. Ich klopfte ihm auf die Schulter.

»Wunderbar, dann sind wir uns einig«, sagte ich und ging zurück zu meinem Bruder, der mir sorgenvoll entgegenblickte.

Die Anwesenden hatten ihre Gespräche wieder aufgenommen.

»Alles in Ordnung?«, fragte Riley, als ich mich ihm gegenüber niederließ.

»Aber sicher«, erwiderte ich, und bevor ich noch mehr sagen konnte, bekamen wir unser Essen serviert. Ich ignorierte die neugierigen Blicke der Bedienung und widmete mich stattdessen meinem Burger.

»Willst du mir etwa nicht verraten, wer das gerade war?«, hakte Riley nach, bevor er von seinem Sandwich abbiss.

Kauend blickte ich auf. Eigentlich wollte ich Michelles Vergangenheit nicht zur Sprache bringen. Aber es war mein Bruder, der fragte, und lügen wollte ich daher auch nicht.

»Das war Dylan, Michelles Ex-Mann.«

Riley schaute mich überrascht an. »Ich wusste nicht, dass Michelle schon mal verheiratet gewesen ist.«

»Die beiden waren nicht sehr lange zusammen und die Trennung – sagen wir mal so – war nicht gerade harmonisch.«

Das war sogar noch untertrieben, nach allem, was Michelle mir erzählt hatte. Allerdings würde ich Riley nicht jedes kleinste Detail aus Michelles in die Brüche gegangener Ehe berichten. Das würde schließlich ihre Privatsphäre verletzen, und die respektierte ich.

»Warum ist er hier?«, fragte Riley und spülte sein Sandwich mit Wasser hinunter.

Ja, warum war er hier?

»Bei Michelle wurde eingebrochen. Die Cops haben keine Spuren gefunden. Aber Michelle ist sich sicher, dass es Dylan war, denn es wurde nichts gestohlen.«

Riley riss die Augen weit auf. »Eingebrochen? Warum hast du mir das nicht erzählt?«

»Jetzt erzähle ich es dir ja.«

Riley schnaubte. »Und sie ist sich wirklich sicher, dass es ihr Ex-Mann war?«

»Ja, aber wie gesagt, es gibt leider keine Beweise dafür.«

»Das ist ja gruselig«, gab Riley fassungslos zurück.

Ich nickte. »Keine Sorge, ich werde schon auf Michelle aufpassen. Verlass dich darauf.«

Was ich sagte, meinte ich auch so. Dylan würde nie wieder in ihre Nähe kommen. Dafür würde ich sorgen.

»Warum konnte Kane nicht kommen?«, fragte ich, um das Thema zu wechseln.

Riley schluckte den letzten Bissen seines Sandwiches hinunter und erwiderte: »Das liegt am Wetter. Der Schneefall ist einfach zu stark. Er kommt im Moment schlecht von der Ranch weg. Also habe ich ihm gesagt, dass die Mühe nicht lohnt.«

Ich lachte. »Wie recht du hast. Ich meine, was ist wohl besser: ein Burger in einem überfüllten Diner oder ein netter Abend vor dem Kamin mit Samantha Davenport?«

Riley grinste. »Eindeutig Antwort B.«

»So ist es, mein Freund. Wie sieht es aus, wollen wir noch etwas trinken, oder wartet Sienna auf dich?«

Mein Bruder schüttelte den Kopf. »Die Kinder schlafen heute bei Maureen, und Sienna ist mit Carly, ihrer besten Freundin, ins Kino gegangen. Wir haben also Zeit.«

»Gut zu wissen. Wie kommst du eigentlich mit der Restaurierung des alten Schrankes zurecht?«

»Du wirst es nicht glauben, aber der Schrank hatte drei Lackschichten. Die zu entfernen, hat eine Menge Arbeit, Zeit und vor allem Nerven gekostet«, gab Riley zu und ich verkniff mir ein Lachen.

»Siehst du, ich habe es dir doch gleich gesagt, der Schrank taugt nichts.«

Riley schüttelte vehement den Kopf. »Sag das nicht. Ich bringe ihn schon wieder auf Vordermann. Wirst schon sehen. Und weißt du was? Wir schließen eine Wette ab. Ich sage, er wird auf jeden Fall fertig sein, bevor du Riverside verlässt, um nach Boston zurückzukehren.«

Ich schlug ein. »Okay, das werden wir sehen.«

• • •

Als ich gute zwei Stunden später durch den Schnee zum Hotel stapfte, fragte ich mich, was Michelle jetzt gerade tat. Wer hätte gedacht, dass ich ausgerechnet in Riverside, am anderen Ende der Welt sozusagen, jemanden treffen würde, der mir so dermaßen unter die Haut ging. Ich hatte noch keine Frau kennengelernt, die mich so faszinierte. Zu der ich dieses bedingungslose Vertrauen hatte. Innerhalb weniger Tage hatte sich mein ganzes Leben auf den Kopf gestellt. Zumindest schien es mir so.

Nichts war mehr wie in Boston. Wenn ich an Boston dachte, musste ich unweigerlich auch an Jessie denken, und das, was ich ihr bei unserem Abschied versprochen hatte. Nichts davon würde ich halten können, schoss es mir durch den Kopf.

Als ich das Hotel betrat, herrschte im Foyer gähnende Leere. Es war bereits später Abend, denn auf dem Weg vom Diner ins Hotel hatte ich noch einen kleinen Abstecher zu Michelles Haus gemacht, um Tiger zu versorgen. Es ging ihm gut und er konnte dank der Katzenklappe hinein- und hinausspazieren, wie es ihm gefiel.

Morgen früh würde ich wieder nach ihm sehen, aber bis dahin ging ich auf mein Hotelzimmer, und als ich die Tür hinter mir geschlossen hatte, zog ich meine Jacke aus und ließ mich in den Sessel fallen. Ich überlegte nicht lange, als ich mein Handy zur Hand nahm und Jessies Nummer wählte. Dieser Anruf war schon lange fällig. Nach dem dritten Klingeln nahm sie ab und ein ungutes Gefühl keimte in mir auf.

»Hey, Tom. Wo steckst du denn? Bist du noch in Riverside? Ich dachte schon, du wärst vom Erdboden verschluckt worden«, sagte Jessie und lachte, während sich in meinem Bauch ein Knoten bildete. Verdammt, was ich ihr zu sagen hatte, fiel mir wirklich schwer.

»Ja, ich bin noch in Riverside. Hör zu, wir müssen unbedingt reden«, begann ich und wartete auf ihre Reaktion.

Sie seufzte leise. »Du klingst ziemlich ernst. Ich glaube, ich weiß schon, was du mir sagen willst. Du hast jemanden kennengelernt, oder?«

»Es tut mir wirklich leid. Ich habe das alles nicht geplant. Es ist einfach passiert. Das musst du mir bitte glauben. Ich hatte nicht vor, dir wehzutun.«

Am anderen Ende seufzte sie leise auf.

»Und wer ist sie?«, erkundigte sie sich dann.

»Das tut jetzt nichts zur Sache«, wehrte ich ab.

»Für mich ist es aber wichtig. Sonst würde ich dich nicht fragen. Ich will einfach gerne wissen, an wen ich dich verliere.«

Ich hätte es ihr nicht sagen müssen, aber irgendwie hatte ich das Gefühl, dass sie die Wahrheit verdiente.

»Ihr Name ist Michelle und wir haben uns gleich an meinem ersten Abend hier in Riverside kennengelernt«, erzählte ich ihr und fühlte mich dabei ziemlich unwohl.

»Liebst du sie?«, wollte Jessie plötzlich wissen und ich atmete überrascht auf. Am liebsten hätte ich ihr darauf gar nicht geantwortet.

»Was ist?«, hakte sie nach. »Das ist doch eine einfache Frage.«

Ich dachte über eine Antwort nach. Dachte an Michelle, was wir in der kurzen Zeit miteinander erlebt hatten und was sie mir bedeutete, welche Gefühle ich für sie hatte.

»Ich habe sie wirklich sehr gerne«, antwortete ich ausweichend und fragte mich einen Augenblick später, was ich da eigentlich tat und warum ich Jessie anlog. Sie war schließlich eine erwachsene Frau und würde die Wahrheit mit Sicherheit verkraften.

Bevor sie noch etwas sagen konnte, fügte ich hinzu: »Nein, das stimmt nicht. Du hast es verdient, dass ich ehrlich zu dir bin. Also ja, ich habe mich in Michelle verliebt.«

Es laut auszusprechen, machte es erst real.

Jessie schwieg, und ich wollte sie gerade fragen, ob alles in Ordnung sei, als sie sagte: »Das ist gut.«

Zuerst traute ich meinen Ohren nicht. Aber als Jessie weitersprach, wusste ich genau, was sie damit gemeint hatte.

»Ich meine, ich will nicht leugnen, dass es gerade wirklich wehtut. Aber es ist mir lieber, du servierst mich ab wegen einer Frau, in die du dich verliebt hast, als wegen einer, die dir nichts weiter bedeutet.«

Nach einer Pause fügte sie hinzu: »Weißt du, ein klitzekleiner Teil von mir hat immer gehofft, dass aus uns beiden vielleicht doch etwas Ernstes werden könnte.«

»Es tut mir wirklich leid«, bekräftigte ich.

»Schon okay«, gab Jessie schließlich seufzend zurück. »Es musste wohl irgendwann so weit kommen. Du hast mir nie etwas vorgemacht. Danke, dass du ehrlich zu mir gewesen bist und nicht versucht hast, mich hinzuhalten.«

Natürlich nicht. Das hätte sie echt nicht verdient gehabt. Niemand hatte das.

»Vielleicht können wir Freunde bleiben«, schlug ich vor und fügte dann hinzu: »Ich weiß, es hört sich abgedroschen an, aber du bist mir wichtig. Als ich völlig verzweifelt war, bist du für mich da gewesen. Keine Ahnung, wie ich Cades Tod ohne dich überstanden hätte.«

»Ich werde mir Mühe geben, aber erwarte im Moment nicht zu viel von mir.«

Ich nickte, wohl wissend, dass sie mich nicht sehen konnte.

»Das verstehe ich«, erwiderte ich und Jessie antwortete: »Na gut, da jetzt scheinbar alles gesagt ist, werde ich besser auflegen.«

»Okay«, verabschiedete ich mich, und dann klickte es auch schon in der Leitung und sie hatte unser Gespräch beendet.

Leise seufzend strich ich mir durch die Haare und legte dann das Handy auf das Tischchen vor mir. Mit geschlossenen Augen ließ ich mich nach hinten gegen die hohe Sessellehne fallen und atmete tief durch. Ich hatte mich vor dem Anruf gedrückt, aber jetzt war ich unheimlich froh, dass ich ihn hinter mich gebracht hatte.

Kapitel 9

Michelle

Die Schaufenster waren weihnachtlich geschmückt, alles leuchtete in Rot, Gold und Silber, und aus jedem Geschäft dudelte ein anderer Weihnachtssong. Dicke Schneeflocken fielen vom Himmel, als ich mit Stella, warm eingepackt in Daunenjacken, Mützen und Handschuhen, Arm in Arm durch die Einkaufsstraße schlenderte.

»Lass uns eine Pause einlegen«, schlug Stella vor und ich nickte zustimmend, als wir an einem netten kleinen Café vorbeikamen.

»Tolle Idee. Dann können wir uns bei einer heißen Schokolade aufwärmen«, schwärmte ich, und die Augen meiner Schwester leuchteten verheißungsvoll. Heiße Schokolade war schon unser Lieblingsgetränk gewesen, als wir noch Kinder waren.

Stella öffnete die Tür des Cafés und ich folgte ihr nach drinnen. Der Duft von frischem Kaffee, gebrannten Mandeln und warmem Gebäck stieg mir sofort in die Nase und ich lächelte voller Vorfreude.

Wir setzten uns an einen kleinen Tisch am Fenster, von wo aus wir das geschäftige Treiben auf der Straße beobachten konnten. Ganz Helena schien auf der Jagd nach Geschenken zu sein. Ich liebte den Winter und die Weihnachtszeit und die heimelige Atmosphäre, die uns überall zu umgeben schien.

»Du willst Weihnachten also wirklich in Riverside verbringen?«, fragte Stella und pustete in die Tasse mit der heißen Schokolade, bevor sie sie an die Lippen führte und einen Schluck trank. »Du wirst das

Weihnachtsessen verpassen. Das ist dir doch hoffentlich klar«, fügte sie hinzu und stellte die Tasse auf den Tisch zurück.

»Ja, ist es. Ich weiß, du wirst es kaum glauben können, aber die Welt wird sich weiterdrehen, auch wenn ich an diesem Tag nichts von Dads Truthahn essen kann.«

Stella kicherte. »Meinst du wirklich?«

Ich erwiderte das herzliche Lachen meiner Schwester.

»Mit dir Spaß zu haben, hat mir echt total gefehlt«, sagte ich, und Stella nickte sofort.

»Geht mir genauso. Ich vermisse dich wahnsinnig, Schwesterchen. Wann kommst du endlich wieder nach Hause?«, fragte sie und schaute mich vielsagend an.

Ich war wegen Dylan aus Helena weggezogen und jetzt war er mir nach Riverside gefolgt. Stella wusste nichts davon, und ich würde ihr diese Neuigkeiten nicht erzählen. Und den geheimnisvollen Brief und den Einbruch ließ ich besser auch unerwähnt. Einfach, weil sie sich sonst nur große Sorgen um mich machen würde, und das wollte ich einfach nicht. Also, warum nicht nach Helena zurückkommen? Ich vermisste meine Eltern, meinen Bruder, und Stella natürlich, meine Freunde fehlten mir, eigentlich mein ganzes früheres Leben. Doch dann dachte ich an Reece, meinen Laden, und für einen Moment musste ich auch an Tom denken. Sicher, das mit uns beiden könnte auf Dauer nicht funktionieren. Für eine Fernbeziehung war ich einfach nicht geschaffen. Aber so, wie es im Moment war, gefiel es mir. Das Zusammensein mit ihm machte mich glücklich. Und das reichte mir gerade vollkommen aus. Das alles würde ich nun ebenfalls schrecklich vermissen, sollte ich mich dazu entschließen, wieder aus Riverside wegzuziehen. Im Moment wusste ich überhaupt nicht, wohin ich eigentlich gehörte. Der Gedanke an Tom allerdings ließ ein Lächeln über mein Gesicht huschen.

»Oh Mann, wow, diesen Gesichtsausdruck kenne ich.« Stella beäugte mich neugierig und ich schaute sie überrascht an.

»Wie meinst du das?«, fragte ich und trank einen Schluck von der heißen Schokolade.

»Ich bin deine Schwester, also versuch bloß nicht, mich mit Ausflüchten abzuspeisen. Der Grund, warum du Weihnachten nicht zu Hause verbringen willst, ist doch eindeutig ein Kerl. Habe ich recht?«

Stella konnte ich wirklich nichts vormachen. Ich zögerte, und meine Schwester hakte nach. »Komm schon, spann mich nicht weiter auf die Folter. Hast du wirklich jemanden kennengelernt? Wer ist es?«

Ich trank noch einen Schluck und versuchte somit, Zeit zu schinden. Aber ich kannte Stella. Sie würde sich nicht mit weniger als der vollen Wahrheit zufriedengeben. Da es für mich keine Chance gab, aus dieser Situation herauszukommen, beschloss ich, ihr einfach von Tom zu erzählen. Stellas neugierigen Fragen konnte ich auf Dauer ja doch nicht ausweichen.

»Schon gut, ich gebe es zu. Ich habe tatsächlich jemanden kennengelernt. Sein Name ist Tom und er ist wirklich sehr nett. Wirst du jetzt endlich Ruhe geben?«

Stella lachte. »Entschuldige mal, aber kennen wir uns? Natürlich gebe ich keine Ruhe. Und jetzt füttere mich bitte mit weiteren Einzelheiten. Ich will unbedingt alles über den Mann wissen, der meiner kleinen Schwester den Kopf verdreht hat.«

Verschwörerisch beugte sie sich über den Tisch zu mir herüber und hing förmlich an meinen Lippen, als ich mit der Sprache herausrückte.

»Wie gesagt, sein Name ist Tom. Er lebt in Boston und ist derzeit bei seinen Brüdern zu Besuch in Riverside.«

Stellas Augen leuchteten. »Es gibt noch mehr von seiner Sorte?«

»Leider alle schon vergeben«, erwiderte ich und sie stieß einen Laut der Enttäuschung aus. »Schade, das wäre aber auch zu schön gewesen.«

»Soll ich jetzt weitererzählen?«, hakte ich nach und musste über Stellas enttäuschten Gesichtsausdruck lachen.

»Unbedingt«, erwiderte sie knapp. »Ich bin ganz Ohr.«

»Er ist Polizist und wir haben uns erst vor ein paar Tagen in meinem Laden kennengelernt.«

»Ein Cop, wow, meine Fantasie läuft auf Hochtouren.«

Stella war einfach unverbesserlich und ich hatte ihren speziellen Humor schrecklich vermisst.

»Du behandelst die Sache nicht mit dem nötigen Ernst«, scherzte ich.

»Ja, du hast recht. Ab jetzt gelobe ich Besserung«, versprach sie und fragte im gleichen Atemzug: »Bahnt sich da etwas Ernstes zwischen euch an?«

Ich zögerte für einen kurzen Augenblick, aber dann gab ich zu: »Ich weiß, das hört sich völlig verrückt an, aber ich fühle mich ihm so nah und verbunden, viel mehr, als es bei Dylan je der Fall gewesen ist.«

Stella verdrehte die Augen. »Hör bloß auf mit Dylan. Wenn ich an den Mistkerl denke, gerate ich noch immer in Rage.«

Ich war gerade ziemlich froh, Stella nicht erzählt zu haben, dass sich Dylan derzeit in Riverside aufhielt. Und den Einbruch hatte ich zum Glück auch nicht erwähnt. Aber wenn ich jetzt an all das dachte, ergriff mich ebenfalls die blanke Wut. Wann begriff Dylan endlich, dass er kein Teil mehr meines Lebens war und dass ich mit ihm abgeschlossen hatte?

»Kaum zu glauben, dass du am Anfang euerer Beziehung wirklich glücklich mit ihm gewesen bist«, fügte Stella hinzu und unterbrach mit diesem Kommentar meine Gedanken.

»Ja, das kann ich auch kaum fassen. Aber es war tatsächlich so. Als ich Dylan kennenlernte, war er ein ganz anderer Mann, eben solange, bis er sich völlig veränderte.«

Stella ergriff meine Hand und drückte sie sanft. »Ich bin so froh, dass du dich von ihm getrennt hast, und ich hoffe von Herzen, dass der Mistkerl irgendwo in der Hölle schmort.«

Nein, tut er leider nicht, er ist in Riverside und es geht ihm wohl ziemlich prächtig, ergänzte ich in Gedanken, während ich ihm selbst die Pest an den Hals wünschte.

»Hast du eigentlich je wieder etwas von Dylan gehört oder gesehen?«, fragte Stella plötzlich und ich spürte augenblicklich, wie mir heiß wurde. Sofort gab ich vor, mich auf meine Schokolade zu konzentrieren. Ich hasste es, sie anzulügen. Aber ich konnte ihr unmöglich die Wahrheit sagen. Sie würde es Mom und Dad erzählen, und dann würde nicht nur Stella vor Sorge umkommen, sondern auch unsere Eltern. Und wer wusste schon, was Dylan als Nächstes tat? Vielleicht war er längst aus Riverside verschwunden, wenn ich in ein paar Tagen nach Hause kommen würde. Und damit wäre die ganze Aufregung hoffentlich umsonst gewesen.

»Nein, habe ich nicht. Keine Ahnung, wo er sich derzeit rumtreibt«, antwortete ich und fühlte mich angesichts dieser Lügen einfach schrecklich.

»Es tut mir leid«, sagte Stella plötzlich. »Ich hätte lieber nicht von Dylan anfangen sollen. Jetzt sehe ich ja selbst, wie sehr dir die Sache mit ihm noch immer zusetzt.«

Stella schob die leere Tasse von sich und sagte dann beschwingt: »Lass uns lieber wieder von Tom reden. Dieses Thema gefällt mir im Moment sowieso viel besser.« Sie lächelte mich an und fügte dann hinzu: »Tom scheint dich wirklich glücklich zu machen.«

»Ja, das tut er«, antwortete ich schlicht. Egal, was noch zwischen uns geschehen würde, im Moment war ich ziemlich happy, und etwas anderes zählte gerade gar nicht.

»Du hast es wirklich verdient, endlich glücklich zu sein, Schwesterchen.«

»Danke. Weißt du, ich vermisse dich schrecklich und ich wünschte, ich könnte andauernd mit dir in irgendwelchen Cafés abhängen und heiße Schokolade trinken.«

Stella grinste ein bisschen schief. »Geht mir ganz genauso. Ich muss dich wohl einfach öfter in Riverside besuchen, und dann tun wir das. Aber jetzt ist mal Schluss mit diesen Sentimentalitäten, sonst bringst du mich noch zum Heulen.«

Da hatte sie recht. Während ich meine heiße Schokolade austrank, meinte Stella: »Komm schon, genug aufgewärmt. Ich finde, es wird Zeit, dass wir uns wieder ins Getümmel stürzen.«

»Ja, genau. Schließlich müssen wir noch das Topf-Set und die Pfannen für Dad aussuchen. Wo treffen wir uns gleich noch mal mit Mom?«

»Sie wartet direkt im Laden auf uns.« Stella warf einen flüchtigen Blick auf ihre Armbanduhr und sagte dann zerknirscht: »Und zwar genau jetzt.«

Ich lachte. »Mom wird es schon nicht langweilig werden. Aber trotzdem sollten wir sie nicht zu lange warten lassen. Los komm, beeilen wir uns.«

Während wir einen Augenblick später wieder Seite an Seite an den Geschäften vorbeigingen, dachte ich an Tom und wie sehr ich mich auf unser Wiedersehen freute.

Als wir ein paar Minuten später das Haushaltswarengeschäft betraten, schallte gerade »White Christmas« aus den Lautsprecherboxen. Ich entdeckte Mom sofort. Sie stand zwischen silberglänzenden Töpfen, Schüsseln und Bratpfannen und wirkte angesichts der Riesenauswahl ein bisschen überfordert.

Als sie uns bemerkte, lächelte sie und umarmte uns dann herzlich, als wir vor ihr stehen geblieben waren. Nachdem sie Stella aus ihrer festen Umarmung entlassen hatte, drückte sie mich an sich, dass ich fürchtete, keine Luft mehr zu bekommen.

Als sie mich dann auf Armeslänge von sich hielt, sah sie ziemlich ergriffen aus.

»Ach, Michelle, ich habe dich wirklich schrecklich vermisst.«

»Ich habe dich auch vermisst, und wie«, erwiderte ich.

»Was denn, und mich hat wohl keiner vermisst?«, fragte Stella in gespielter Empörung, und schaffte es wie immer, mit ihrem Humor die gedrückte Stimmung aufzulockern. Das hatte sie als Kind schon gut gekonnt.

Mom räusperte sich und deutete dann auf die verschiedenen Töpfe und Pfannen.

»Also, Mädels, welche soll ich denn nun nehmen? Der Verkäufer sagte, diese Pfanne hier wäre bestens geeignet, um darin Fleisch anzubraten, und die andere soll zum Dünsten von Gemüse und Fisch besser sein. Nun kann ich mich überhaupt nicht entscheiden.«

Mom wirkte ratlos, und da ich in der Küche, zumindest, wenn man Reece Glauben schenken wollte, eine absolute Niete war, wusste ich auch nicht recht, welche von beiden denn nun die bessere Wahl wäre.

Stella zuckte mit den Schultern. »Dann nimm doch einfach beide. Dad wird die Pfannen schon gebrauchen können.«

Ich nickte zustimmend. Seit ich denken konnte, kümmerte sich Dad ums Essen. Er kochte einfach leidenschaftlich gerne, und Mom erledigte dafür alles andere.

»Wisst ihr was, ihr habt recht. Dann kommt, helft mir mal tragen. Das Topf-Set habe ich schon ausgesucht. Es steht dort drüben.«

Mom deutete auf ein Sammelsurium an Kochgeschirr, das sie beiseitegestellt hatte. Wow, das waren aber eine Menge Töpfe! Stella schnappte sich die beiden Pfannen, während ich Mom dabei half, die Töpfe zur Kasse zu bugsieren.

Als der Verkäufer den stolzen Preis nannte, den Mom für die Sachen zahlen sollte, tränten mir die Augen. Genauso würde es Dad gehen, dachte ich, wenn er seine Geschenke an Weihnachten auspacken würde, dann allerdings vor Freude. Und in diesem Moment war ich ein bisschen traurig, weil ich an diesem Tag gar nicht dabei sein konnte. Mom ließ alles gleich noch als Geschenk verpacken und während wir warteten, dachte ich darüber nach, ob ich nicht vielleicht doch lieber Weihnachten bei meiner Familie verbringen sollte.

»Kommst du?«, fragte Mom und riss mich aus meinen Gedanken. Lächelnd schaute sie mich an, während sie in jeder Hand eine große Tüte trug. »Lass mich dir helfen«, sagte ich eilig und nahm ihr eine davon ab.

Stella war damit beschäftigt, den Rest zu tragen, und dann verließen wir gemeinsam das Geschäft, um nach Hause zu fahren. Schließlich hatte ich Dad gestern gar nicht mehr zu Gesicht bekommen, weil er erst spätabends von der Arbeit nach Hause gekommen war und ich schon in meinem alten Kinderzimmer geschlafen hatte, das jetzt – genau wie

Stellas – als Gästezimmer fungierte. Doch nun konnte ich es nicht erwarten, ihn endlich zu sehen.

Es war bereits dunkel, als wir gemeinsam das Haus betraten. Herrlicher Duft umfing uns. Es roch nach Zimt, Nelken und allerhand anderen Gewürzen. Ich meinte, Lebkuchen und frisch gebackenen Kuchen zu riechen.

Das Haus war wunderschön geschmückt, natürlich in der Farbkombination Grün–Weiß, so war das schon in unserer Kindheit gewesen. Gestern hatte es hier noch ein bisschen anders ausgesehen. Da hatte Mom erst damit begonnen, die üppige Weihnachtsdekoration aufzubauen. Dieses Jahr war sie reichlich spät dran gewesen. Wie immer, wenn ich meine Familie besuchte, fühlte ich mich sofort zu Hause.

Mom schloss die Haustür hinter uns und stellte schnaufend die schwere Tüte auf dem Boden ab.

»Endlich zu Hause«, sagte sie und dann zogen wir Jacken, Handschuhe und Mützen aus. Ich half Stella dabei, die schweren Tüten auf den Dachboden zu schleppen; dort bewahrten Mom und Dad seit jeher die Weihnachtsgeschenke bis zur Bescherung auf.

Als wir wieder ins Wohnzimmer kamen, knipste Stella die Lichterketten des reichlich geschmückten Weihnachtsbaumes an und warmweißes Licht erfüllte den Raum. Am Kamin hingen vier Strümpfe, genau wie früher, dachte ich, und mir wurde ganz warm ums Herz.

»Michelle, da bist du ja endlich«, sagte Dad, der aus der Küche zu uns ins Wohnzimmer gekommen war. Lachend wandte ich mich zu ihm um und fiel ihm in die Arme.

»Hey, Dad«, sagte ich und schmiegte mich an seine Brust. Dabei wurde ich ein bisschen wehmütig.

»Du siehst gut aus«, sagte Dad, als er mich wieder losgelassen hatte. »Das Leben in der Kleinstadt scheint dir zu bekommen.«

»Das ist ihr neuer Freund«, platzte Stella heraus und ich lief knallrot an.

»Stella«, ermahnte ich meine Schwester, woraufhin die nur grinsend mit den Schultern zuckte.

»Was denn? Es stimmt doch!«

Bevor ich noch etwas erwidern konnte, sagte Dad: »Das Abendessen ist fertig. Kommt mit ins Esszimmer.«

Das musste er uns nicht zweimal sagen.

Als Stella und ich als Erste das Esszimmer betraten, traute ich meinen Augen nicht. Aus dem kleinen Radio, das auf der Anrichte stand, erklang »Let It Snow«, und auf dem Tisch standen weiße Porzellanplatten mit kleinen Geflügelhäppchen. Es gab Mais und Hummersuppe. In weiteren Schüsseln türmten sich Kartoffelpüree und gebackene Süßkartoffeln, dazu gab es Preiselbeersauce. Und Dad hatte sogar Apfel- und Kürbiskuchen gebacken.

Ich konnte es einfach nicht fassen.

»Der Truthahn ist noch im Ofen, den stelle ich gleich auf den Tisch«, sagte Dad und ich drehte mich freudestrahlend zu meinen Eltern um.

»Ihr seid großartig und es ist perfekt. Nur Josh müsste jetzt noch hier sein«, sagte ich.

Mom, Dad und Stella nickten.

»Ja, er fehlt uns«, sagte Dad, »und es ist schade, dass er an Weihnachten nicht bei uns sein kann. Aber ihr kennt ihn ja, am glücklichsten ist er, wenn er praktizieren und anderen Menschen helfen kann, und diese Hilfe wird im Sudan gerade dringend gebraucht. Chirurgen sind in den Krankenhäusern vor Ort Mangelware.«

»Guck nicht so traurig drein«, sagte Mom und umarmte mich. »Dein Bruder passt schon auf sich auf. Ich vertraue ihm, und das solltet ihr auch alle tun.«

Ja, Mom hatte recht. Josh war schon ewig kein kleines Kind mehr. Aber in mir als seiner großen Schwester war der Beschützerinstinkt eben ziemlich stark ausgeprägt. Auch, wenn wir alle längst erwachsen waren. Ich wusste, dass es Stella ähnlich ging. Sie machte sich auch Sorgen um Josh, sie konnte es nur besser verbergen als ich.

»Wir dachten, wenn du am Weihnachtstag schon nicht hier sein kannst, dann verlegen wir die Feier einfach nach vorne. Übrigens werden wir bei Joshs Heimkehr das Gleiche tun. Nur, dass wir dann das Fest einfach nachholen werden.«

»Darüber wird er sich bestimmt riesig freuen«, erwiderte ich.

Stella legte den Arm um meine Schulter.

»Na, dann ist die Überraschung ja gelungen«, sagte sie und lachte.

»Du hast es gewusst«, stellte ich verblüfft fest.

»Aber sicher«, gab Stella zurück, und Mom fügte hinzu: »Als Stella uns erzählt hat, dass du Weihnachten wahrscheinlich in Riverside verbringen wirst, ist uns die Idee gekommen.«

»Ich weiß gar nicht, was ich dazu sagen soll. Außer Danke eben. Ihr seid wirklich, wirklich toll.«

»Und jetzt setzt euch schnell hin, sonst wird das Essen noch kalt.«

Mom, Stella und ich setzten uns an den Tisch, während Dad den Truthahn aus der Küche holte und ihn dann feierlich auf den Tisch stellte. Nachdem er ihn angeschnitten und jedem etwas davon auf den Teller gelegt hatte, setzte er sich zu uns und wir begannen zu essen. Dabei redeten und lachten wir viel. Stella berichtete von ihrem neuen Job und ich erzählte von meinem Leben in Riverside. Der Abend verging wie im Flug und ich vergaß all meine Sorgen und Probleme; es war einfach herrlich.

• • •

Ich traute meinen Augen nicht, als ich zwei Tage später in meine Einfahrt bog. Der Besuch bei meinen Eltern war leider viel zu schnell vorbeigegangen. Aber er war einfach toll gewesen.

»Was machst du denn hier?«, fragte ich, als ich ausgestiegen und die Autotür hinter mir zugeschlagen hatte.

Tom hielt inne und schaute mich lächelnd an.

Ein Lächeln, das mein Herz sofort schneller schlagen ließ. Fast machte es mir Angst, wie sehr ich ihn die letzten Tage vermisst hatte.

»Auf dich warten«, erklärte er ohne Umschweife.

Ich hatte viel nachgedacht, und obwohl ich es wunderschön fand, was zwischen uns lief, fragte ich mich doch, wie es mit uns weitergehen würde. Wir hatten noch gar keine Gelegenheit gehabt, darüber zu sprechen. Gab es überhaupt ein *Wir* und etwas zu besprechen? Bei dem Gedanken daran, dass Tom schon bald nach Boston zurückkehren würde, bekam ich Bauchschmerzen.

»Du bist endlich wieder da«, sagte er und strahlte mich an. »Wie war es denn? Deine Eltern und deine Schwester haben sich sicher gefreut, dich zu sehen?«

»Ja, das haben sie. Es war einfach toll«, erwiderte ich glücklich, und dann erzählte ich Tom von dem Weihnachtsessen und was wir sonst noch alles zusammen unternommen hatten.

»Du fehlst deiner Familie bestimmt«, schlussfolgerte er und ich nickte.

»Ja, und sie fehlen mir auch«, gab ich dann zu.

Tom zog mich an sich und gab mir einen Kuss auf den Mund. »Habe ich dir denn auch ein bisschen gefehlt?«, wollte er neckend wissen.

»Ja, ein bisschen schon. Ich habe tatsächlich hin und wieder flüchtig an dich gedacht.« Zu scherzen fiel mir leichter, als ihm zu sagen, wie es wirklich um meine Gefühle bestellt war.

Tom hingegen lachte. »Ich glaube, du hast mich ganz schrecklich vermisst«, erwiderte er und küsste mich wieder. Meinetwegen hätte es ewig so weitergehen können.

»Hast *du* mich denn vermisst?«, flachste ich und versuchte, ganz locker rüberzukommen, obwohl das Warten auf seine Antwort mich ziemlich nervös machte.

Tom hielt mich ganz fest und schaute mir tief in die Augen. »Wie verrückt«, flüsterte er dann an meinen Lippen und mein Herz machte vor Freude einen Hüpfer. Er drehte eine meiner langen Haarsträhnen, die unter der Strickmütze hervorschauten, zwischen seinen Fingern und lächelte mich versonnen an. Ich hätte alles dafür gegeben, zu wissen, was er gerade dachte. Aber ihn zu fragen, dazu fehlte mir leider der Mut.

»Und jetzt bin ich froh, dass du wieder da bist. Tiger ist übrigens im Haus, er schläft mal wieder im Bad in seinem Katzenkörbchen. Es geht ihm gut. Ich habe auf ihn aufgepasst, genau wie ich es dir versprochen hatte.«

»Danke, das war lieb von dir.«

»Ach, da fällt mir noch ein, Mason war vorhin hier.«

Fragend zog ich die Augenbrauen hoch.

»Was wollte er denn?«

»Er hat dir ein Buch zurückgebracht, das du ihm irgendwann mal geliehen hast.«

Ich dachte kurz darüber nach, konnte mich aber beim besten Willen nicht daran erinnern, ihm ein Buch geborgt zu haben.

Aber es gab jetzt Wichtigeres. Tom zum Beispiel, und wie er mich gerade anschaute, so, als wäre ich das Beste, was ihm jemals passiert war, und ich wünschte, es wäre tatsächlich so.

»Jedenfalls hat er darauf bestanden, es ins Haus zu bringen, weil er nicht wollte, dass sich durch die Feuchtigkeit hier draußen die Seiten wellen.«

Tom schüttelte amüsiert den Kopf. »Ich habe es ihm erlaubt, weil ich keine Lust hatte, mit ihm zu diskutieren, und weil ich gerade beschäftigt war. Ich hoffe, das ist okay für dich.«

»Klar«, gab ich knapp zurück und zuckte leicht mit den Schultern. »Apropos, womit warst du eigentlich beschäftigt?«

Tom hob grinsend die Axt auf, die neben seinen Füßen im Schnee lag. »Ich dachte, ich mache mich nützlich. Die Nacht mit dir vor dem Kamin war einfach so schön, und da ich sehnlichst auf eine Wiederholung hoffe, mir aber aufgefallen ist, dass kaum noch Holz in dem Korb neben dem Kamin ist, habe ich ein paar Scheite gehackt. Das Holz ist gut durchgetrocknet und wird bestimmt hervorragend brennen. Wir können es gleich testen«, schlug er vor und seine Augen strahlten mit der Wintersonne um die Wette.

Ich mochte seinen Humor. Lächelnd küsste ich ihn auf den Mund und versuchte, alle Zweifel und Sorgen zu vertreiben. Wen interessierte schon, was morgen oder in einer Woche war? Was zählte, war das Hier und Jetzt.

»Dieser Kuss kann nur bedeuten, dass ich wirklich eine Wiederholung bekomme?«

Ich schwieg, konnte mir aber ein kleines Lächeln nicht verkneifen.

Tom hingegen grinste siegessicher. »Oh ja, verdammt, und ob ich die kriege.«

Er ließ die Axt fallen, die mit einem dumpfen Aufschlag im Schnee landete. Mühelos hob er mich hoch und ich schlang lachend die Arme um seinen Hals, während er mich ins Haus trug.

• • •

Die nächsten Tage vergingen wie im Flug. Reece und ich hatten im Laden eine Menge zu tun, denn das Weihnachtsgeschäft war nun in vollem Gange. Wenn ich den Laden abends abschloss, wartete Tom meist auf mich, und dann gingen wir gemeinsam zu mir nach Hause. Mir gefielen diese abendlichen Spaziergänge und ich hätte mich wirklich daran gewöhnen können. Den Gedanken, dass Tom früher oder später nach Boston zurückkehren würde, schob ich weit von mir. Im Verdrängen war ich mittlerweile Expertin geworden. Wir verbrachten auch die Abende und die Nächte zusammen. Wir kochten, redeten, und immer wieder musste ich feststellen, dass ich schon lange nicht mehr so viel Spaß mit jemandem gehabt hatte. Alles fühlte sich wunderbar normal an. Und das lag wohl auch daran, dass wir Dylan kein einziges Mal über den Weg liefen. Was angesichts der Größe dieser Stadt schon überraschend war. Einmal allerdings glaubte ich, ihn gesehen zu haben. Es war der Tag, an dem ich mit Tom losgezogen war, um einen Weihnachtsbaum zu holen. Aber da konnte ich mich auch getäuscht haben. Vielleicht hatte Dylan endlich verstanden, dass er mich in Ruhe lassen sollte. Ich für meinen Teil versuchte, ihn, so gut es ging, aus dem Kopf zu bekommen. Alles war so viel einfacher, wenn ich nicht pausenlos an Dylan denken musste. Außerdem sorgte Tom auf seine Weise dafür, dass ich bald keinen Gedanken mehr an meinen Ex-Mann verschwendete.

Kapitel 10

Tom

Lachend stiegen wir die Treppen zu Michelles Veranda hinauf, dabei hielt ich ihre Hand ganz fest in meiner. Heute Nachmittag hatte ich vor dem Laden auf sie gewartet und dann waren wir gemeinsam zu ihr nach Hause gelaufen.

Ich trat mir den Schnee von den Boots, während ich darauf wartete, dass Michelle die Tür aufschloss.

»Komm schnell rein«, sagte sie, nachdem sie vorangegangen war und mir jetzt die Tür aufhielt. Schnell folgte ich ihr nach drinnen. Ich konnte es nicht erwarten, ins Warme zu kommen. Dieser Winter war wirklich heftig. Auch heute war es wieder bitterkalt gewesen, daran hatte auch die Sonne, die am Mittag von einem wolkenlosen, blauen Himmel geschienen hatte, nichts ändern können.

»Ich mache schon mal Feuer«, schlug ich vor, während ich mir Mütze, Schal und Jacke auszog.

»Tolle Idee. Und ich gehe rüber in die Küche und mache uns etwas zu trinken. Wie wäre es mit einem Tee?«, fragte Michelle, während sie ihren grauen Wollmantel aufhängte. Lächelnd schaute ich sie an. Mit den rosigen Wangen und den zerwühlten Haaren sah sie einfach toll aus. Und einmal mehr fragte ich mich, wie ich es ohne sie in Boston aushalten sollte.

»Wenn du keinen Tee möchtest, kann ich dir auch etwas anderes mitbringen. Einen Kaffee zum Beispiel, oder eine heiße Schokolade?«

Ich schüttelte den Kopf. »Tee klingt super«, sagte ich und verdrängte schnell den Gedanken an meine Heimreise.

Michelle verschwand in der Küche und ich ging ins Wohnzimmer, um den Kamin anzuheizen.

Als Michelle zurückkam, knisterte bereits ein behagliches Feuer im Kamin, und während sie den Tee auf den Tisch stellte, kam Tiger die Treppe nach unten getapst, um es sich davor gemütlich zu machen.

Ich setzte mich zu ihr auf die Couch und Michelle kuschelte sich an mich. Lächelnd küsste ich sie und dachte einmal mehr, wenn das hier ein Traum war, wollte ich wirklich nie wieder aufwachen.

»Morgen bin ich erst später mit der Arbeit fertig. Wenn alles nach Plan läuft, erhalten wir noch einmal eine größere Warenlieferung, und die müssen Reece und ich dann unbedingt noch auspacken.«

»Ich könnte euch dabei helfen«, schlug ich vor. Aber Michelle verneinte. »Lass nur, Reece und ich schaffen das schon. Außerdem rechnet Kane morgen fest mit dir.«

Stimmt, ich hatte meinem Bruder versprochen, ihn morgen auf der Ranch zu unterstützen, weil einer seiner Arbeiter krank geworden war.

»Daran hatte ich gar nicht gedacht«, erwiderte ich leicht zerknirscht.

»Wie wäre es, wenn wir uns einfach später wieder bei mir treffen?«, schlug Michelle vor.

Ich nickte. »Hört sich gut an. Dann komme ich auf jeden Fall noch bei dir vorbei.«

Michelle lehnte sich wieder an mich. »Bist du müde?«, fragte ich sie, während ich meinen Arm um ihre Schultern legte.

»Ein bisschen«, gab sie zu. Doch dann lächelte sie. »Aber nicht müde genug. Wie wäre es, wenn wir die Zeit etwas sinnvoller nutzen, als einfach auf der Couch zu sitzen?«

»Woran denkst du?«, fragte ich. Nach ihrem Gesichtsausdruck zu urteilen, führte sie nichts Gutes im Schilde.

»Wir könnten runter zum See gehen. Das Eis darauf ist so dick, dass es erlaubt ist, ihn zu betreten. Wir könnten Schlittschuh laufen.«

Lauthals lachte ich auf, während ich vehement den Kopf schüttelte. »Auf gar keinen Fall gehe ich Schlittschuh laufen«, wehrte ich entschieden ab. »Denn zum einen besitze ich glücklicherweise keine Schlittschuhe. Und selbst wenn ich welche hätte, würdest du mich niemals dazu bringen, diese Dinger anzuziehen.«

»Für das erste Problem hätte ich eine Lösung. Ich habe für Josh nämlich welche besorgt, weil ich dachte, er würde mich diesen Winter besuchen kommen. In unserer Kindheit waren wir immer zusammen Schlittschuh laufen. Ich wollte ihn damit überraschen. Ich glaube, sie würden dir bestimmt passen.«

Obwohl ich Michelle ansah, dass sie wirklich Lust darauf hatte, schüttelte ich den Kopf.

»Können wir nicht einfach etwas anderes machen?«, fragte ich und schlug im nächsten Atemzug vor: »Wie wäre es mit einer Schneeballschlacht? Das würde mir besser gefallen.«

Michelle lächelte. »Auch keine schlechte Idee«, gab sie zu. »Sich mit dir im Schnee zu wälzen, klingt lustig. Aber lass mich noch einen Versuch starten, dich vom Schlittschuhlaufen zu überzeugen. Wenn es nicht klappt, fange ich nicht wieder damit an.«

Ich seufzte leise, nickte aber. »Ich muss dich warnen, ich glaube, du kannst nichts tun, um mich dazu zu überreden. Der Versuch ist also reine Zeitverschwendung. Sei nicht enttäuscht.«

Michelle lächelte herausfordernd. »Wir werden sehen«, erwiderte sie und rückte ganz nah an mich heran.

Was hatte sie vor?

Ihre Lippen streiften flüchtig über meine Wange. Dann kitzelte ihr Atem auf verführerische Weise die Haut unterhalb meines Ohres. Sie begann zu flüstern, und bei jedem Wort, das sie mir ins Ohr hauchte, wurde mir ein bisschen heißer. Ein angenehmes Kribbeln breitete sich in meinem Bauch aus, während Michelle mir leise all die wunderbaren Dinge in Aussicht stellte, die sie mit mir machen würde, sobald wir vom Schlittschuhlaufen zurück wären. Als sie fertig war, flehte ich sie förmlich an, weiterzuerzählen. Aber sie lächelte nur und schüttelte den Kopf.

Ihr Gerede hatte mich völlig verrückt gemacht. Am liebsten hätte ich sie gepackt und auf der Stelle nach oben ins Schlafzimmer getragen.

»Kommst du nun mit zum See oder nicht?«, fragte sie und schenkte mir ein unschuldiges Lächeln. Doch spätestens jetzt wusste ich mit Sicherheit, dass sie alles andere war als unschuldig.

»Wie soll ich mich nach all dem, was du mir gerade ins Ohr geflüstert hast, aufs Schlittschuhlaufen konzentrieren? Jetzt muss ich die ganze Zeit daran denken, dass ich nur eins möchte, nämlich dich ausziehen, um dich überall zu küssen.« Michelle lächelte. »Das ist nicht die Antwort, die ich hören wollte«, erwiderte sie. »Können wir jetzt gehen?«

Ich schaute sie ernst an. »Und du meinst das, was du mir gerade ins Ohr geflüstert hast, wirklich ernst?«, hakte ich sicherheitshalber nach. Michelle lächelte noch ein bisschen breiter. »Ja, natürlich. Soll ich es dir schriftlich geben?«

»Eigentlich keine schlechte Idee. Aber nun gut, ich glaube dir auch so.«

Ich stand von der Couch auf und reichte Michelle dann die Hand, um ihr aufzuhelfen. Ein siegessicheres Lächeln erschien auf ihrem Gesicht, als sie vor mir stand.

»Du bist wirklich überzeugend«, sagte ich.

»Und du ziemlich leicht rumzukriegen«, gab sie lachend zurück und versuchte, sich an mir vorbeizuschlängeln. Aber bevor sie mir entwischen konnte, packte ich sie schnell und zog sie mit dem Rücken an meine Brust.

Ich hielt sie fest, während ich mit meinen Lippen über die zarte Haut ihrer Halsbeuge strich. »Ich kann es nicht erwarten, wieder hier zu sein, und dann nagele ich dich auf alles fest, was du mir gerade versprochen hast«, prophezeite ich ihr. Michelle lächelte und drückte sich verführerisch an mich. Ich stöhnte leise auf.

»Nettes Wortspiel«, meinte sie frech und machte sich von mir los. Nur widerwillig ließ ich sie gewähren. Mein Puls raste und ich widerstand dem Wunsch, sie erneut an meine Brust zu ziehen, nur schwer.

Sie drehte sich zu mir um. »Du wirst nicht enttäuscht sein«, erwiderte sie aufreizend und fügte dann entschlossen hinzu: »Und jetzt lass uns endlich aufbrechen.«

Während ich mich warm einpackte, verschwand Michelle, vermutlich um die Schlittschuhe hervorzukramen. Und tatsächlich, gleich darauf kam sie zurück und hielt ein Paar nagelneuer Schlittschuhe triumphierend in die Höhe.

»Jetzt kann es ja losgehen«, sagte sie lächelnd und schnappte sich ebenfalls Jacke und Mütze.

Gemeinsam verließen wir das Haus und ich konnte es nicht fassen, dass sie es tatsächlich geschafft hatte, mich zu überzeugen.

Als wir am See ankamen, glitzerte die gefrorene Eisfläche in der langsam hereinbrechenden Dämmerung. Michelle und ich waren vollkommen allein. Wir hatten Glück, der Himmel war beinahe wolkenlos und der Schein des Mondes spendete uns ausreichend Licht.

Michelle drückte mir die Schlittschuhe in die Hand.

Skeptisch sah ich ihr beim Schuhewechseln zu. Leise seufzend schüttelte ich den Kopf. Mann, worauf zum Teufel hatte ich mich nur eingelassen?

»Fertig?«, fragte Michelle, als sie sich erhob.

»Gleich.«

Also blieb mir nichts anderes übrig, als mir die Boots von den Füßen zu streifen und die Schlittschuhe anzuziehen. Michelle hatte recht behalten. Sie passten wirklich ganz gut.

Michelle ging aufs Eis, bewegte sich mühelos über die glatte Oberfläche, während ich sicherheitshalber am Rand stehen blieb. Auf den Dingern zu stehen, fühlte sich ziemlich wackelig an. Michelle drehte ein paar kleine Runden, und für einen Moment erfüllten nur die Geräusche, die ihre Kufen verursachten, während sie über das Eis glitten, die kalte Luft.

Schließlich hielt sie vor mir an. »Um das zu kriegen, was ich dir vorhin versprochen habe, musst du schon zu mir aufs Eis kommen«, verlangte sie und streckte mir im gleichen Moment die Hand entgegen.

Ich zögerte, aber dann ergriff ich Michelles Hand und ließ mich aufs Eis führen.

Jetzt fehlte nur noch, dass ich auf meinem Hintern landete und mich vollends zum Idioten machte, dachte ich.

»Du hast wirklich noch nie auf Schlittschuhen gestanden«, stellte Michelle ganz richtig fest.

»Stimmt, und bisher gehörte das auch nicht zu den Dingen, die ich unbedingt tun wollte.«

Michelle lächelte. Ihre Haut sah rosig und erfrischt aus. Ihre Wangen waren von der Kälte leicht gerötet. Unser Atem stieg in kleinen weißen Wölkchen auf. Die Frau war wirklich zum Anbeißen.

»Lass es uns einfach versuchen«, bat sie und hielt meine Hand fest in ihrer.

»Meinetwegen«, gab ich zurück und wir setzten uns langsam in Bewegung.

Michelle gab das Tempo vor und ich versuchte, mit ihrer Geschwindigkeit mitzuhalten.

Ich kam mir steif und ungelenk vor. Aber schon nach ein paar Runden wurde es allmählich besser. Ich wurde lockerer und hatte den Dreh langsam raus.

»Siehst du«, sagte Michelle erfreut. »Es ist nicht so schwer, wie du zu Anfang gedacht hast.«

Ich konnte ihr nur zustimmen. Mittlerweile klappte es richtig gut. Michelle hielt meine Hand weiter in ihrer, während wir gemeinsam über das Eis glitten. Und ich musste zugeben, dass es mir mehr und mehr Spaß machte. Je länger wir fuhren, desto mehr fand ich Gefallen daran. Allerdings lag das mit Sicherheit nicht am Schlittschuhlaufen selbst, sondern eher daran, dass es einfach schön war, mit Michelle ganz allein hier draußen zu sein. Nur wir beide, der Schnee, der Sternenhimmel, die Kälte und die raue Einsamkeit der Natur.

»Jetzt gib schon zu, dass es dir Spaß gemacht hat«, drängte Michelle mit einem zufriedenen Lächeln, als wir wieder in ihrem geheizten Flur standen und unsere Jacken und Mützen ablegten.

»Schon gut, das hat es ja«, erwiderte ich lachend und zog sie in meine Arme. »Es war gar nicht so schlecht«, fügte ich hinzu und Michelle kniff mich prompt in die Seite.

»Gar nicht schlecht«, wiederholte sie und stemmte ihre Hände gegen meinen Brustkorb, um mich ein Stück wegzuschieben. »Du hattest sichtlich Spaß. Zumindest hast du viel gelacht«, erinnerte sie mich.

Ich erwiderte lachend: »Schon okay, es war wirklich lustig. Auch wenn ich es nur ungern zugebe, habe ich schon ein bisschen Gefallen daran gefunden. Aber weißt du, was mir jetzt noch mehr Spaß machen würde?«

Michelle rückte näher an mich heran und ich hatte das Gefühl, dass kein Blatt Papier mehr zwischen uns gepasst hätte.

»Was denn?«, flüsterte sie und gab sich ahnungslos, obwohl sie genau wusste, was ich meinte.

Aber wenn ihr nach Spielchen zumute war, war ich nur allzu gerne bereit, mitzumachen.

Ich raunte ihr all die aufreizenden Dinge ins Ohr, die sie mir vorhin zugeflüstert hatte. Und es gefiel ihr sichtlich. Ich erkannte es daran, wie sich ihre Atmung beschleunigte. Wie sie sich noch näher an mich presste. Während ich sprach, kam ihr hin und wieder ein leises Stöhnen über die Lippen. Oh Mann, wenn sie so weitermachte, brachte sie mich noch völlig um den Verstand.

Schließlich glitten ihre Hände von meinem Rücken abwärts über meinen Po. Erneut drängte sie sich gegen mich, und diesmal war ich derjenige, der leise seufzte. Sie verflocht ihre Finger mit meinen. »Ich glaube, es ist an der Zeit, meine Versprechen einzulösen.«

Hastig streifte ich Michelle die Klamotten ab, und sie half mir im Gegenzug dabei, mich auszuziehen.

»Für meinen Geschmack hast du immer noch zu viel an«, flüsterte ich zwischen mehreren Küssen, als Michelle nur noch ein T-Shirt trug.

Jeans und Pullover lagen bereits, genau wie meine Sachen, auf dem Boden verstreut.

»Dann komm schnell mit nach oben ins Schlafzimmer und zieh mich aus. Wie klingt das?«

»Klingt hervorragend«, gab ich zurück, während mein Puls vor Aufregung raste.

Ich beugte mich zu Michelle hinab und küsste sie möglichst sanft auf den Mund, obwohl ich mich wirklich sehr zurückhalten musste, damit ich sie nicht packte und auf die Couch warf, um sie gleich an Ort und Stelle zu vernaschen. Aber es war unglaublich schön, Michelle zu küssen, und deshalb kostete ich diesen Moment voll und ganz aus. Das Gefühl, ihre Lippen auf meinen zu spüren, war einfach unbezahlbar.

»Komm mit«, flüsterte Michelle schließlich an meinem Mund, griff dann nach meiner Hand und führte mich die Treppen hinauf in ihr Schlafzimmer. Bereitwillig folgte ich ihr und schloss die Tür mit einem leisen Klacken hinter mir.

Ich nahm mir Zeit, um sie zu betrachten. »Du bist wunderschön«, raunte ich ihr zu. Denn es stimmte, Michelle sah mit den zerwühlten Haaren und den von der Kälte geröteten Lippen schlicht und einfach umwerfend aus. Endlich konnte ich sie wieder küssen. Oh, wie sehr hatte ich das in den letzten Tagen vermisst. Bereitwillig öffnete Michelle ihren süßen Mund und ich ließ meine Zunge sanft hineingleiten. Unsere Zungenspitzen berühren sich und ich hatte das Gefühl, vor Glück ohnmächtig zu werden.

Mit einem leisen Stöhnen sank sie ein bisschen tiefer in meine Arme und ich drücke sie fest an mich. Langsam fuhr ich ihren Rücken hinab und schob meine Hände dann unter ihr Shirt. Ihre Haut fühlte sich seidenweich an.

»Heb deine Arme hoch«, forderte ich sie auf, und Michelle tat, worum ich sie bat. Andächtig zog ich ihr das Shirt über den flachen Bauch, die perfekten Brüste und schließlich über ihren Kopf. Achtlos ließ ich es zu Boden fallen und konnte mich an ihrem Anblick kaum sattsehen.

Ich berührte sie überall, ließ meine Fingerspitzen über ihre samtweiche Haut gleiten und verursachte ihr Gänsehaut. Ich liebte es, zu sehen, wie ihr Atem schneller wurde, wie sich ihre Wangen vor Lust und Aufregung röteten, und noch mehr liebte ich es, dass ich der Grund dafür war. An ihrem Bauch verharrte ich kurz, sah ihr in die Augen, und dann schob ich ihr langsam das Höschen vom Po. Michelle atmete hörbar ein und ich konnte ihr Herz förmlich pochen hören. Der Slip rutschte über ihre Oberschenkel nach unten und blieb dann zu ihren Füßen liegen. Als ich meine Finger zwischen ihre Beine schob, keuchte sie auf und verbarg ihren Kopf an meiner Schulter.

»Oh Gott«, flüsterte sie, als ich sie berührte. »Das fühlt sich so gut an, unglaublich gut.«

»Mehr als gut«, gab ich leise keuchend zurück. Ich streichelte sie, weiter und weiter, bis Michelle gefährlich schwankte und sich kaum noch auf den Beinen halten konnte.

»Willst du mehr?«, raunte ich ihr zu.

Michelle nickte nur, sah mir tief in die Augen und zog dann meinen Kopf zu sich hinab. Sie küsste mich, und mein Herz geriet vor Lust und Verlangen völlig aus dem Takt.

Wortlos hob ich sie hoch und trug sie hinüber zum Bett. Ganz sanft ließ ich sie in die Kissen sinken. Der Anblick, der sich mir dabei bot, war einfach traumhaft. Sobald Michelle bequem lag, zog ich eine Spur aus Küssen über ihre seidig glatten Oberschenkel, über ihren Bauch, bis hinauf zu ihren Brüsten. Ich küsste und streichelte sie, bis sie es vor Lust kaum noch aushielt.

»Tom, bitte«, keuchte sie atemlos.

Aber sie musste mich nicht darum bitten, mittlerweile wusste ich, was ihr gefiel, was sie brauchte, und das würde ich ihr geben, und wenn sie es zuließe, sogar noch viel mehr, mein Herz, meine Liebe, mein Leben. Und als wir endlich ganz zueinanderfanden, fühlte es sich so schön an wie sonst nichts auf der Welt.

• • •

Michelle hauchte mir einen Kuss auf die nackte Brust und ich drückte sie fester an mich. Es war schön, sie im Arm zu halten, und am liebsten hätte ich diesen Moment für alle Ewigkeit eingefroren.

»Ist alles okay bei dir?«, fragte ich, während sich meine Atmung allmählich wieder beruhigt hatte.

Ich spürte Michelles Lächeln an meiner Brust. »Alles bestens«, erwiderte sie und fügte gleich darauf hinzu: »Obwohl ich zugeben muss, dass ich ziemlich müde bin.«

»Dann schlaf. Ich halte dich noch ein bisschen fest.«

Michelle kuschelte sich näher an mich. »Klingt wirklich verlockend.«

Ich dachte bereits, sie wäre eingeschlafen, da klingelte plötzlich ihr Handy und sie schreckte hoch.

Als sie sich aufrichtete, rutschte die Decke von ihrem nackten Busen, und dieser verführerische Anblick zauberte ein Lächeln auf mein Gesicht. Michelle wollte aufstehen, aber ich hielt sie zurück.

»Geh nicht ran. Lass es einfach klingeln«, raunte ich und gab ihr einen Kuss auf die Schulter.

Aber Michelle machte sich los. »Ich muss, schließlich könnte es etwas Wichtiges sein«, sagte sie und schlug im gleichen Augenblick die Decke zurück und krabbelte aus dem Bett.

Sie tapste barfuß über den hochflorigen, beigen Teppich und ich konnte mich kaum an ihr sattsehen.

Auf dem Weg nach draußen in den Flur schnappte sie sich einen Strickpullover, der über der Lehne eines Stuhls hing, und streifte ihn sich im Hinausgehen hastig über. Der Pullover bedeckte gerade so ihren nackten Hintern. Sie sah wirklich verflucht sexy aus.

Amüsiert blickte ich ihr nach, als sie nach unten eilte, um das Gespräch anzunehmen.

Von Weitem hörte ich nun Michelles Stimme, und ich beschloss, ebenfalls nach unten zu gehen. Bevor ich das Schlafzimmer verließ, zog ich mir meine Boxerbriefs und ein T-Shirt über, und folgte Michelle dann ins Wohnzimmer.

Sie stand am Fenster, schaute hinaus in die Nacht und schien die Schneeflocken zu beobachten, die nun wieder im Schein der Straßenbeleuchtung vom Himmel tanzten. Ihre Rückansicht war mindestens so heiß wie ihre Vorderansicht. Lässig lehnte ich am Treppengeländer und begnügte mich damit, sie einfach nur anzuschauen.

»Im Moment passt es leider nicht so gut. Aber ich bin gut in Riverside angekommen«, sagte Michelle ins Telefon. »Kann ich dich morgen zurückrufen, Stella? Dann können wir in Ruhe reden.«

Stellas Erwiderung konnte ich nicht hören, aber da Michelle kurz darauf auflegte, vermutete ich, dass die beiden sich darauf geeinigt hatten. Michelle ließ ihr Handy auf der gepolsterten Fensterbank neben zwei weißen Kissen liegen und wandte sich zu mir um.

»Das war meine Schwester«, erklärte sie. »Sie wollte sich nur erkundigen, ob ich gut nach Hause gekommen bin.«

»Das ist nett. Sag ihr doch beim nächsten Mal einen schönen Gruß von mir und richte ihr aus, dass du bei mir in den allerbesten Händen bist. Sich Sorgen zu machen, ist völlig unnötig.«

Michelle verschränkte die Arme vor der Brust. »Immer einen Spruch auf Lager. Dein Humor ist wirklich speziell. Aber das mag ich wirklich gerne an dir.«

Ich stieß mich vom Treppengeländer ab und ging auf Michelle zu. Ich zog sie zu mir heran und schlang meine Arme um ihre Taille.

»Was gefällt dir denn noch an mir?«, flüsterte ich an ihren verführerischen Lippen.

Michelle seufzte leise, dann erwiderte sie: »Mir gefällt dein Lächeln und ich mag deine Haare.«

»Meine Haare?«

Michelle lachte. »Genau, deine Haare. Sie sehen niedlich aus, wenn sie so zerwühlt sind, nachdem du mit mir im Bett warst.«

»Niedlich? Ein anderes Adjektiv fällt dir nicht ein?«

»Wie wäre es mit wild und sexy?«, schlug sie lächelnd vor.

»Viel besser. Was magst du denn noch an mir, außer meiner Haare? Ich hoffe doch, es gibt noch mehr.«

»Du bist intelligent, hilfsbereit, ehrlich. Ja, ich glaube, diese Eigenschaften schätze ich am meisten an dir.«

Fragend schaute ich sie an. »Du findest mich nicht gutaussehend?«

Michelle lachte lauthals auf. »Oh, entschuldige, das hatte ich ja komplett vergessen. Natürlich tue ich das, und außerdem finde ich dich ziemlich heiß.«

»Weißt du eigentlich, wie verflucht sexy du gerade aussiehst?«, fragte ich. Ich sehnte mich bereits wieder danach, mich mit ihr nackt auf dem Bett zu wälzen. Sie zu küssen, sie zu spüren und sie überall zu berühren.

Eine feine Röte überzog ihre Wangen und ließ sie absolut hinreißend aussehen.

»Du gefällst mir auch sehr gut«, gab sie zurück.

Mit hochgezogenen Augenbrauen schaute ich sie an und erwiderte grinsend: »Ja, findest du?«, und dann ließ ich meine Muskeln ein bisschen spielen.

Michelle lachte, und dieses Lachen war genauso wundervoll und bezaubernd wie sie.

Ausgelassen ließ sie sich auf ihre Couch fallen und ich setzte mich zu ihr. Völlig entspannt streckten wir die Beine aus, während uns die wohlige Wärme des Feuers umgab. Das Knistern der Flammen erfüllte den Raum und bildete die einzige Geräuschkulisse. Mittlerweile war es ziemlich spät, aber an Schlaf wollte ich trotzdem noch nicht denken.

»Erzählst du mir von deiner Familie? Ist Stella deine einzige Schwester, oder hast du noch mehr Geschwister?«

»Ich habe noch einen Bruder. Sein Name ist Josh. Allerdings haben wir uns schon eine Weile nicht mehr gesehen. Wir haben momentan nur sporadisch via Internet Kontakt. Er ist Chirurg im Krankenhaus in Helena, aber zur Zeit für Ärzte ohne Grenzen im Sudan unterwegs.«

»Wow, das ist ziemlich mutig von ihm«, erwiderte ich, und Michelle nickte nachdenklich.

»Stimmt. Ich weiß, er wird schon gut auf sich aufpassen, aber ich mache mir trotzdem immerzu Sorgen um ihn.«

Ich nickte langsam. »Das kann ich verstehen. Würde mir mit Sicherheit genauso gehen. Du vermisst ihn sicher.«

Michelle nickte. »Ja, ständig.«

»Kommt er an Weihnachten nach Hause?«, hakte ich nach

Michelle schüttelte den Kopf. »Nein, leider nicht. Seine Rückkehr hat er für Mitte Januar geplant. Bis zu einem Wiedersehen müssen meine Familie und ich mich also noch gedulden.«

Ich nickte. »Es ist schwer, auf jemanden, den man liebt, so lange zu verzichten. Aber wenigstens kommt er zurück.«

Michelle leckte sich über die Lippen, schaute mich an, als wüsste sie nicht, wie weit sie gehen konnte. Aber dann fragte sie: »Sprichst du von Cade?«

»Ja«, erwiderte ich einen kurzen Augenblick später. »Ich glaube, dass ich mich niemals daran gewöhnen werde, ihn nie wiederzusehen.«

Ich hatte gedacht, dass ich mit Michelle noch einmal über Cade reden könnte. Bis jetzt hatte ich ihr lediglich erzählt, wie er zu Tode gekommen war. Aber schon bei der Erwähnung seines Namens spürte ich, wie mir eng ums Herz wurde, und ich blockte das Thema ab. So wie meistens eigentlich. Mir war klar, dass ich Michelle vor den Kopf stieß. Aber ich konnte einfach nicht anders.

»Können wir das Thema wechseln?«, bat ich und fügte erklärend hinzu: »Es fällt mir immer noch schwer, über seinen Tod zu sprechen.«

»Das verstehe ich«, erwiderte Michelle. Sie zögerte, aber dann sagte sie doch: »Solltest du jemals wieder darüber reden wollen, dann bin ich für dich da, und zwar jederzeit.«

Ich nickte, während sich der Kloß in meiner Kehle langsam auflöste.

Michelle legte ihre nackten Beine über meine Oberschenkel. Sie ließ sich nach hinten in die Kissen sinken und machte es sich gemütlich.

Ihr fielen langsam die Augen zu, und da ich nicht müde war, begnügte ich mich damit, ihr beim Schlafen zuzuschauen. Ich hätte sie gerne gefragt, wie es nach Weihnachten und Silvester weiterging. Aber ich wusste nicht, wie ich das Thema zur Sprache bringen sollte. Wollte Michelle überhaupt, dass es weiterging? Sie hatte bisher nichts dergleichen verlauten lassen. Ich hatte keine Ahnung, woran ich bei ihr war. Manchmal gab sie sich offen und zugänglich, und dann wieder war sie verschlossen, und ich wusste nicht, wie ich an sie rankommen sollte.

Ich konnte schließlich nicht einfach sagen: »Also, ich bin bis über beide Ohren in dich verliebt, möchte am liebsten zwei Kinder mit dir bekommen und für immer in Riverside leben.«

Ich befürchtete, das würde sie nur verschrecken, also ließ ich es und beschloss, nicht mit dem Kopf durch die Wand zu rennen. Ich betrachtete ihre seidig glatten Beine. Der Pullover bedeckte nur das Allernötigste und spornte meine Fantasie ordentlich an. Mit den Fingerspitzen berührte ich sanft Michelles Knie und sie seufzte im Schlaf leise auf. Allerdings blieben ihre Augen geschlossen. Meine Hände strichen über ihre weiche Haut weiter nach oben.

»Was hast du vor?«, fragte Michelle plötzlich, als ich meinem verheißungsvollen Ziel ziemlich nahegekommen war.

»Sorry, ich wollte dich nicht wecken. Aber da du jetzt schon mal wach bist, hätte ich eine Idee, was wir machen könnten.«

»Ehrlich gesagt bin ich ziemlich müde, aber vielleicht schaffst du es, mich davon zu überzeugen, dass es sich lohnt, wach zu bleiben.« Michelles Blick folgte meiner Hand, die ihre Oberschenkel langsam, aber stetig nach oben glitt.

»Ich gebe mein Bestes«, erwiderte ich. Als meine Hand nur noch einen Fingerbreit vom Ziel entfernt war, öffnete sie ihre Beine ein bisschen weiter und mein Herzschlag beschleunigte sich.

Jetzt war ich derjenige, der leise aufstöhnte.

»Was du wohl im Sinn hast?«, fragte sie neckend, während sich ihre Brüste unter dem Pullover in schnellen Atemzügen hoben und senkten.

Ich wandte meinen Blick keine Sekunde von ihr ab, als meine Finger endlich ihr Ziel erreichten und Michelle ein sehnsüchtiges Seufzen entlockten.

»Das«, flüsterte ich mit vor Verlangen rauer Stimme und berührte sie an ihrer empfindsamsten Stelle.

Genüsslich ließ sie sich tiefer in die Kissen sinken und schloss die Augen. Ich beugte mich über sie, genoss es, Michelle zu beobachten, während ich sie streichelte. An diesen Anblick würde ich mich gewöhnen können, dachte ich und hauchte ihr einen Kuss auf die leicht geöffneten roten Lippen. Dass der Tag und die Nacht so unglaublich schön zu Ende gehen würden, hätte ich mir heute Morgen nicht träumen lassen.

Kapitel 11

Michelle

Als ich den Laden ein paar Tage später während meiner Mittagspause verließ, um bei Maureen einige Kleinigkeiten einzukaufen, schlug mir die übliche eisige Luft entgegen. Wenigstens hatte es endlich aufgehört zu schneien, dachte ich, als ich das *Open*-Schild an meiner Tür auf *Closed* drehte und mich auf den Weg machte.

Ich schlug den Mantelkragen hoch, um mich vor der beißenden Kälte zu schützen, und ging auf direktem Weg zu Maureens kleinem Lebensmittelgeschäft. Als ich endlich ankam, war ich halb durchgefroren.

»Hallo, Maureen«, sagte ich zur Begrüßung, während sich die Tür hinter mir schloss und das Messingglöckchen leise klingelte. Maureen war gerade dabei, neue Waren in ein Regal neben der Kasse einzuräumen.

»Michelle, schön, dich zu sehen«, erwiderte sie und lächelte mir über die Schulter hinweg zu. Im gleichen Moment schwang der Perlenvorhang zum Hinterzimmer auf und Sienna erschien im Laden.

»Hey, wie geht's denn so?«, fragte Sienna und lächelte freundlich. Wenn man den Einbruch und das plötzliche Auftauchen meines Ex-Mannes nicht mitzählte, ging es mir eigentlich ziemlich gut, stellte ich in Gedanken fest, und daher erwiderte ich: »Alles bestens. Ich nutze meine Mittagspause für ein paar Besorgungen.«

»Ich muss dich warnen, Mom hat gemeinsam mit Selma eine neue

Geschäftsidee entwickelt. Nimm dich lieber in Acht, sie wird dich gleich bezirzen, in der Hoffnung, dass du ihr etwas von dem Kram abkaufst. Seit Neuestem haben die beiden das Filzen für sich entdeckt.«

Ich erwiderte Siennas Lachen, denn ich wusste nur zu gut, wovon sie sprach. Lange wohnte ich noch nicht in Riverside, aber von Maureens und Selmas verrückten Ideen hatte ich schon einiges gehört.

»Das werde ich natürlich nicht versuchen«, schaltete sich Maureen in unser Gespräch ein und ich grinste noch ein bisschen breiter. »Wenn du dir allerdings unsere Sachen mal anschauen möchtest, steht es dir natürlich frei, das zu tun.«

»Mom, jetzt lass Michelle doch in Ruhe«, wandte sich Sienna an ihre Mutter.

»Was denn?«, gab diese zurück. »Man wird doch wohl noch fragen dürfen.«

»Okay, Schluss jetzt, ihr beiden! Ich schaue mir die Sachen gerne kurz an, aber dann muss ich mich wirklich beeilen.«

Grinsend wandte sich Maureen an Sienna. »Siehst du?«

Aber Sienna rollte nur lachend mit den Augen. »Du bist einfach unverbesserlich«, sagte sie und verschwand dann hinter dem Regal mit den Haushaltswaren.

Maureen hingegen winkte mich zu sich heran und präsentierte mir stolz die kunsthandwerklichen Erzeugnisse ihrer und Selmas mühevoller Handarbeit. Und sie waren wirklich, wirklich hübsch. Maureen hatte die gefilzten Blumenketten und Taschen, Broschen und kleine Körbchen, um darin allerhand Kleinkram aufzubewahren, ansprechend im Regal arrangiert.

»Wie findest du sie?«, hakte Maureen nach.

»Einfach toll«, gab ich wahrheitsgemäß zurück und Maureen strahlte übers ganze Gesicht.

Spontan kaufte ich ihr zwei der Körbchen ab. »Die werden sich toll neben meiner Kasse machen«, sagte ich, als Maureen die Sachen für mich einpackte. »Wenn du ein paar Werbeflyer für mich hast, kann ich die gerne in meinem Laden auslegen.« Maureen war von der Idee sofort hellauf begeistert.

»Danke«, erwiderte sie. »Ich hole sie schnell.«

»Keine Eile, ich suche in der Zwischenzeit alles zusammen, was ich brauche.«

Maureen nickte. »Tu das, Liebes. Ich bin gleich wieder da«. Und schon verschwand Maureen hinter dem kunterbunten Perlenvorhang.

Ich blieb vor dem Regal mit dem Saft stehen.

»Gibt es keinen Orangensaft mehr?«, fragte ich Sienna, die gerade geschäftig an mir vorbeieilte.

Bedauernd schüttelte sie den Kopf. »Nein, leider nicht. Wir haben auch keinen Kamillentee und kein stilles Mineralwasser mehr. Außerdem werden die Küchentücher langsam knapp, nur für den Fall, dass du davon etwas benötigt hättest.«

Ich schüttelte den Kopf. »Nein, ich wollte nur den Orangensaft.«

»Tut mir leid«, erwiderte Sienna zerknirscht und dann erklärte sie: »Wegen des Wetters wurden wir in der letzten Woche nur sporadisch beliefert. Hast du etwa keine Lieferschwierigkeiten?« Ich schüttelte den Kopf.

»Nein, bis jetzt zum Glück noch nicht. Was soll's, dann nehme ich einfach Apfelsaft.«

Ich griff nach einer Packung Saft und legte sie in meinen Korb. Stimmen und lautes Lachen vor der Tür erregten meine Aufmerksamkeit und ich warf einen Blick durch das große Schaufenster nach draußen. Sofort beschleunigte sich mein Herzschlag und ein Lächeln breitete sich auf meinem Gesicht aus. Tom stand neben seinem Wagen und tankte, wobei er sich mit Siennas Dad unterhielt. Die beiden scherzten ausgelassen miteinander, und ich dachte nicht zum ersten Mal, wie anziehend Toms Lachen war.

»Dann stimmt es also«, sagte Sienna plötzlich und ich wandte meinen Blick schnell von Tom ab.

»Keine Ahnung, was du meinst«, behauptete ich und spürte, wie mir vor Verlegenheit heiß wurde.

Ich packte noch eine Tüte Saft in meinen Korb und wollte weitergehen. Aber Sienna ließ nicht locker. »Ach, komm schon. Den Blick kenne ich genau. Riley lag also mit seiner Vermutung richtig. Seid ihr beiden jetzt ein Paar?«

Keine Ahnung, das wusste ich doch selbst nicht. Daher zögerte ich mit einer Antwort.

»Dein Schweigen sagt alles.« Sienna grinste breit.

War ich wirklich so leicht zu durchschauen?

»Wie dem auch sei. Ich glaube, ich sollte aufhören, dich in Verlegenheit zu bringen. Nur eins noch – Riley und ich wollen heute Abend zusammen ins Kino gehen. Ihr beiden könntet doch mitkommen?«

»Lieber nicht«, erwiderte ich und warf einen Blick auf die Uhr. Meine Mittagspause war eigentlich längst vorbei. »Ich sollte mich beeilen.« Rasch machte ich mich daran, die restlichen Sachen, die ich brauchte, in meinen Korb zu packen.

»Überlegt es euch«, sagte Sienna hartnäckig.

»Ja, klar«, gab ich mich betont lässig und wusste, dass es nicht mal im Entferntesten glaubhaft war.

Schleunigst bog ich in den Gang mit den Backwaren ein und war froh, Siennas wissenden Blicken entkommen zu sein. Als ich alles gefunden hatte, was ich benötigte, ging ich zur Kasse, wo Maureen wieder mit dem Einräumen der Regale beschäftigt war.

Nachdem sie alle Beträge in die Kasse getippt hatte, bezahlte ich. Ich wollte so schnell wie möglich verschwinden, bevor Sienna wieder auftauchte, um mich auszuquetschen.

»Hier, dein Wechselgeld und die Flyer«, sagte Maureen, als ich meine Einkäufe in meinem Korb verstaut hatte.

»Danke. Ich lege die Flyer in meinem Laden aus.«

Maureen strahlte. »Das ist wirklich lieb von dir.«

»Kein Problem«, sagte ich und verließ dann hastig Maureens Geschäft. Tom war mittlerweile verschwunden, und so hastete ich ohne weitere Verzögerungen über die vereisten Straßen zum »Sweet Little Things« zurück.

Als ich endlich dort ankam, hatte erneut Schneefall eingesetzt, und meine Finger fühlten sich schon ganz steif vor Kälte an. Tom lungerte vor der Ladentür herum und lachte mich freudestrahlend an, als ich auf ihn zumarschierte.

»Was machst du denn hier?«, fragte ich und sperrte auf. Unaufgefordert nahm Tom mir die Tüten ab und betrat nach mir den Laden.

»Ich wollte dich sehen«, antwortete er, stellte die Tüten auf dem Tresen neben der Kasse ab und gab mir, noch bevor ich meine Jacke ausziehen und meine Mütze absetzen konnte, einen Kuss auf den Mund. Es gefiel mir, wenn er spontan vorbeikam, denn ich hatte ihn schon vermisst.

»Eigentlich wollte ich dich nur fragen, ob du mit mir ins Kino kommst.«

Ich warf einen kurzen Blick auf meine Uhr und schaute Tom dann mit hochgezogenen Augenbrauen an. »Vor fünfzehn Minuten habe ich Maureens Laden verlassen. Wow, Sienna ist wirklich schnell.«

Tom lachte. »Schon gut, ich hätte es wissen müssen. Ich gebe es ja zu, der Kinobesuch war tatsächlich Siennas Idee, aber sie gefällt mir. Wir sollten uns auch mal außerhalb deines Bettes amüsieren, findest du nicht?«

»Das letzte Mal haben wir uns auf der Couch amüsiert, wenn ich mich recht erinnere.«

Tom strahlte mich an. »Stimmt, und das war einfach großartig. Ich würde trotzdem gerne ein richtiges Date mit dir haben.«

»Wir waren zusammen Schlittschuh laufen, und einen Weihnachtsbaum haben wir auch gemeinsam ausgesucht«, erwiderte ich auf seine Bitte hin.

»Okay, das Schlittschuhlaufen lass' ich gelten. Aber ich finde, dass der Weihnachtsbaumkauf definitiv nicht als Date durchgeht. Dann möchte ich eben gerne eine zweite Verabredung mit dir haben. Also, was sagst du? Wir können natürlich auch etwas anderes unternehmen, wenn du lieber mit mir allein sein möchtest.«

Tom wartete geduldig auf meine Antwort. Im Grunde wollte ich ja mit ihm ausgehen. Aber das würde unsere Beziehung offiziell machen. Die Nachricht, dass ich und Tom zusammen waren, würde sich in Riverside wie ein Lauffeuer herumsprechen, und ich wusste nicht, ob ich dafür schon bereit war.

»Du hast keine Lust dazu, stimmt's?«, hakte Tom nach und klang richtig enttäuscht.

»Nein, daran liegt es nicht, wirklich. Das kannst du mir glauben.«

»Woran dann?«, wollte er wissen.

»Alle werden über uns reden«, gab ich zurück und Tom zuckte gleich darauf mit den Schultern.

»Und, wen interessiert das schon? Von mir aus kann jeder in Riverside wissen, dass wir zusammen sind.«

Überrascht schaute ich ihn an. »Sind wir das denn?«

Ein erneutes Schulterzucken später sagte er leichthin: »Wenn es nach mir geht, schon.« Er kam näher, gab mir einen Kuss auf den Mund und schlang die Arme um meine Taille. »Siehst du das anders?«, fragte er und schaute mir tief in die Augen.

In meinem Bauch wirbelten die Schmetterlinge wild durcheinander und mein Herz galoppierte vor Freude. Ich versuchte, mich zu entspannen, tief durchzuatmen, dann schüttelte ich den Kopf. »Nein«, gab ich dann mit klopfendem Herzen zurück.

Toms Lächeln kehrte auf sein Gesicht zurück.

»Bedeutet das, du gehst mit mir aus und zeigst dich mit mir in der Öffentlichkeit?«

»Du bist wirklich sehr hartnäckig.«

Tom nickte. Sein Lächeln wurde breiter. »Das zeichnet mich unter anderem aus, und jetzt lass mich bitte nicht länger zappeln. Hab ein bisschen Erbarmen mit mir«, scherzte er.

Wie hätte ich ihm diese Bitte abschlagen können?

»Na gut«, lenkte ich ein, und Tom gab mir einen Kuss auf den Mund, noch bevor ich diesen Satz zu Ende hätte sprechen können.

»Ich wusste, dass du mir nicht widerstehen kannst.« Er drückte mich an sich und umarmte mich fest.

Als er mich wieder losließ, fragte ich: »Werden Samantha und Kane auch mitkommen?«

Tom schüttelte den Kopf. »Eigentlich schon. Aber die beiden haben spontan abgesagt.«

Ich nickte und konnte nicht abstreiten, dass ich darüber erleichtert war. Ich musste erst mal mit meinen eigenen Gefühlen klarkommen, bevor ich Toms Brüder und deren Familien näher kennenlernte.

»Du bist darüber froh, habe ich recht?«

Ich lief knallrot an. »Wie machst du das?«, entgegnete ich. »Wie kannst du so genau wissen, was ich gerade gedacht habe?«

Tom lachte. »Das war nun wahrlich kein Kunststück. In deinem Gesicht konnte ich gerade lesen wie in einem offenen Buch. Soll ich Riley und Sienna lieber absagen? Dann machen wir wirklich nur etwas zu zweit.«

Ich schüttelte den Kopf. »Nein, schon gut. Ich freue mich darauf, Riley und Sienna besser kennenzulernen.«

»Du bist eine schlechte Lügnerin. Aber keine Sorge, die beiden sind wirklich nett und unkompliziert. Du brauchst dir also keine Gedanken zu machen. Der Abend wird bestimmt super. Vielleicht können wir danach noch im Diner etwas essen gehen.«

Ich versuchte, alle Bedenken abzuschütteln. »Gute Idee. Lass uns das spontan entscheiden. Und jetzt solltest du gehen. Ich muss endlich wieder an die Arbeit.«

»Oder ich helfe dir«, schlug Tom vor, und dann beugte er sich zu mir herunter und flüsterte: »Du könntest mir deinen Lagerraum zeigen.« Seine Augen leuchteten, als er mir ins Gesicht schaute, und ich wusste nur allzu gut, was er im Sinn hatte.

»Vergiss es«, sagte ich betont streng, konnte mir ein kleines Grinsen allerdings nur schwer verkneifen. »Und jetzt geh endlich«, forderte ich ihn nachdrücklich auf.

»Ich kann nicht glauben, dass du mich wirklich rauswirfst.«

Ich lachte. »Glaub es ruhig. Wir sehen uns dann heute Abend.«

Tom gab mir noch einen letzten Kuss auf die Wange. »Sechs Uhr, und sei pünktlich«, raunte er und dann drehte er sich um und verschwand aus meinem Laden.

Nervös schaute ich ihm nach. Worauf hatte ich mich da nur eingelassen? Schließlich versuchte ich mich wieder auf meine Arbeit zu konzentrieren, was mir reichlich schwerfiel. Selbst Ruth Henderson, die gleich darauf mein Geschäft betrat und mich in ein Gespräch verwickelte, vermochte daran nicht viel zu ändern.

• • •

»Bitte, erinnere mich, dass ich mir nie wieder einen Film mit Hugh Grant anschaue«, raunte Tom mir ins Ohr, als die Lichter im Kinosaal angingen und ich aufstand, um meine Jacke anzuziehen. Seine Bemerkung brachte mich zum Lachen.

»Du wolltest doch unbedingt ins Kino«, entgegnete ich leise und zog den Reißverschluss zu.

»Auch wieder wahr«, meinte Tom und erhob sich ebenfalls.

Der Saal leerte sich und Tom, Riley, Sienna und ich strebten mit den anderen Zuschauern dem Ausgang zu.

»Was machen wir jetzt?«, fragte Riley, der seinen Arm um Siennas Schultern geschlungen hatte und sie fest an sich zog.

»Wir könnten im Diner noch etwas essen gehen«, schlug Tom vor.

»Von mir aus gerne«, erwiderte Sienna, und alle drei schauten mich an.

»Hab' nichts dagegen«, sagte ich und musste zugeben, dass Tom recht gehabt hatte. Der Abend war bis jetzt wirklich nett gewesen, außerdem hatte ich Hunger und war von dem Vorschlag, einen Abstecher zu Joe's zu machen, mehr als angetan.

Ich wollte mich gerade zum Gehen wenden, da prallte ich gegen eine harte Brust. Erschrocken schaute ich auf, wich einen Schritt zurück und blickte direkt in Masons Gesicht.

»Tut mir leid«, stammelte ich. »Ich habe dich gar nicht gesehen.«

Und dann fiel mein Blick auf die Frau, die neben ihm stand, und ich musterte sie neugierig.

»Kein Problem. Es ist ja nichts passiert«, entgegnete Mason freundlich.

»Wie hat dir der Film gefallen?«, fragte er und ich gab zurück: »Ich fand ihn gut.«

Tom stöhnte leise hinter mir auf und ich unterdrückte ein Grinsen.

»Wir wollen noch ins Diner«, plapperte ich weiter.

»Das ist ja ein Zufall. Gina und ich wollten auch noch zu Joe. Dann sehen wir uns sicher noch«, erwiderte Mason und ich trat beiseite, um die beiden durchzulassen. Ich schaute ihnen nach. Mason schlüpfte in seine Jacke und hielt dann wieder Ginas Hand. Ich hatte nicht gewusst, dass er eine Freundin hatte.

»Und dabei hätte ich schwören können, dass Mason in dich verknallt ist«, riss mich Rileys Stimme aus meinen Gedanken, als Mason und Gina außer Hörweite waren.

Ich wirbelte zu ihm herum.

»Ach Quatsch. Natürlich nicht«, wiegelte ich ab. »Mason und ich sind nur gute Bekannte.«

Tom legte den Arm um mich und sagte: »Können wir jetzt aufhören, über Mason zu reden, und lieber etwas essen gehen?«

»Du hast recht. Lass uns gehen«, entgegnete Sienna.

Auf dem Weg nach draußen bemerkte ich den Schmuckanhänger, der auf dem Boden lag, und bückte mich schnell, um ihn aufzuheben. Ich erkannte ihn sofort. Er gehörte Mason, und bestimmt hatte er ihn gerade verloren, als er sich die Jacke übergezogen hatte.

»Was hast du da?«, fragte Tom, als ich den Anhänger in meine Jackentasche gleiten ließ.

»Ich glaube, der gehört Mason. Ich gebe ihn ihm bei Gelegenheit zurück.«

Als wir das Kino verließen, herrschte eisige Kälte. Der Himmel war klar und wolkenlos und Tausende Sterne funkelten am Firmament. Ich kuschelte mich an Tom, der wieder seinen Arm um mich legte. Der

Schnee knirschte unter unseren Stiefeln, als wir uns auf den Weg zum Diner machten.

Als wir ankamen, war ich trotz Toms schützender Umarmung total durchgefroren. Im Diner herrschte Hochbetrieb, doch das war mir gleich, ich war einfach nur froh, endlich ins Warme zu kommen.

Wir schauten uns auf der Suche nach einem Tisch um. Sienna war diejenige, die schließlich vier freie Plätze entdeckte.

Der Abend ging so nett weiter, wie er angefangen hatte. Tom behielt recht. Sienna und Riley waren einfach toll und wir amüsierten uns prächtig.

»Bin gleich wieder da«, sagte ich irgendwann und stand auf, um zur Toilette zu gehen.

Ich entdeckte Mason mit Gina; die beiden saßen an einem Zweiertisch am Fenster. Mir fiel der Anhänger wieder ein, und als ich zu den beiden hinübergehen wollte, um Mason den Anhänger zurückzugeben, stand Dylan plötzlich vor mir. Dann war er also doch noch in der Stadt. Nachdem ich ihm so lange nicht begegnet war, hatte ich angenommen, er wäre nach Helena zurückgefahren.

Reflexartig wich ich zurück.

»Können wir reden?«, fragte Dylan. Reflexartig blickte ich mich um, aber da im Diner viel Betriebsamkeit herrschte, war die Sicht auf unseren Tisch versperrt.

Ich musste mich dazu zwingen, nicht die Fassung zu verlieren. Er kann dir nichts tun, nicht hier, nicht vor all diesen Menschen, versuchte ich mich zu beruhigen, und schaffte es tatsächlich, einen kühlen Kopf zu bewahren.

»Wir haben nichts zu besprechen«, entgegnete ich und wollte an ihm vorbei. Ich gab mir Mühe, mir nicht anmerken zu lassen, dass er mir nach wie vor Angst einjagte.

»Ich denke schon«, sagte Dylan und versperrte mir den Weg. Mein Puls raste. Was hatte er vor?

»Der Brief war wirklich nicht von mir«, sagte er unvermittelt. »So etwas würde ich nie tun, das musst du mir einfach glauben.«

Ich schnaubte verächtlich. »Dass ich nicht lache. Du lügst doch, sobald du den Mund aufmachst. Versuch nicht, mich für dumm zu verkaufen. Im Gerichtssaal hast du mir gedroht, du hast gesagt, du würdest mein Leben zerstören, egal, wo ich hingehe, du würdest mich finden. Und siehe da, wer ausgerechnet in Riverside auftaucht«, erinnerte ich Dylan.

Er schluckte schwer und schüttelte dann den Kopf. »Ich weiß, was ich damals gesagt habe. Aber ich habe mich geändert. Ich bin jetzt ein anderer. Das versuche ich dir schon die ganze Zeit zu sagen.«

»Ein anderer?«, wiederholte ich zweifelnd. »Bedeutet das, dass du deine Frau jetzt nicht mehr schlagen würdest?«

»Ich habe dir wehgetan, das weiß ich. Ich will keine Ausreden erfinden, aber wenn ich getrunken hatte, war ich nicht bei Sinnen.«

»Ja, das warst du wirklich nicht. Und wie willst du den Einbruch in mein Haus erklären? Warst du an dem Abend etwa auch betrunken? Wann wirst du je die Verantwortung für dein Handeln übernehmen und die Schuld für dein Unglück nicht immerzu bei anderen suchen?«

»Hey, stopp. Welcher Einbruch? Ich war das nicht, verdammt. Versuch nicht, mir etwas anzuhängen. Außerdem habe ich längst einen Entzug gemacht, und im Moment bin ich in Therapie. Das ist so ein Punkte-Programm, so ähnlich wie bei den anonymen Alkoholikern. Im Moment bin ich an dem Punkt angelangt, wo ich meine Vergangenheit aufarbeite, meine Fehler analysiere und mich bei den Menschen, die ich verletzt habe, entschuldige. Das ist auch der Grund, warum ich nach dir gesucht und dich schließlich auch gefunden habe. Michelle, es tut mir leid«, traute er sich tatsächlich zu sagen.

Wollte er mich verarschen?

»Ach, und weil du dich eigentlich nur bei mir entschuldigen wolltest, hast du dich bei unserer ersten Begegnung hier so aufgeführt? Deine Entschuldigungen kannst du dir sparen. Nicht in hundert Jahren würde ich dir verzeihen«, gab ich erbost zurück. »Ich würde lieber auf Rasierklingen kauen, als deine Entschuldigung zu akzeptieren, und jetzt geh mir endlich aus dem Weg.«

»Brauchst du Hilfe?« Mason stand plötzlich neben mir und mischte sich in unsere Unterhaltung ein.

Dylan bedachte Mason mit einem ablehnenden Blick.

Ich schüttelte den Kopf. »Nein, das tue ich nicht. Mit meinem Ex-Mann werde ich schon selbst fertig.« Das Wort Ex-Mann betonte ich extra.

Mason musterte Dylan neugierig und ich wünschte, er würde endlich verschwinden. Sie sollten beide gehen und mich in Ruhe lassen.

»Du hast Michelle gehört«, blaffte Dylan in Masons Richtung. »Also mach dich vom Acker. Ich will ungestört mit ihr reden.«

Mason lief knallrot an. Mittlerweile hatte unsere Auseinandersetzung die Aufmerksamkeit der übrigen Gäste auf sich gezogen. Mason kam nicht dazu, etwas zu erwidern, denn Tom stand einen Atemzug später neben mir und drängte Mason beiseite. Er nahm meine Hand, drückte beruhigend zu.

»Gibt es Probleme?«, fragte er und schirmte mich mit seinem Körper ab.

Dylans Blick zuckte zwischen uns hin und her.

»Ich wollte nur mit Michelle reden. Das werde ich ja wohl noch dürfen«, ereiferte sich Dylan.

»Hast du Gedächtnislücken? Die einstweilige Verfügung gilt noch immer. Also verschwinde und lass Michelle in Ruhe, sonst mach' ich dir Beine.«

Dylan starrte Tom zornig an. Aber schließlich gab er klein bei und marschierte an uns vorbei zur Tür hinaus.

»Wir sprechen uns noch«, sagte er, als er kurz neben mir stehen blieb, und dann fauchte er Mason an: »Geh mir endlich aus dem Weg.«

Mason wich widerwillig zurück und ließ Dylan passieren.

»Geht es dir gut?«, fragten die beiden zeitgleich, als Dylan aus dem Diner verschwunden war.

Anstatt zu antworten, sagte ich: »Ich gehe jetzt lieber nach Hause.« Aber bevor ich ging, drückte ich Mason den Anhänger in die Hand, und er nahm ihn verblüfft entgegen. »Habe ich im Kino gefunden«, fügte ich knapp hinzu und Mason nickte.

»Danke. Das ist mein Glücksbringer. Ist nicht das erste Mal, dass er mir verloren geht.«

Ich verabschiedete mich von Mason, aber er hielt mich am Arm zurück und raunte: »Wenn du mich brauchst, dann bin ich da. Du musst nur anrufen.«

Tom, der das Ganze mitbekommen hatte, erwiderte: »Nicht nötig. Dafür hat sie mich. Komm, Michelle. Ich bringe dich heim.«

Mason lief rot an und ärgerte sich scheinbar mächtig über Toms Verhalten. Doch er erwiderte nichts, stattdessen ging er zu Gina zurück, und ich hatte keine Lust mehr, mir wegen Masons verletzten Gefühlen den Kopf zu zerbrechen. Schließlich hatte ich meine eigenen Probleme, und davon sogar eine ganze Menge.

Bevor wir die Tür des Diners erreichten, blieb Tom stehen. »Ich sage Sienna und Riley Bescheid, dass wir gehen.«

Währenddessen schnappte ich mir meine Jacke und meine Mütze, die an einem der vielen Haken neben der Eingangstür hingen.

»Gut, ich warte vor der Tür auf dich.«

Tom nickte und verschwand in der Menge. Ich machte mich unterdessen aus dem Staub. Die neugierigen Blicke der Gäste waren kaum zu ertragen. Zweifellos würde ich jetzt nicht nur Toms wegen in den nächsten Tagen das Stadtgespräch sein, sondern natürlich auch wegen des öffentlichen Streits mit Dylan. Meine Laune war auf den Tiefpunkt gesunken, als die Tür des Diners hinter mir ins Schloss fiel. Ich setzte meine Mütze auf und vergrub dann die Hände tief in meinen Manteltaschen. Der Himmel war noch immer klar, die Sterne leuchteten und die Straße lag verlassen da, bis auf eine Frau, die ihren Hund spazieren führte.

Ich blickte zum Diner zurück. Gedämpft drangen die Geräusche an mein Ohr. Musik aus der Musikbox und das Gelächter und Geplapper der Gäste. Warum konnte mein Leben nicht genauso normal sein?, dachte ich mit einem Anflug Bitterkeit.

Ohne auf Tom zu warten, lief ich los. Ich wollte einfach allein sein. Als ich bereits ein Stück die Straße hinaufgegangen war, hörte ich Schritte hinter mir. Ich blieb nicht stehen, sondern rannte einfach weiter.

»Warte doch mal«, rief Tom und holte schnell auf.

Ich blieb allerdings immer noch nicht stehen, Tom hielt mit mir Schritt.

»Stimmt was nicht?«, fragte er und wollte nach meinem Arm greifen. Aber ich entzog mich ihm.

»Ja, verdammt, wenn du es genau wissen willst, stimmt eigentlich überhaupt nichts, und nein, es geht mir nicht gut. Mein Leben ist das reinste Chaos, und jetzt will ich nicht mehr darüber reden. Ich will nur noch nach Hause.«

Tom ging weiter neben mir her. »Okay, dann reden wir eben nicht.«

Ungehalten blieb ich stehen. »Darum geht es nicht. Am besten, du lässt mich jetzt allein. Ich muss erst mal nachdenken.«

Tom schaute mich zweifelnd an. »Ich möchte dich jetzt lieber nicht allein lassen. Nicht in deinem Zustand.«

»Verdammt, hör schon auf, dich ständig um mich zu sorgen. Ich brauche keinen Babysitter und keinen Beschützer. Ich komme sehr gut allein klar.«

Tom schien mir nicht zu glauben, und das ärgerte mich nur noch mehr.

»So habe ich das nicht gemeint«, erwiderte er ruhig.

»Wie auch immer! Warum veranstalten wir überhaupt dieses ganze Theater? Wir wissen beide, dass aus uns nichts werden kann, also sollten wir es lieber lassen«, sagte ich aufgebracht und die Worte schwebten zwischen uns in der Dunkelheit.

»Du machst mit mir Schluss?«

Er klang ungläubig.

»Man kann nichts beenden, was nicht richtig angefangen hat«, erwiderte ich. Keine Ahnung, wen von uns beiden meine Worte mehr schmerzten.

Tom wich einen Schritt zurück.

»Fahr nach Hause und kümmere dich um deine eigenen Angelegenheiten«, riet ich ihm, und dann drehte ich mich einfach um und stiefelte durch den Schnee davon.

Ich war wütend und enttäuscht, aber das lag nicht an Tom. Er wollte nur nett sein, mir helfen. Im Grunde war ich einfach nur mächtig sauer auf mich selbst, weil ich zugelassen hatte, dass Dylan mein Glück ruinierte. Ich hatte meine Familie verlassen, um von Dylan wegzukommen, und es tatsächlich geschafft, mir in Riverside ein neues Leben aufzubauen, und jetzt hatte ich es mir von Dylan wieder kaputt machen lassen. Und zu allem Überfluss auch noch seinetwegen den Mann, in den ich mich Hals über Kopf verliebt hatte, in die Wüste geschickt. Ich spürte, wie mir die Tränen in die Augen schossen. Nicht wegen des schneidenden Windes, der mir ins Gesicht blies, sondern weil es sich anfühlte, als hätte ich mehr als nur eine kleine Affäre mit Tom verloren. Eher, als hätte ich gerade meine Zukunft verspielt.

Kapitel 12

Tom

Ungläubig und reichlich verwirrt starrte ich Michelle nach, die hastig davonlief. Wie hatte dieser Abend, der doch so toll angefangen hatte, in einer Katastrophe wie dieser enden können?

Als Michelle in die nächste Straße eingebogen war, wandte ich mich kopfschüttelnd ab, um mich auf den Weg in mein Hotel zu machen. Es gefiel mir nicht, sie allein nach Hause gehen zu lassen. Nicht, solange Dylan in der Nähe war. Aber was sollte ich tun? Ich konnte sie schlecht dazu zwingen, mit mir zusammen zu sein.

Ihre Worte schmerzten. Auf dem Heimweg dachte ich über das Gesagte nach. Hatte Michelle recht? Machte ich mir etwas vor?

In den letzten Tagen, in denen wir zusammen gewesen waren, hatte ich wirklich geglaubt, sie hätte sich in mich verliebt. Dem war wohl doch nicht so.

Wenn sie nicht an eine gemeinsame Zukunft glaubte, dann sollte ich lieber damit aufhören, mir den Kopf darüber zu zerbrechen, ob ich mein Leben in Boston hinter mir lassen und ein neues hier, in Riverside, beginnen sollte. Gott, ich fühlte mich wie ein Idiot.

Leise fluchend stieß ich die Tür des Hotels auf. Das Foyer war leer und die Rezeption im Moment nicht besetzt. Ich ging direkt auf mein Zimmer, für heute hatte ich genug.

...

Als ich am nächsten Morgen die Augen aufschlug, fühlte ich mich wie gerädert. Ich hatte in der letzten Nacht fürchterlich geschlafen. Mehrmals war ich in Versuchung geraten, Michelle anzurufen, aber letztendlich hatte ich es nicht getan. Sie wollte, dass ich sie in Ruhe ließ, und das würde ich dann wohl auch tun müssen. Selbst wenn es mir schwerfiel.

Ich ging duschen, nahm ein schnelles Frühstück, bestehend aus einem Bagel und einer Tasse Kaffee, zu mir und verließ dann mein Zimmer, um zu Riley zu fahren.

Als ich die Tür zur Werkstatt aufstieß, hockte mein Bruder auf einem alten Drehstuhl vor seiner Werkbank, las Zeitung und führte eine Tasse an den Mund. Als er mich kommen hörte, blickte er auf.

»Morgen«, begrüßte er mich und starrte mich dann mit hochgezogenen Augenbrauen an, während er die Tasse langsam sinken ließ. »Du siehst ziemlich fertig aus«, bemerkte er.

»Möglich, ich habe nicht besonders gut geschlafen«, erwiderte ich und zog mir einen Stuhl heran. Niedergeschlagen ließ ich mich darauf fallen.

Riley faltete die Zeitung zusammen. »Was war gestern Abend eigentlich los?«

»Dylan hat mal wieder Stress gemacht.«

»Geht es Michelle gut?«, wollte mein Bruder wissen, und ich wusste nicht recht, was ich ihm erzählen sollte.

»Keine Ahnung«, sagte ich daher wahrheitsgemäß und fügte dann sicherheitshalber hinzu: »Ich will eigentlich nicht über Michelle reden.«

Riley schaute mich überrascht an, aber dann nickte er. »Meinetwegen.«

Er stand auf, legte die Zeitung beiseite, die er bis jetzt in der Hand gehalten hatte, und deutete mit einem Nicken auf zwei Regale, die für den Transport bereitstanden.

»Eigentlich wollte mir Kane beim Transport helfen, aber der ist nicht da. Also wäre es super, wenn du einspringst.«

»Kein Problem. Für wen sind die Sachen?«

»Für Maureen.«

»Hat sie die Regale für ihr Geschäft bestellt?«

Riley schüttelte den Kopf. »Nein, die sind fürs Haus. Siennas Dad würde mir beim Transport helfen. Aber der ist den ganzen Tag in der Autowerkstatt eingespannt. Und ich muss die Sachen heute ausliefern. Ich brauche Platz, sonst kann ich nicht mit dem nächsten Auftrag beginnen.«

Ich nickte. »Dann lass uns loslegen.«

Während ich mich gemeinsam mit Riley daran machte, die schweren Regale nach draußen zu schaffen und auf den Transporter zu laden, sagte ich schnaufend: »Schon mal überlegt, jemanden einzustellen und deine Schreinerei zu vergrößern?«

Riley kletterte auf die Ladefläche und befestigte das erste Regal mit mehreren Gurten.

»Eigentlich nicht«, sagte er nach einer kurzen Bedenkzeit. »Mir gefällt es so, wie es ist. Es sei denn natürlich, du suchst einen Job. Dann würde ich es mir vielleicht überlegen«, fügte er lachend hinzu.

»Nett von dir, aber ich glaube, dafür fehlt mir die Begabung.«

Riley sprang von der Ladefläche und wir hievten das nächste Regal hinauf. Als er auch das fest verzurrt hatte, fuhren wir zu Maureens Haus, um die Regale auszuliefern.

»Kannst du dir vorstellen, aus Boston wegzuziehen und nach Hause zu kommen?«, fragte Riley, nachdem wir die Regale ausgeladen hatten und wieder im Truck saßen.

»Du wirst es nicht glauben, aber seit Cades Tod, meiner Suspendierung, und, na ja, seit der Begegnung mit Michelle habe ich tatsächlich des Öfteren darüber nachgedacht.«

Riley startete den Motor und rollte langsam aus der Einfahrt auf die Straße.

»Zu welchem Entschluss bist du gekommen?«, wollte er wissen, als wir die Hauptstraße entlangfuhren und dann an einer roten Ampel warten mussten. Ich schaute aus dem Fenster. Riverside war noch dieselbe verschlafene Kleinstadt wie früher, und doch kam es mir so vor, als hätte sich alles verändert. Die Ampel sprang auf Grün und Riley fuhr an.

»Gestern hätte ich dir auf diese Frage noch geantwortet, dass ich bleibe. Aber heute tendiere ich eher dazu, nach Boston zurückzukehren.«

»Hat das rein zufällig etwas mit dem gestrigen Abend zu tun?«, hakte Riley nach und ich nickte.

»Ich habe einfach gedacht, das mit mir und Michelle wäre etwas Ernstes. Aber da habe ich mich wohl getäuscht«, gab ich zu.

»Weil wir gerade von Michelle reden, wirf doch mal einen Blick aus dem Fenster.«

Wir fuhren soeben an ihrem Laden vorbei und Michelle stand vor der Eingangstür und schippte den Neuschnee der vergangenen Nacht beiseite.

Ihr Anblick ließ mein Herz schneller schlagen.

»Weißt du, im Leben bekommt man manchmal nur eine einzige Chance, und wenn man die verpasst, kriegt man vielleicht nie wieder eine«, sinnierte Riley.

»Wo hast du die Weisheit her, aus einem Glückskeks?«, witzelte ich, und Riley stimmte in mein Lachen ein.

Er schüttelte den Kopf. »Jetzt bleib doch mal ernst. Damit will ich sagen, du hast Michelle getroffen. Ich weiß, du glaubst nicht an Schicksal, aber vielleicht ist es ja genau das. Schicksal eben. Und wenn du sie liebst, dann solltest du nicht so schnell aufgeben. Egal, was zwischen euch passiert ist, du solltest einen Weg finden, die Dinge zu klären. Glaub mir, ich spreche aus Erfahrung.«

Ich warf Riley einen nachdenklichen Seitenblick zu. So tiefsinnig kannte ich meinen Bruder gar nicht. Aber irgendwie dachte ich, dass er vielleicht recht hatte.

»Halt mal an«, sagte ich deshalb, und Riley trat, ohne Fragen zu stellen, auf die Bremse.

»Du hast gerade etwas richtig Gutes gesagt«, meinte ich grinsend, während ich den Gurt löste und die Tür öffnete. »Ich denke, es stimmt.

Michelle und ich haben noch etwas zu besprechen, und genau das sollten wir so schnell wie möglich tun.«

Riley nickte zustimmend. »Versau es nicht«, riet er mir, bevor ich die Tür zuschlagen konnte.

»Ich werde mir Mühe geben«, antwortete ich grinsend und gab mich dabei viel selbstbewusster, als ich mich in Wirklichkeit fühlte. Dann schloss ich die Tür, Riley setzte seine Fahrt fort und ich ging die beiden Querstraßen zu Michelles Laden zurück.

Als ich bei ihr ankam, war sie fast fertig mit Schneeschippen.

»Ich werde dir jetzt keine Hilfe anbieten«, sagte ich, und Michelle blickte überrascht von ihrer Tätigkeit auf. »Denn ich will wirklich nicht riskieren, dass du mir den Kopf abreißt.«

Sie stützte sich abwartend auf die Schneeschaufel. »Warum bist du hier, Tom?«

Jetzt ging es ans Eingemachte. In der Vergangenheit hatte ich die Erfahrung gemacht, dass man mit der Wahrheit immer am besten fuhr, und daher hielt ich mich auch jetzt daran.

»Ich bin nur hier, um etwas klarzustellen«, sagte ich geradeheraus. Michelle schaute mich mit hochgezogenen Augenbrauen an. Ihr Atem stieg in kleinen weißen Wölkchen von ihrem Mund auf, als sie darauf wartete, dass ich weitersprach. »Als ich zu dir sagte, dass ich dich sehr gerne mag, ist das wohl falsch rübergekommen.«

Michelle atmete hörbar aus und in der kalten Winterluft färbten sich ihre Wangen rot.

»Denn eigentlich wollte ich dir sagen, dass ich mich in dich verliebt habe. Das war nicht geplant, das kannst du mir glauben, aber es ist nun mal passiert.«

Michelle starrte mich völlig perplex an, und dass sie nichts sagte, machte diesen Moment unglaublich peinlich für mich. Aber mir war egal, dass ich mich gerade völlig zum Affen machte. »Um es auf den Punkt zu bringen – ich war noch niemals zuvor in jemanden so verliebt wie in dich.«

Und dann, als ich schon befürchtete, Michelle könnte mich wieder wegschicken, ließ sie die Schneeschaufel fallen, kam die beiden Schritte, die uns voneinander trennten, auf mich zu und umarmte mich dann fest.

Sie barg ihren Kopf an meiner Brust. »Ich liebe dich auch«, flüsterte sie und lehnte sich an mich. »Und es tut mir leid, dass ich mich wie eine Idiotin aufgeführt haben.«

»Schon okay«, gab ich erleichtert zurück. Ich konnte mich nicht erinnern, jemals so glücklich gewesen zu sein wie in diesem Moment. Aber das überbot Michelle, als sie zu mir aufblickte und mich endlich wieder küsste. Mann, hatte sie mir gefehlt, und dabei waren wir nur diese einzige Nacht getrennt gewesen.

Ich erwiderte ihren Kuss, und am liebsten hätte ich gar nicht wieder damit aufgehört, sie zu küssen. Aber leider wurden wir gestört. Das Geräusch knirschender Reifen im Schnee ließ uns aufblicken. Überrascht sah ich dabei zu, wie ein Streifenwagen am Bordstein hielt und zwei Deputys ausstiegen.

Michelle löste sich von mir und schaute den beiden Cops entgegen, die jetzt auf uns zukamen und vor uns stehen blieben.

Während sich der Größere von beiden eher im Hintergrund hielt und uns zur Begrüßung lediglich zunickte, trat der Kleinere näher an uns heran.

»Hallo, Karl. Was treibt dich denn zu mir?«, fragte Michelle.

»Wir müssen uns unterhalten«, antwortete er ausweichend.

»Und worum geht es?«

Karl wirkte nervös, während er von einem Bein aufs andere trat und vorschlug: »Ich glaube, es wäre besser, wir gehen rein.« Mit einem leichten Nicken deutete er auf Michelles Laden. »Was ich dir zu sagen habe, würde ich lieber drinnen erledigen.« Aber Michelle schüttelte den Kopf.

»Nein, jetzt sag doch bitte einfach, was los ist«, forderte sie ihn sichtlich ungehalten auf.

Karl warf mir einen Blick zu, der mich dazu veranlasste, mich endlich vorzustellen.

»Tom Sullivan«, sagte ich und reichte ihm die Hand.

»Ich weiß, wer Sie sind«, entgegnete er schlicht.

Das hätte ich mir eigentlich denken können, eben typisch Kleinstadt.

»Karl«, unterbrach uns Michelle, »du wolltest mir doch etwas sagen«. Der Deputy wandte sich wieder ihr zu. Während Karl ernst dreinblickte, blieb die Miene des anderen nahezu ausdruckslos.

»Wir sind wegen Dylan Randall hier, deinem Ex-Mann.«

Michelle seufzte leise auf. »Das hätte ich mir eigentlich denken können. Seid ihr etwa wegen unserer Auseinandersetzung im Diner hergekommen?«

Der Größere von beiden kam jetzt ebenfalls näher und blieb neben Karl stehen. Er schüttelte den Kopf. »Im Moment geht es um etwas anderes.«

»Okay, und worum geht es dann?«, hakte Michelle angespannt nach.

»Dylan ist tot. Es ist gestern Nacht passiert. Er hatte ein Stück außerhalb der Stadt einen Verkehrsunfall.«

Michelle schnappte hörbar nach Luft.

»Aber das ist unmöglich«, stammelte sie, und ich wusste selbst nicht, was ich dazu sagen sollte.

»Was ist denn genau geschehen?«, wollte Michelle schließlich wissen. Sie war ganz blass geworden.

»Die Ermittlungen laufen noch. Aber im Moment sieht es danach aus, dass er auf der glatten Fahrbahn die Kontrolle über seinen Wagen verloren hat.«

Wir beide hörten wortlos zu. Dylan war tot. Ich wusste überhaupt nicht, was ich empfinden sollte, so geschockt war ich über diese Nachricht. Michelle ging es sicher ähnlich.

»Wir werden seine Familie informieren. Hast du noch Kontakt zu seinen Verwandten?«

Michelle schüttelte langsam den Kopf, sie wirkte vollkommen durcheinander. »Nein, aber seine Eltern leben, soweit ich weiß, immer noch in Helena«, gab sie zurück.

»Okay, danke. Wir werden das prüfen.« Dann wandte sich der größere Deputy an mich. »Mr. Sullivan, wir müssen uns unterhalten.«

Mich hochgezogenen Augenbrauen schaute ich die beiden an.

»Ich wüsste nicht, worüber. Aber ich bin ganz Ohr.«

»Dylan ist gestern Abend noch zu uns aufs Revier gekommen. Er hat Anzeige gegen Sie erstattet. Er behauptete, Sie hätten ihn bedroht.«

»Was, gestern Abend? Das waren keine Drohungen.«

Karl schüttelte jetzt den Kopf. »Er hat nicht von gestern Abend gesprochen, sondern von einem Vorfall, der schon etwas länger zurückliegt. Darüber sollten wir sprechen.«

»Der Mann ist tot, daher halte ich es für unnötig, noch etwas dazu zu sagen.«

»Dann müssen Sie uns aufs Revier begleiten.«

»Das könnt ihr doch nicht machen«, sagte Michelle entsetzt.

»Doch, das können und werden wir, es sei denn, Mr. Sullivan erzählt uns, was vorgefallen ist.«

Ich schnaubte verächtlich: »Ich habe ihm lediglich klargemacht, dass er sich von Michelle fernhalten soll. Aber ich habe ihn nicht angerührt, und dafür gibt es mindestens ein Dutzend Zeugen.«

Karl nickte, während der andere angefangen hatte, sich Notizen zu machen.

»Also gut. Sollten wir doch noch Fragen haben, melden wir uns bei Ihnen.«

»Meinetwegen«, erwiderte ich knapp.

»Okay, das war es vorerst.«

Die beiden stiegen wieder in ihren Streifenwagen, und als sie außer Sichtweite waren, wandte ich mich Michelle zu.

»Ich kann nicht glauben, dass er tot ist«, sagte Michelle außer sich.

Ich hob die Schaufel auf, die immer noch quer über dem Gehweg lag, und nahm Michelle sanft beim Arm. »Lass uns reingehen. Du siehst schon ganz erfroren aus.«

Michelle nickte geistesabwesend und ließ sich von mir in ihren

Laden führen. Sie zog ihren Mantel aus und die Mütze vom Kopf. Sie wirkte wie ferngesteuert.

»Möchtest du einen Kaffee?«, fragte sie mich, als sie Mantel und Mütze achtlos über die Lehne eines Stuhles geworfen hatte, der im Kassenbereich stand, und machte sich mit fahrigen Fingern an der Kaffeemaschine zu schaffen. Ihre Finger zitterten, als sie Wasser in den dafür vorgesehenen Behälter kippte, und dann ließ sie den Becher versehentlich fallen. Michelle fluchte lautstark und sah aus, als würde sie gleich zusammenbrechen.

»Lass doch. Ich brauche jetzt keinen Kaffee«, erwiderte ich knapp und ging zu ihr, um sie in die Arme zu schließen. »Du wirkst, als stündest du unter Schock«, flüsterte ich, während sie ihren Kopf an meiner Brust verbarg.

»Dylan ist tot«, sagte Michelle mit erstickter Stimme, und da wusste ich, dass sie weinte. Diese Reaktion überraschte mich.

»Dass dich die Nachricht so dermaßen mitnimmt, hätte ich nicht gedacht«, sagte ich, und Michelle blickte mich mit tränenverschleiertem Blick an.

»Weißt du, als er mich verprügelt hat, habe ich ihm so oft den Tod gewünscht. Am liebsten hätte ich ihn damals sogar selbst umgebracht. Und jetzt, da es wirklich passiert ist, empfinde ich tatsächlich Mitleid mit dem Mistkerl. Ist das nicht verrückt?«

Beruhigend strich ich ihr über den Rücken. »Nein, gar nicht. Es bedeutet wohl einfach, dass du ein guter Mensch bist.«

Ich drückte sie wieder an mich.

»Der Albtraum ist vorbei«, flüsterte ich in ihre Haare, als sie ihren Kopf wieder an meine Brust lehnte. »Endlich vorbei«, wiederholte ich, und ich spürte Michelle nicken. »Ja«, gab sie leise weinend zurück.

Kapitel 13

Michelle

Ich war gerade dabei, die eben gelieferten Tageszeitungen in die entsprechenden Regale einzusortieren, als das Messingglöckchen an meiner Ladentür klingelte. Reece war damit beschäftigt, die Werbeflyer, die neben der Kasse zum Mitnehmen bereitlagen, zu ordnen. Als ich aufblickte, stand Sally vor mir, und mir fielen plötzlich die Kostüme für die Theateraufführung wieder ein, die ich versprochen hatte zu nähen, und womit ich immer noch nicht weitergekommen war. Das hatte ich während der ganzen Aufregung völlig vergessen.

»Wie geht es dir?«, fragte Sally und umarmte mich zur Begrüßung.

Das fragte mich in letzter Zeit jeder. Die Nachricht von Dylans Tod hatte wie ein Lauffeuer die Runde gemacht. Mir kam es auch nach ein paar Tagen noch immer unwirklich vor. Dass ich Dylan nie wiedersehen würde, konnte ich immer noch nicht richtig begreifen.

Ich gab Sally meine Standardantwort: »Es geht mir gut. Danke der Nachfrage.«

»Ich bin eigentlich nur gekommen, um zu fragen, ob du heute Nachmittag zu unserem Treffen kommst? Wir müssen noch einige wichtige Dinge wegen der Aufführung besprechen.«

Mason hatte mich erst letztens an dieses Treffen erinnert. Aber in der Zwischenzeit war so viel passiert, dass ich seitdem gar nicht daran gedacht hatte. Am liebsten hätte ich abgesagt. Aber da ich unser letztes

Treffen bereits geschwänzt hatte, brachte ich es nicht über mich, schon wieder zu fehlen.

»Ja, ich werde da sein«, sagte ich daher.

Sally strahlte. »Super, dann treffen wir uns um fünf im Gemeindezentrum. Kriegst du das hin?«

»Ich bin pünktlich da. Muss ich noch etwas mitbringen?«

Sally schüttelte den Kopf. »Nein, lass nur. Rachel bringt einen Kuchen mit und Steve steuert den Kaffee bei. Dann können wir noch einmal alles durchgehen und die Aufgaben verteilen, die noch erledigt werden müssen. Wie sieht es mit den Kostümen für die Tanzgruppe aus? Du hast sie doch sicher schon fertig?«

Mir wurde heiß und meine Wangen begannen sofort zu glühen. »Na ja«, stammelte ich und schwindelte dann drauflos: »So gut wie. Es fehlen nur noch ein paar Kleinigkeiten.«

Sally lächelte zufrieden und klatschte vor Freude in die Hände. »Wunderbar. Kannst du heute Nachmittag schon welche mitbringen? Ich würde sie mir zu gerne anschauen und sehen, wie sie geworden sind.«

»Nein, das geht nicht«, platzte ich heraus und Sally musterte mich fragend.

Misstrauisch wollte sie wissen: »Warum denn nicht?«

Herrje, so schnell fiel mir keine Ausrede ein.

Reece kam hinter dem Tresen hervor.

»Sagtest du nicht, dass es eine Überraschung werden soll?«

»Ja, genau. So ist es.«

Ich warf Reece einen dankbaren Blick zu. Sie hatte mich gerade gerettet und Sally entspannte sich sichtlich.

»Na, wenn das so ist. Ich liebe Überraschungen! Hauptsache, sie sind dann auch bis Samstagnachmittag fertig.«

Ich schluckte schwer. Das bedeutete, dass ich noch genau fünf Tage Zeit hatte, um die Kostüme für die Kindertanzgruppe fertig zu nähen. Das war unmöglich zu schaffen.

»Aber natürlich«, log ich, dass sich die Balken bogen, und hatte nicht die geringste Ahnung, wie ich damit pünktlich fertig werden sollte.

Sally verließ strahlend den Laden, und als die Tür hinter ihr zufiel, schlug ich die Hände vors Gesicht.

»Okay, sag mir die Wahrheit. Wie viele der Kostüme sind schon fertig?«

Mit geröteten Wangen blickte ich auf. »Noch gar keines. Aber zu meiner Verteidigung muss ich sagen, dass es auch nicht jeden Tag vorkommt, dass der eigene Ex-Mann auftaucht, Probleme macht und dann auch noch tödlich verunglückt, und darüber habe ich das Nähen der Kostüme eben vergessen.«

Reece schaute mich aus großen Augen an. »Ich befürchte, Sally wird das anders sehen. Ich werde dir helfen, und zusammen bekommen wir das schon hin«, sagte sie voller Tatendrang.

»Das würdest du wirklich machen? Du bist spitzenmäßig.«

»Aber sicher, ich lasse meine beste Freundin doch nicht hängen.«

»Oh Mann, ich habe keine Ahnung, wie ich dir dafür danken soll. Dann kommst du am besten heute Abend gegen sieben vorbei. Bis dahin müsste ich von dem Treffen mit der Theatergruppe zurück sein.«

»Und dann nähen wir, was das Zeug hält«, sagte Reece.

Ich nickte eifrig. »Genauso machen wir das.«

»Ihr macht was?«, fragte Tom, der plötzlich im Laden stand. Reece und ich zuckten zusammen. Wir hatten so eifrig unsere Pläne für heute Abend geschmiedet, dass keine von uns beiden die Türglocke gehört hatte.

»Es geht um die Kostüme für die Theatervorstellung. Das ist eine lange Geschichte und ich erzähle sie dir lieber später. Was machst du eigentlich hier? Ich dachte, Riley würde heute noch einmal deine Hilfe benötigen«, sagte ich und gab ihm zur Begrüßung einen Kuss.

»Bei Riley bin ich schon gewesen. Die Arbeit ging schneller, als wir gedacht hätten. Ich habe euch übrigens etwas mitgebracht.«

Tom hielt die Tüte hoch, die er in der Hand hielt.

»Und was ist da drin?«, fragte Reece, die sich gerade zu uns gesellte.

»Sandwiches. Ich dachte, ihr beide habt vielleicht Hunger.«

Tom hielt mir die Tüte hin und ich nahm sie lächelnd entgegen.

»Vielen Dank. Ich bin tatsächlich am Verhungern. Das Frühstück ist heute Morgen eher knapp ausgefallen. Du zuerst«, wandte ich mich dann an Reece und reichte ihr die Tüte. Sie nahm sich ein Sandwich heraus.

»Vielen Dank«, sagte sie zu Tom. »Das ist wirklich lieb von dir.« Dann gab sie mir die Tüte zurück und zwinkerte mir zu. »Ich lasse euch mal lieber allein.« Mit diesen Worten verschwand sie auch schon im Hinterzimmer und ich blieb mit Tom im Laden zurück.

»Wenn du möchtest, teile ich mit dir«, bot ich an, aber Tom schüttelte den Kopf.

»Nicht nötig, lass es dir einfach schmecken.«

»Das werde ich.« Damit nahm ich das verbliebene Sandwich aus der Tüte. »Was hast du heute noch vor?«, fragte ich, während ich von meinem Sandwich abbiss.

»Eigentlich hatte ich gehofft, wir könnten uns einen netten Tag machen. Aber ich fürchte, daraus wird leider nichts. Kane ist mit Sam zurückgekommen und er braucht mich heute noch auf der Ranch. Ich wollte ihm diese Bitte nicht abschlagen.«

»Kein Problem«, gab ich kauend zurück. »Was macht ihr denn?«

»Na ja, da es in den letzten Tagen heftig geschneit hat, müssen wir eine Menge Schnee räumen, vor allem von den Dächern. Zwar müssten die das Gewicht des Schnees problemlos tragen können, aber Kane will kein Risiko eingehen. Seine Arbeiter helfen dabei, aber noch ein paar Hände mehr – besser gesagt, zwei Paar Hände mehr – können auch nicht schaden. Riley wird nämlich auch mitkommen.«

»Das passt eigentlich ganz gut. Ich hätte heute sowieso keine Zeit für dich gehabt. Ich muss nämlich noch eine Menge erledigen.«

Tom schaute mich interessiert an. »Was denn?«

»Sally war vorhin hier. Aber das ist unwichtig, denn ich glaube, du kennst sie gar nicht. Jedenfalls ist heute wieder ein Treffen der Theatergruppe angesetzt. Und weil ich das letzte schon geschwänzt habe, konnte ich mich heute nicht schon wieder davor drücken.«

Tom lachte. »Du bist nicht besonders davon angetan, hingehen zu müssen, oder bilde ich mir das nur ein?«, scherzte er.

Energisch schüttelte ich den Kopf und erwiderte: »Nein, mit der Annahme liegst du völlig richtig. Zumal ich die Kostüme, die ich für die Kindertanzgruppe nähen sollte, komplett vergessen habe.«

»Das klingt nicht gut«, erwiderte Tom. »Was tust du jetzt? Bis wann müssen die Sachen denn fertig sein?«

»In fünf Tagen. Die Aufführung findet Samstagnachmittag statt. Ich habe eine Menge Arbeit vor mir.«

»Soll ich Kane lieber absagen? Ich könnte dir irgendwie helfen.«

Ich musste lachen, weil die Vorstellung, wie Tom an der Nähmaschine hockte, einfach zu komisch war.

»Hey, warum lachst du denn? Das war ein ernst zu nehmender Vorschlag.«

»Tut mir leid. Aber ich habe mir das Ganze gerade bildlich vorgestellt, und du an der Nähmaschine – das würde zum Schreien komisch aussehen. Kannst du denn überhaupt nähen?«

Tom lachte ebenfalls. »Nein, leider nicht.«

Ich zuckte kurz mit den Schultern. »Dann wüsste ich nicht, wie du mir helfen willst. Außerdem hilft Reece mir bereits. Wir treffen uns heute Abend um sieben bei mir.«

Tom lächelte und drückte mir einen Kuss auf den Mund. »Na, dann kann ja nichts mehr schiefgehen.«

»Ich schätze, dann sehen wir uns erst morgen wieder.«

Tom nickte und zog mich an sich.

»Ich fürchte, schon. Dabei hatte ich mich so sehr auf einen gemeinsamen Abend vor dem Kamin gefreut.«

Ich schlang meine Hände um seine Hüften, während ich ihn vertröstete: »Wir verschieben es einfach auf morgen, oder übermorgen. Je nachdem, wie flink Reece und ich heute Abend an der Nähmaschine sind.«

»Morgen klingt besser«, meinte Tom und fügte dann hinzu: »Sonst muss ich die Kostüme doch für dich nähen.«

Ich musste wieder lachen. »Untersteh dich!«

Tom gab mir noch einen schnellen Kuss auf den Mund.

»Ich würde wirklich gerne noch bleiben. Aber ich muss jetzt leider los. Riley und ich haben ein gutes Stück Fahrt vor uns bis zur Ranch.«

»Stimmt. Passt auf euch auf und grüß die anderen ganz lieb von mir.«

»Das mache ich. Ich rufe dich heute Abend an.«

Ich nickte. »Okay, bis später.« Nach einem letzten Kuss verschwand Tom aus dem »Sweet Little Things« und ich aß endlich mein Sandwich auf.

• • •

Kurz vor fünf schlossen Reece und ich den Laden ab.

Ich war mächtig spät dran, und wenn ich es noch halbwegs pünktlich zum Gemeindezentrum schaffen wollte, musste ich mich jetzt wirklich beeilen.

»Also, bis später. Ich stehe um sieben vor deiner Tür«, verabschiedete sich Reece von mir und ich nickte lächelnd.

»Gut, bis dann. Ich hoffe wirklich, wir bekommen das hin.« Sicher war ich mir nämlich nicht. Die Zeit war wirklich knapp.

Reece hingegen meinte: »Wir haben immerhin noch fünf ganze Tage, und ob wir das schaffen. Ich glaube, das wird kein Problem. Schlimmstenfalls müssen wir ein paar Nachtschichten einlegen. Ich muss erst mal los. Also bis später.«

Reece wandte sich ab, um sich auf den Nachhauseweg zu machen, während ich die entgegengesetzte Richtung einschlug und eilig zum Gemeindezentrum lief.

Mit zehnminütiger Verspätung kam ich dort an.

Sally, Cynthia, Steve und Mason hatten bereits alle an einem Tisch

Platz genommen, und während die vier damit begonnen hatten, über die Aufführung zu sprechen, machten sie sich über den Kuchen und den Kaffee her.

»Da bist du ja endlich«, begrüßte mich Sally. Die anderen nickten mir zur Begrüßung zu. »Ich hatte schon befürchtet, du würdest doch nicht kommen.«

Ich ließ mich auf den einzig verbliebenen freien Stuhl am Tisch sinken.

»Tut mir leid. Ich habe es nicht eher geschafft. Zurzeit geht es im Laden etwas hektisch zu. Das Weihnachtsgeschäft ist in vollem Gange.«

»Du hast noch nichts verpasst«, meldete sich Steve zu Wort.

»Da bin aber froh«, gab ich erleichtert zurück. Cynthia bemerkte etwas ungeduldig: »Wir sollten anfangen«, und wir anderen nickten zustimmend.

Sally schob mir einen Teller mit Kuchen und eine Tasse Kaffee zu, und dann ging es los.

...

Es war kurz nach sieben Uhr abends, als ich endlich zu Hause ankam. Reece stand bereits vor meiner Tür und wartete in der Kälte. Unruhig trat sie von einem Bein aufs andere.

»Bitte entschuldige, dass ich so spät bin. Die konnten sich einfach nicht einigen, wer welche Aufgaben übernimmt. Mason sollte die Plakate verteilen, aber das gefiel ihm nicht. Er wollte sich lieber um die Requisiten kümmern. Dagegen hatte aber Cynthia etwas einzuwenden. So hin und her ging das die ganze Zeit. Ich hoffe, du wartest noch nicht zu lange vor meiner Tür.«

Reece schüttelte den Kopf und ich atmete erleichtert auf. »Ich bin gerade erst gekommen.«

»Ein Glück«, gab ich zurück und sperrte endlich die Tür auf. »Komm schnell rein. Es ist eisig kalt.« Ich fror und zitterte am ganzen Körper.

Nachdem wir unsere Jacken und Mützen ausgezogen hatten, ging

Reece in die Küche, um uns mit Kaffee zu versorgen. Den würden wir brauchen, bei der Mammutaufgabe, die jetzt vor uns lag.

Ich zündete in der Zwischenzeit das Feuer im Kamin an. Als Reece mit dem Kaffee zurückkam, war ich gerade fertig geworden.

Sie stellte die Tassen auf den Tisch und ich holte den Stoff, die Knöpfe und Bänder; eben alles, was wir zum Nähen der Kostüme brauchen würden.

Reece packte derweil ihre Nähmaschine aus und ich holte meine.

»Also, wie viele Kostüme brauchen wir gleich noch mal?«

»Fünf Mäusekostüme und fünf Igelkostüme. Zum Glück habe ich mich nur dazu bereit erklärt, die Kindertanzgruppe auszustatten.«

»Ja, zum Glück«, sagte Reece, während sie schon den Faden einlegte. »Kann ich die Mäuse übernehmen?«

Ich nickte. »Meinetwegen.«

Gemeinsam breiteten wir die Stoffe aus und legten sie uns zurecht. Ich zeigte Reece, wie die Kostüme am Ende aussehen sollten, und dann machten wir uns an die Arbeit.

Unsere Nähmaschinen ratterten die halbe Nacht und wir tranken gefühlte drei Liter Kaffee, um uns wachzuhalten. Aber als es zwei Uhr morgens war, hatten wir gerade einmal vier komplette Kostüme fertig.

»Ich kann nicht mehr«, sagte Reece, nachdem sie wiederholt von ihrer Nähmaschine hochgeschreckt war.

»Ich bin auch fix und fertig. Lass uns für heute Schluss machen.« Reece nickte dankbar.

»Vielleicht können wir morgen Abend weitermachen?«, schlug ich vor und hoffte inständig, dass Reece noch nichts vorhatte. Zum Glück sagte sie zu.

Am nächsten Tag hingen wir im Laden ziemlich durch. Aber trotzdem trafen wir uns am Abend wieder und nähten, was das Zeug hielt. Tom konnte ohnehin nicht nach Hause kommen, weil es auf der Ranch noch eine Menge zu tun gab und er Kane nicht hängen lassen wollte. Mir war das ganz recht. Dann hatte ich keine Ablenkung und konnte mich gemeinsam mit Reece in die Arbeit stürzen. In den zwei Nächten schafften wir es, acht komplette Kostüme fertig zu nähen, und eins hatte ich bereits angefangen, aber dann aufgegeben, weil ich einfach zu müde war. Am nächsten Tag waren wir beide heilfroh, als wir den Laden abends schließen und endlich Feierabend machen konnten. Wir beschlossen, mindestens einen Abend Pause einzulegen.

Also war ich nach Hause gegangen, hatte ein Bad genommen und es mir dann mit einer Tasse heißer Schokolade auf meiner Couch gemütlich gemacht. Nach einer Weile spürte ich, dass mir mehr und mehr die Augen zufielen. Ich war gerade eingedöst, als ich plötzlich von der Türklingel aufgeschreckt wurde. Schlaftrunken stand ich auf, um zu öffnen. Tom stand vor meiner Tür und lächelte mich an.

Ich erwiderte sein Lächeln und war einfach froh, ihn zu sehen.

»Ich wollte früher wieder da sein. Aber es ging nicht schneller. Du siehst müde aus«, stellte Tom fest und fügte dann hinzu: »Ich habe dich geweckt, stimmt's?«

»Ja, aber das ist nicht schlimm. Komm rein.«

Während Tom seine Jacke auszog, kuschelte ich mich wieder auf die Couch, und einen Moment später lag Tom schon neben mir und ich lehnte mich an seine Brust.

»Wie weit seid ihr denn mit den Kostümen gekommen?«, fragte er, während er den Arm um meine Schulter legte und mich streichelte.

»Wir haben acht Kostüme fertig und mit dem neunten habe ich angefangen. Reece und ich haben beschlossen, heute einmal eine Pause einzulegen. Sie hat angeboten, mir morgen wieder beim Nähen zu helfen. Aber ich denke, den Rest schaffe ich auch allein«, murmelte ich an seiner Brust und spürte, wie mir die Augen zufielen.

Toms Antwort bekam ich gar nicht mehr mit, so müde war ich, und dann döste ich wieder ein.

•••

Am nächsten Morgen wachte ich auf der Couch auf. Ich trug immer noch meine Sachen vom Vorabend und streckte mich genüsslich. Von Tom fehlte jede Spur. Aber als ich aus dem Fenster sah, stand er in meinem Garten und war wieder mit Holzhacken beschäftigt.

Ich öffnete die Haustür. »Ich glaube, du magst meinen Kamin wirklich gerne«, rief ich ihm zu und Tom blickte lachend zu mir herüber. Er ließ die Axt auf dem Hackstock liegen und kam dann zu mir herübergelaufen.

Als er vor mir stehen blieb, schaute er mich mit einem verschmitzten Grinsen an.

»Deinen Kamin nicht, aber ich liebe es, mit dir nackt davor zu liegen.«

»Ach ja, ist mir noch gar nicht aufgefallen«, neckte ich ihn und zog ihn dann lachend ins Haus. »Lass uns nach drinnen gehen, ich glaube, wir haben erst einmal genug Holz, und du siehst schon halb erfroren aus.«

Tom schlüpfte durch die Tür und zog sich seine Jacke aus.

»Wie wäre es mit einem Frühstück?«, fragte ich. »Oder hast du schon etwas gegessen?«

Tom schüttelte den Kopf. »Nein, ich wollte warten, bis du wach bist.«

»Okay, dann lass uns gleich zusammen essen«, schlug ich vor. »Aber vorher will ich noch unter die Dusche.«

Tom lächelte, während er mir einen Kuss auf den Mund drückte. »Wir könnten zusammen unter die Dusche springen. Dann wird mir bestimmt wieder warm«, meinte er und grinste schelmisch. »Wie klingt das?«

»Sehr gut«, erwiderte ich, und bevor ich Toms Hand nehmen konnte, packte er mich schon und hob mich hoch. Übermütig schlang ich die Beine um seine Hüften.

Der arme Tiger ergriff überstürzt die Flucht, als wir ins Badezimmer platzten und uns dabei hastig die Klamotten auszogen.

...

Leise seufzend streckte ich mich später an diesem Tag auf meiner Couch aus. Meine Beine lagen auf Toms Oberschenkeln. Das Feuer knisterte im Kamin und ich war einfach rundum zufrieden. Wir hatten es nach der gemeinsamen Dusche sogar geschafft zu frühstücken, bevor wir es uns auf der Couch gemütlich gemacht hatten.

»Erzähl schon, wie war eigentlich dein Treffen mit der Theatergruppe?«, fragte Tom und schaute mich dabei unverwandt an.

»Erinnere mich bloß nicht daran. Mason, Cynthia und Sally konnten sich auf rein gar nichts einigen. Es hat eine Ewigkeit gedauert, bis die drei einen Kompromiss gefunden haben. Der einzig Vernünftige in der Runde war Steve. Ich glaube, ihm ging diese ganze Diskussion genauso auf die Nerven wie mir. Die drei scheinen zu vergessen, dass wir in Riverside sind, und nicht am Broadway.« Tom lachte. »Und was macht ihr jetzt?«

Ich zuckte leicht mit den Schultern. »Keine Ahnung, auf was sie sich geeinigt haben. Ich musste früher gehen, denn ich war mit Reece wegen der Kostüme verabredet.«

»Musst du die Kostüme heute noch zu Ende nähen?«

»Wenn ich wirklich rechtzeitig fertig werden will, müsste ich mich tatsächlich wieder an die Arbeit machen. Aber du lenkst mich ständig ab.«

Tom schmunzelte. »Ach, im Ernst? Ist mir noch gar nicht aufgefallen.«

Ohne Vorwarnung beugte er sich zu mir und rollte sich auf mich. »Hey«, rief ich, während er mich festhielt.

»Meinst du, dass ich dich auf diese Weise von der Arbeit abhalte?«, fragte er schelmisch grinsend, als er mich gleich darauf innig küsste. Dann schob er seine Hand unter mein Shirt.

»Genau das meinte ich.« Seine Finger strichen über meine Haut und ich ließ mich weiter in die Kissen zurücksinken und machte es mir bequem. Vor Wonne bekam ich eine Gänsehaut und ich schloss genießerisch die Augen, während nun auch Toms zweite Hand auf Wanderschaft ging.

»Ich mag es, dich zu beobachten, wenn ich dich anfasse«, raunte er und senkte dann seine Lippen auf meinen Mund. Von ihm berührt und geküsst zu werden, fühlte sich wunderschön an, und ich wollte schon wieder mit ihm eins sein. Stöhnend bog ich den Kopf zurück, während Toms Lippen an meinem Hals nach unten glitten, und zuckte vor Schreck zusammen, als plötzlich jemand gegen meine Tür hämmerte.

Tom blickte mindestens genauso überrascht drein wie ich. »Erwartest du jemanden?«, fragte er und zog seine Hände unter meinem Shirt hervor, während er sich aufrichtete.

Ich schüttelte den Kopf. »Nicht, dass ich wüsste.«

»Dann machen wir eben einfach nicht auf. Wer immer es ist, er soll einfach morgen wiederkommen«, raunte Tom und wollte sich wieder über mich beugen.

Aber der Besucher würde nicht von selbst verschwinden, so viel war bald klar. Denn das Hämmern ging unnachgiebig weiter.

»Okay, das reicht. Ich gehe jetzt öffnen.«

Widerwillig gab Tom mich frei und ich stand von der Couch auf, um zur Tür zu gehen.

Doch an der Tür hielt ich inne und schaute an mir herunter. Das Shirt reichte mir nur knapp bis über den Hintern.

»Ziemlich gewagt«, feixte Tom, der mit verschränkten Armen im Türrahmen lehnte.

»Wer ist denn da?«, rief ich.

»Die Polizei. Ich muss dich dringend sprechen.«

Fragend schaute ich zu Tom hinüber, der ratlos die Schultern zuckte.

»Einen Moment, ich mache gleich auf.«

»Los, zieh dir schnell etwas an«, zischte ich in Toms Richtung, da er noch immer nur in Unterhose in meinem Flur stand.

»Meine Jeans liegt noch in deinem Badezimmer«, erinnerte er mich gut gelaunt. »Du konntest mich vorhin ja gar nicht schnell genug ausziehen«, fügte er hinzu und ich warf ihm einen strengen Blick zu.

»Ich bringe sie dir mit«, sagte ich hastig über die Schulter hinweg, während ich schon die Treppe hinaufraste, um mir selbst etwas überzuziehen.

Als ich mir schnell eine Hose angezogen hatte, lief ich wieder nach unten und warf Tom seine Jeans und sein T-Shirt zu, der beides geschickt auffing.

»Jetzt beeil dich doch«, sagte ich ungehalten.

»Mach' ich ja«, erwiderte Tom, während er in Shirt und Jeans schlüpfte.

Als er endlich fertig war, riss ich die Tür auf und schaute direkt in die dunkelbraunen Augen von Deputy Karl Miller.

»Entschuldige die Störung. Aber es ist wirklich wichtig. Darf ich hereinkommen?«

Ein ungutes Gefühl beschlich mich, aber ich nickte und Karl betrat mein Haus. Heute war er allein gekommen.

»Ich wusste nicht, dass du Besuch hast«, sagte er, als sein Blick auf Tom fiel, der wieder im Türrahmen lehnte.

Ich schloss die Tür und sperrte die kalte Luft aus.

»Wie dem auch sei«, begann er und hakte die Daumen in seinen Gürtel ein. »Es gibt Neuigkeiten zum Tod deines Ex-Mannes.«

Mir wurde flau im Magen.

»Welche denn?«, fragte ich stockend und ging zu Tom hinüber. An Karls Gesichtsausdruck erkannte ich, dass es nichts Gutes sein konnte. Ich musste mich jetzt einfach an Tom festhalten. Er legte mir den Arm um die Schultern und drückte mich an sich.

»Das Labor konnte unter anderem sehr geringe Spuren von Ketamin in seinem Körper nachweisen. Ketamin ist ein Bestandteil von K.-o.-Tropfen. Wir gehen davon aus, dass ihm vor seinem Tod solche Tropfen verabreicht wurden. Außerdem sieht es ganz danach aus, als hätte jemand sein Auto manipuliert.«

»Oh mein Gott«, flüsterte ich und hatte das Gefühl, gleich ohnmächtig zu werden.

Tom hielt mich ganz fest.

»Heißt das etwa, er wurde ermordet?«, fragte er und Karl nickte.

»Das nehmen wir derzeit an. Dylan ist höchstwahrscheinlich einem Gewaltverbrechen zum Opfer gefallen.«

»Habt ihr schon einen Verdacht, wer das gewesen sein könnte?«, fragte ich, als ich meine Stimme endlich wiedergefunden hatte.

Karls Blick blieb an Tom hängen. Ich konnte das alles gar nicht fassen.

Dylan war ermordet worden!

»Im Moment haben wir noch keinen konkreten Verdacht. Aber wir gehen verschiedenen Spuren und Hinweisen nach«, erklärte er. Dann wandte er sich an Tom: »Am Abend von Dylans Ermordung hattet ihr einen Streit im Diner. Ist das richtig?«

Ich schaute Karl überrascht an. »Werden wir verdächtigt, etwas mit Dylans Tod zu tun zu haben?«

Tom schien nicht im Mindesten beeindruckt, jedenfalls machte er den Anschein. »Wir hatten eine kleine Auseinandersetzung. Nichts Dramatisches.«

»Da ist mir allerdings etwas anderes zu Ohren gekommen«, fuhr Karl fort. »Wo waren Sie an dem Abend zwischen elf Uhr abends und drei Uhr morgens? Wir konnten den Todeszeitpunkt auf diese Zeit eingrenzen.«

»In meinem Hotelzimmer.«

»Hat Sie jemand gesehen?«, wollte Karl jetzt wissen und Tom schüttelte den Kopf.

»Nein, mich hat niemand gesehen.«

»Also haben Sie kein Alibi.«

Tom schüttelte abermals den Kopf.

»Nein, brauche ich denn eines?«

»Was soll das denn?«, fiel ich den beiden ins Wort, aber Karl ließ meine Frage unbeantwortet. Stattdessen wandte er sich jetzt an mich.

»Michelle, was ist mit dir? Hast du ein Alibi?«

Perplex schüttelte ich den Kopf. »Ich war allein zu Hause.«

Ich spürte, wie mir das Blut aus dem Gesicht wich und ich blass wurde.

»Wir haben nichts mit Dylans Ermordung zu tun«, beharrte ich.

»Das gilt es noch herauszufinden. Bleibt in der Stadt. Für den Fall, dass es noch Fragen gibt.«

Als die Tür hinter Deputy Karl Miller ins Schloss fiel, zuckte ich zusammen und ging dann kopfschüttelnd ins Wohnzimmer zurück. Völlig neben der Spur ließ ich mich auf die Couch sinken und zog die Beine unter den Körper. Tom kam zu mir und ließ sich neben mich fallen.

»Er denkt, dass ich Dylan umgebracht habe«, sagte er plötzlich. Ich starrte ihn verwirrt an.

»Was?« Ich stand völlig neben mir. Die Situation überforderte mich.

Und dann fügte ich ungläubig hinzu: »Das ist doch vollkommen verrückt. Wie kommt er bloß auf diese alberne Idee?«

Tom zuckte leichtfertig mit den Schultern.

»So verrückt ist das überhaupt nicht. Wenn ein Verbrechen geschieht, sucht ein guter Polizist immer zuerst im engeren Umfeld des Opfers nach dem Täter.«

Ich begriff immer noch nicht. »Mag sein, aber was hast du mit Dylan zu schaffen?«

»Ich bin mit seiner Ex-Frau zusammen. Ich denke, das reicht für einen Anfangsverdacht aus.«

Seufzend ließ ich mich zurück in die Kissen sinken.

»Das klingt logisch.«

Ich warf Tom einen nachdenklichen Blick zu. Abwehrend hob er die Hände. »Hey, ich war es wirklich nicht.«

Ich schüttelte schnell den Kopf. »Das habe ich auch keine Sekunde geglaubt.«

»Worüber hast du dann gerade nachgedacht?«

Ich stand von der Couch auf, lief nervös im Wohnzimmer auf und ab. »Wenn du es nicht warst und ich es nicht war, wer war es dann? Wer könnte Dylans Tod gewollt haben?«

Mit heftig klopfendem Herzen blieb ich stehen und blickte Tom an.

Tom fuhr sich mit den Händen durch die Haare. »Darüber zerbreche ich mir den Kopf, seit Deputy Miller uns erzählt hat, dass Dylan ermordet worden ist. Aber ich kenne ihn nicht gut genug, um mir ein Urteil zu erlauben. Hast du jemanden in Verdacht?«

Ich dachte darüber nach und sprach dann meine Überlegungen laut aus: »Vielleicht jemand aus seiner Familie. Dylan hat noch einen Bruder. Oder es war irgendjemand aus seiner Vergangenheit.«

»Das denke ich nicht«, erwiderte Tom und ich starrte ihn fragend an.

»Warum hältst du das für Unsinn?«

»Das habe ich nicht gesagt«, erwiderte er und stand ebenfalls von der Couch auf. Er trat ans Wohnzimmerfenster und schob mit den Fingern die Gardine beiseite, um hinausschauen zu können.

»Riverside ist eine Kleinstadt. Jeder, der hier fremd ist, würde den Menschen sofort auffallen. Also wenn jemand aus Dylans Familie oder ein alter Freund hier gewesen wäre, dann hättest du es erfahren.

»Auch wieder wahr. Aber das kann dann nur eines bedeuten.«

Tom nickte. »Der Mörder stammt vermutlich aus Riverside, oder lebt zumindest hier«, beendete er meinen Satz.

Ein kalter Schauer lief mir über den Rücken. Es gab niemandem in Riverside, dem ich diese Tat zutrauen würde.

Ich schlang die Arme um mich. Plötzlich war mir furchtbar kalt. Das lag allerdings nicht an der Temperatur in meinem Haus. Das Feuer knisterte noch immer im Kamin.

»Ich gebe es wirklich nicht gerne zu, aber ich habe Angst.«

Tom schloss mich wortlos in seine Arme und hielt mich fest. Er hauchte einen Kuss auf meinen Scheitel.

»Jeder, in dessen Umfeld ein Mord geschehen ist, hätte jetzt Angst. Das ist völlig normal.«

Tom schob mich auf Armeslänge von sich und schaute mich ernst an. »Ich weiß, dass du darauf bestehst, alleine klarzukommen, und dass du nur ungern Hilfe annimmst. Aber in Anbetracht der Tatsache, dass sich mit hoher Wahrscheinlichkeit ein Irrer in Riverside herumdrückt, bitte ich dich inständig, lass mich auf dich aufpassen. Zumindest so lange, bis der Täter gefasst ist«, beschwor er mich.

Dagegen hatte ich nun wirklich nichts einzuwenden. Ich kuschelte mich wieder in Toms starke Arme.

»Vergiss, was ich gesagt habe, und beschütze mich, bitte«, flüsterte ich und drückte meinen Kopf an Toms Brust. Ich lauschte seinem stetig pochenden Herzschlag, und dieses Geräusch beruhigte mich allmählich. Wenn ich bei Tom war, fühlte ich mich sicher. Ich wusste, dass ich ihm zu hundert Prozent vertrauen und mich immer auf ihn verlassen konnte. Mir war, als könnte mir nichts passieren, solange er in meiner Nähe war.

Der Tag schlich dahin, ohne dass wir noch einmal das Haus verließen.

»Lass uns schlafen gehen«, schlug Tom vor, als es draußen bereits dunkel geworden war. Ich blickte zu ihm auf. Liebevoll strich er mir eine Haarsträhne zurück. »Du siehst mitgenommen aus. Komm schon, wir sollten uns ausruhen.«

Ich nickte. Tom nahm meine Hand ganz fest in seine. Auf dem Weg hinauf in mein Schlafzimmer pusteten wir die Kerzen aus, die wir vorhin angezündet hatten. Der dicke Teppich dämpfte unsere Schritte, als wir den oberen Flur durchquerten, um ins Schlafzimmer zu gelangen.

Wir kuschelten uns unter die Decken und Tom zog mich in seine Arme. Leise seufzend lehnte ich meinen Kopf an seine Brust.

»Versuch einfach zu schlafen. Die nächsten Tage werden anstrengend werden«, prophezeite er und ich wusste, dass er mit seiner Vermutung recht haben würde. Wenn sich in Riverside erst einmal herumsprach, dass Dylan nicht durch einen banalen Autounfall ums Leben gekommen war, sondern dass er ermordet wurde, würde ich keine ruhige Minute mehr haben. Die Leute würden mich mit Fragen löchern. Und dass es sich herumsprechen würde, stand außer Frage. Ich lag noch lange wach, weil mir tausend Fragen im Kopf herumspukten. Während ich nachdachte, lauschte ich auf Toms Herzschlag und die

Stille im Haus. Irgendwann schlief ich endlich ein, aber da graute der Morgen schon.

•••

Meine Befürchtung hatte sich bestätigt: Die Neuigkeit, dass Dylan ermordet wurde, machte schnell die Runde, und bereits einen Tag später kannte der Ort kein anderes Thema mehr.

Ganze Heerscharen fielen im Laden ein, aber nicht um einzukaufen, sondern nur um unangenehme Fragen zu stellen. Fragen, auf die ich selbst keine Antwort kannte. Um die Mittagszeit ebbte der Ansturm Neugieriger langsam ab und wurde dann zum Nachmittag hin wieder stärker.

Reece zog mich hinter das Regal mit dem Briefpapier und den Postkarten. Leise fragte sie: »Wie geht es dir denn? Sollen wir den Laden nicht besser für heute schließen? Ehrlich gesagt habe ich es langsam satt, immer wieder die gleichen Fragen zu beantworten.«

»Geht mir genauso«, gab ich flüsternd zurück. Ich warf einen flüchtigen Blick auf meine Armbanduhr.

»Es sind noch knappe zwei Stunden bis Ladenschluss. Ich denke, solange sollten wir noch durchhalten«, sagte ich und Reece nickte.

»Okay, hin und wieder kauft ja tatsächlich sogar jemand etwas.«

Aber dann wurde sie wieder ernst. »Wenn es dir doch zu viel wird, dann kannst du auch einfach nach Hause gehen. Die zwei Stunden schaffe ich auch allein.«

Ich überlegte, ob ich Reece das zumuten konnte. »Macht dir das wirklich nichts aus?«, fragte ich und sie schüttelte umgehend den Kopf.

»Überhaupt nicht. Geh nur. Ich schaffe das.«

»Okay, dann nähe ich zu Hause die Kostüme fertig. Wenn ich das heute Nachmittag erledige, muss ich keine Nachtschicht einlegen. Ich bin fast damit fertig und die Aufführung ist schließlich schon morgen.«

»Gute Idee.« Reece lugte hinter dem Regal hervor. Der Laden war rappelvoll. »An deiner Stelle würde ich den Hinterausgang nehmen«, riet sie mir. Das war auch mein Gedanke gewesen.

»Mach ich. Bis später«, flüsterte ich und verschwand unauffällig ins Hinterzimmer, dort zog ich mir meine Jacke über, setzte die Mütze auf und band mir den Schal um den Hals, dann nahm ich meine Handtasche und verschwand durch die Hintertür nach draußen.

Ich zog mir die Mütze tief in die Stirn und hielt den Blick absichtlich gesenkt, weil ich keine Lust hatte, auf Dylan angesprochen zu werden. Ich wollte einfach nur nach Hause und meine Ruhe haben.

Hastig ging ich die Stufen zu meiner Veranda hinauf und sperrte die Haustür auf. Gerade, als ich sie hinter mir schloss, klingelte mein Handy. Toms Name erschien auf dem Display und mein Herz machte einen kleinen Hüpfer.

»Hey, wo steckst du denn?«, fragte Tom sofort, als ich das Gespräch angenommen hatte.

»Zu Hause«, erwiderte ich prompt und Tom atmete erleichtert auf. »Vor deinem Laden ist ziemlich viel los. Ehrlich gesagt ist das Geschäft proppenvoll.«

Ich bekam sofort ein schlechtes Gewissen, weil ich an Reece dachte, die gerade völlig auf sich allein gestellt war.

»Reece hat mich nach Hause geschickt«, gab ich dann zu. »Die ganze Fragerei wegen Dylan wurde mir einfach zu viel.«

»Das verstehe ich. Soll ich lieber zu dir kommen, anstatt mit Riley Möbel auszuliefern? Wenn ich nicht da bin und Kane keine Zeit hat, schafft er es schließlich auch allein«, bot Tom an.

»Nein, brauchst du nicht. Außerdem hast du es ihm versprochen. Riley zählt schließlich auf dich, und zu zweit geht es bedeutend schneller. Ich muss sowieso endlich die Kostüme fertig nähen. Morgen ist doch schon die Aufführung.«

»Ja, ich weiß«, erwiderte Tom. »Gehen wir zusammen hin? Sienna, Riley, Sam und Kane wollen auch mitkommen. Was meinst du?«

»Gute Idee. Ich freue mich darauf.«

»Schön. Sehen wir uns heute Abend?«, fragte er.

»Ja, komm einfach vorbei, wenn ihr wieder zurück seid. Bis dann.«

»Okay, ich freue mich auf dich.«

»Ich mich auch.« Dann legte ich auf und zog mir endlich die Mütze vom Kopf und die Jacke aus. Meinen Schal warf ich achtlos auf die Kommode.

Am liebsten hätte ich mich ins Bett verkrochen und geschlafen. Schließlich hatte ich in der vergangenen Nacht kaum ein Auge zugetan. Aber ich blieb vernünftig. Erst die Arbeit, dann das Vergnügen, sagte ich mir und stellte meine Nähmaschine auf. Als Nächstes kramte ich die Materialien zusammen, die ich benötigen würde, und dann begann ich auch schon mit dem Nähen.

Ich war so in meine Arbeit vertieft, dass ich gar nicht merkte, wie schnell der Nachmittag verflog und in den Abend überging.

Als ich endlich die letzte Naht verschlossen und meine Arbeit noch einmal genau überprüft hatte, nickte ich zufrieden. Fünf Igelkostüme, fünf Mauskostüme. Dank Reece' Hilfe hatten wir es tatsächlich geschafft. Vor Freude und Erleichterung hätte ich heulen können.

Ich stand auf, drückte den Rücken durch und räumte dann meine Sachen weg. Als ich damit fertig war, ging ich hinüber in die Küche, um mir einen Kakao zu machen. Tiger kam hereingetapst, und bei der Gelegenheit füllte ich auch gleich seinen Futternapf.

»Lass es dir schmecken«, sagte ich leise, als Tiger fraß und ich sanft seinen Kopf streichelte.

Ich richtete mich wieder auf, und während Tiger mit seinem Essen beschäftigt war, schaute ich auf die Uhr. Gleich halb acht, dachte ich und fragte mich, wo Tom so lange blieb. Eigentlich müssten die beiden doch längst wieder da sein.

Ich beschloss, mit dem Essen zu warten. Als ich gerade auf dem Weg zurück ins Wohnzimmer war, klingelte es an der Haustür.

Das konnte nur Tom sein. Freudestrahlend öffnete ich. Aber leider war es nicht Tom, sondern Mason.

»Hallo«, sagte ich überrascht. »Was machst du denn so spät noch hier?«

»Ich wollte mich nur erkundigen, wie es dir geht. Zu hören, dass dein Ex-Mann ermordet wurde, war bestimmt ein Schock für dich. Und da du heute Nachmittag nicht mehr im Laden warst, dachte ich, ich schaue mal bei dir vorbei. Weißt du, ich habe mir wirklich Sorgen um dich gemacht.«

Nicht auch noch Mason, dachte ich genervt.

Gab es in dieser verdammten Stadt denn keine anderen Probleme, um die sich die Leute kümmern konnten? Doch ich wollte ihn nicht vor den Kopf stoßen.

»Nett von dir, dass du vorbeigekommen bist. Aber du brauchst dir meinetwegen wirklich keine Gedanken zu machen. Ich fühle mich gut.«

Mason nickte. »Das freut mich zu hören.«

Seine Aufregung und Nervosität war ganz offensichtlich, da er unruhig von einem Bein aufs andere trat. Ich hoffte inständig, dass er jetzt nicht versuchen würde, mit mir zu flirten. Dann fragte er plötzlich: »Bist du allein?«

Ich nickte. »Ja, im Moment schon.« Masons Miene hellte sich auf und trübte sich gleich darauf wieder, als ich hinzufügte: »Aber Tom wird gleich hier sein.«

Obwohl ich nicht die geringste Ahnung hatte, wo der eigentlich blieb.

»Ach so«, erwiderte er und klang niedergeschlagen. Doch dann sagte er: »Aber noch ist er ja nicht da. Wir könnten uns in der Zwischenzeit doch ein bisschen unterhalten.«

Leise seufzend schaute ich auf den Boden und Mason dann wieder ins Gesicht.

»Nein, lieber nicht«, entgegnete ich. Als ich die Enttäuschung in seinem Blick sah, lenkte ich ein. »Ein anderes Mal vielleicht. Ich bin wirklich müde. Es war ein harter Tag.«

Mason schaute mich mit unergründlichem Blick an, dann nickte er. »Ja, klar, das verstehe ich. Dann sollte ich jetzt lieber gehen.«

»Ja, das solltest du«, gab ich zurück und hatte plötzlich keine Lust mehr, auf Masons Gefühle Rücksicht zu nehmen. Wie deutlich musste ich denn noch werden, bis er endlich begriff, dass ich nicht mit ihm ausgehen oder etwas anderes mit ihm allein unternehmen wollte?

Masons Wangen färbten sich nach dieser Absage rot. Ich sah ihm an, wie schrecklich unangenehm ihm die Situation war, und mir ging es nicht besser.

»Wir sehen uns«, murmelte er peinlich berührt. Dann machte er eilig kehrt und lief schnellen Schrittes die Stufen meiner Veranda hinunter. Ich sah Masons Auto nach, bis es hinter der nächsten Kurve verschwunden war. Nachdenklich schaute ich die Straße hinauf und wieder hinunter. Die Stadt lag ruhig und verschneit da und keine Menschenseele war mehr unterwegs. Auch von Tom fehlte jede Spur. Langsam begann ich, mir Sorgen um ihn zu machen. Fröstelnd schloss ich die Tür und überlegte, ob ich doch schon zu Abend essen sollte, als plötzlich mein Handy klingelte, das ich auf dem Kaminsims hatte liegen lassen.

Toms Name leuchtete auf dem Display auf und mein Herzschlag beschleunigte sich.

»Hey, wo steckst du denn?«, fragte ich sofort, nachdem ich das Gespräch angenommen hatte.

»Tut mir wirklich leid, dass ich mich jetzt erst melde. Aber wir sind immer noch in Great Falls. Wir hatten eine Autopanne und schaffen es heute leider nicht mehr zurück nach Riverside«, erklärte Tom, und Enttäuschung machte sich in mir breit.

»Was ist denn genau passiert?«

»Frag mich was Leichteres. Das Einzige, was ich weiß, ist, dass Rileys Karre den Geist aufgegeben hat und dass wir hier festsitzen. Zumindest bis morgen früh, weil die Werkstatt, in die das Abschleppunternehmen Rileys Auto gebracht hat, den Wagen erst morgen früh reparieren kann.«

»Schade«, erwiderte ich und fügte dann hinzu: »Dann werdet ihr die Aufführung sicher verpassen.«

Tom fluchte leise. »Mist, daran hatte ich überhaupt nicht mehr gedacht. Aber du kannst dir sicher sein, dass Riley und ich alles versuchen werden, um am Nachmittag pünktlich da zu sein. Versprochen!«

»Mach dir keine Gedanken. Ist nicht weiter schlimm, wenn ihr das Theaterstück verpasst. Hauptsache, ihr kommt gut nach Hause. Der Wetterbericht hat wieder vermehrte Schneefälle gemeldet, die lokal ziemlich heftig ausfallen können. Also passt auf euch auf.«

»Keine Sorge, das tun wir. Du kannst dir nicht vorstellen, wie furchtbar gerne ich jetzt bei dir wäre, anstatt mit Riley in einem billigen Motel zu übernachten.«

»Doch, ich glaube, ich kann es mir vorstellen. Sehr gut sogar. Ich hätte dich jetzt auch lieber hier bei mir. Übrigens brennt in meinem Kamin ein wunderbares, kleines Feuer, vor dem ich es mir gleich gemütlich machen werde«, gab ich neckisch zurück.

Tom seufzte leise auf. »Das war jetzt aber ziemlich gemein. Ich hoffe, das ist dir klar.«

»Ich wollte dich nur ein bisschen ärgern«, erwiderte ich lächelnd.

»Das ist dir gelungen«, brummte Tom ins Telefon. »Was machst du heute Abend noch?«

»Willst du das echt wissen?«

»Aber sicher.«

»Zuerst esse ich zu Abend, denn damit hatte ich extra bis zu deiner Rückkehr gewartet. Aber das hat sich ja nun leider erledigt. Und dann nehme ich ein heißes Bad und werde mich etwas entspannen.«

Tom seufzte abermals. »Danke fürs Kopfkino. Jetzt muss ich dauernd daran denken, wie du nackt in der Badewanne liegst, während ich mir mit Riley heute Nacht ein Zimmer teilen muss, weil es nur noch ein freies gibt. Echt toll.«

»Hey, du wolltest es doch unbedingt wissen! Außerdem habe ich endlich die Kostüme fertig, und glaub mir, ein bisschen zu relaxen, habe ich mir wirklich verdient.«

»Ich habe es ernst gemeint, als ich vorhin sagte, dass ich lieber bei dir wäre. Ich vermisse dich schrecklich«, sagte Tom plötzlich und mein Herzschlag flatterte gefährlich.

»Du fehlst mir auch«, erwiderte ich, »und ich freue mich, dich morgen wiederzusehen. Aufführung hin oder her.«

»Ich freue mich auch auf dich«, sagte Tom und dann räusperte er sich. »Ich muss jetzt leider aufhören. Riley wartet auf mich.«

»Okay, dann bis morgen.«

»Ja, bis morgen.«

Damit legte ich auf und ließ mein Handy auf die Couch fallen.

Später, nach einem kleinen Abendessen, stieg ich in die Badewanne und tauchte ins herrlich warme Wasser. Der berauschende Duft meines Badezusatzes stieg mir in die Nase. Es roch nach Mango und Papaya. Mein Lieblingsduft. Ich machte die Augen zu und lehnte den Kopf entspannt nach hinten. Tiger lag zusammengerollt in seinem Körbchen und schnurrte. Es war perfekt, nur Tom fehlte mir, und zwar sehr.

• • •

Am nächsten Morgen kam ich noch vor Reece im Laden an. Ich hatte ihr Bescheid gesagt, dass sie heute ruhig später kommen konnte, wenn sie wollte. Nachdem sie mich gestern vertreten hatte, fand ich, war das nur fair. Aber Reece lehnte ab. Stattdessen erschien sie eine halbe Stunde nach mir im »Sweet Little Things«.

»Guten Morgen«, trällerte Reece gut gelaunt, als die Tür hinter ihr ins Schloss fiel und das Messingglöckchen läutete.

»Guten Morgen«, gab ich zurück.

Reece verschwand im Hinterzimmer, um Jacke, Schal und Mütze abzulegen.

»Glaubst du, es werden heute wieder so viele Neugierige den Laden stürmen?«, rief ich ihr zu.

Gott, ich hoffte nicht. Noch so einen Tag würde ich wirklich nicht durchstehen.

Reece kam zurück in den Verkaufsraum und schüttelte den Kopf.

»Ich glaube nicht«, sagte sie und fuhr nach einer kurzen Pause fort: »Ich denke, die Leute haben gestern kapiert, dass wir nichts über Dylans Tod wissen. Die meisten haben das sicher verstanden und werden sich hüten, wieder herzukommen.«

»Ich hoffe es«, gab ich zurück. »Die Schaulustigen vergraulen uns nämlich die echten Kunden.«

Reece nickte zustimmend. Als das Messingglöckchen klingelte, blickten wir beide auf. Mason betrat den Laden. Wow, dass er heute hier auftauchte, hätte ich nach meiner Abfuhr gestern Abend nicht gedacht.

»Guten Morgen«, murmelte er und ging hinüber zum Zeitungsregal. Reece warf mir einen fragenden Blick zu, den ich geflissentlich ignorierte. Stattdessen gab ich vor, beschäftigt zu sein.

Mason ging zur Kasse und legte die Zeitung auf den Tresen. Aber noch bevor Reece abkassieren konnte, klingelte das Telefon im Laden.

»Übernimmst du für mich?«, bat Reece. »Ich gehe schnell ran.«

Ich nickte und Mason trat wieder unruhig von einem Bein aufs andere. Er wirkte nervös und tat mir prompt ziemlich leid.

Dass er sich in meiner Gegenwart oder im Laden unwohl fühlte, war nicht meine Absicht gewesen.

»Möchtest du einen Kaffee?«, fragte ich und fügte dann mit einem Lächeln hinzu: »Der geht auch aufs Haus.«

Doch Mason lächelte nicht, stattdessen schüttelte er den Kopf. »Nein, danke. Heute nicht.«

Wortlos bezahlte er die Zeitung und packte sie in seine Umhängetasche. Dann nickte er knapp und machte sich auf den Weg nach draußen. Bevor er durch die Tür verschwinden konnte, rief ich ihm nach: »Bis heute Nachmittag. Wir sehen uns zur Aufführung.«

Mason blieb stehen, dann drehte er sich langsam um. Für einen flüchtigen Moment schaute er mich mit ausdrucksloser Miene an, dann lächelte er plötzlich.

»Ja klar, werden wir. Eine Bitte hätte ich allerdings noch an dich. Könntest du mir dabei helfen, die letzten Requisiten zum Gemeindezentrum zu bringen? Ich würde ja Steve um Hilfe bitten, aber er hat leider keine Zeit. Und Sally und Cynthia möchte ich auch nicht fragen. Du weißt ja, wie die beiden sind. Die haben heute schon genug um die Ohren.«

Ich hatte nicht die geringste Lust, mehr Zeit als nötig mit Mason zu verbringen. Aber nach dem gestrigen Abend wollte ich ihn nicht schon wieder enttäuschen.

Seufzend sagte ich: »Okay, ich helfe dir. Ich komme dann vorbei.«

Mason lächelte. »Das ist nett von dir.«

Er verließ den Laden, als Reece gerade vom Telefon zurückkam.

»Ist Mason gegangen?«, fragte sie und ich nickte.

»Ja, gerade eben. Hör zu, wir beide müssen uns doch gleich im Gemeindezentrum treffen. Ich will vor der Aufführung noch schnell bei Mason vorbeischauen. Er hat mich um Hilfe bei den letzten Requisiten gebeten.«

Reece schaute mich mit hochgezogenen Augenbrauen an. »Da ist er aber ziemlich spät dran.«

Ich nickte. »Ich weiß, aber ich kann ihn nicht hängen lassen.«

»Das verstehe ich. Dann treffen wir uns einfach dort. Ach, bevor ich es vergesse – hast du die Fotos für unsere Website mitgebracht?«

Reece und ich hatten den Plan geschmiedet, eine eigene Website für den Laden zu kreieren, und dafür wollten wir Fotos von uns beiden benutzen. Leider hatte ich die verlegt und bis jetzt auch nicht wiedergefunden. Die Bilder waren wie vom Erdboden verschluckt, und ich konnte mir nicht erklären, warum.

Ich spürte, wie ich rot wurde. »Tut mir leid. Die muss ich irgendwo verlegt haben. Ich habe im ganzen Haus danach gesucht, ehrlich. Bis jetzt konnte ich sie nirgendwo finden. Aber ich gebe nicht auf. Irgendwo müssen sie ja schließlich sein.«

Reece blickte bedauernd drein. »Dann müssen wir mit der Website noch warten. Gib einfach Bescheid, sobald du sie gefunden hast. Dann kümmern wir uns darum.«

»Das mache ich auf jeden Fall.«

Das Messingglöckchen klingelte erneut, als ein neuer Kunde den Laden betrat, und Reece und ich gingen wieder an die Arbeit. Einen Augenblick später hatte ich sowohl die Fotos als auch Mason bereits wieder vergessen.

Kapitel 14

Tom

»Geht Michelle nicht ans Telefon?«

Riley warf mir einen fragenden Seitenblick zu und ich schüttelte den Kopf.

»Ich kann sie nicht erreichen. Na ja, die Aufführung beginnt in 40 Minuten. Wahrscheinlich ist sie schon im Gemeindezentrum und mit letzten Vorbereitungen beschäftigt.«

»Möglich«, erwiderte Riley, als er vor dem Hotel anhielt, um mich abzusetzen. Wir hatten es tatsächlich pünktlich nach Riverside zurückgeschafft.

Bevor ich die Tür öffnen und aussteigen konnte, fragte mein Bruder: »Soll ich dich gleich zum Gemeindezentrum fahren?«

Ich schüttelte den Kopf. »Nein, lieber nicht. Ich will vorher kurz unter die Dusche. Ich denke, wenn ich mich beeile, schaffe ich es, rechtzeitig da zu sein.«

Riley nickte. »Okay, dann treffen wir uns dort. Ich fahre nach Hause, vielleicht sind Sienna und die Kinder noch da.«

»Bis dann.«

Als ich die Tür hinter mir zugeschlagen hatte und Riley vom Parkplatz gefahren war, lief ich auf den Eingang zu.

In der Lobby des Hotels herrschte rege Betriebsamkeit. Deputy Miller fiel mir trotzdem sofort ins Auge.

»Sind Sie meinetwegen hier?«, fragte ich, als ich vor ihm stehen blieb, und der Deputy stand sofort von dem beigen Ledersofa auf, auf dem er bis eben noch gesessen hatte.

»Eigentlich wollte ich Michelle sprechen. Aber ich kann sie nicht erreichen. Deshalb dachte ich, Sie wüssten vielleicht, wo sie steckt.«

Ich schüttelte den Kopf. »Leider nicht. Ich versuche selbst schon seit einiger Zeit, sie zu erreichen. Doch sie meldet sich weder auf ihrem Festnetzanschluss noch auf dem Handy. Ist irgendetwas passiert, das ich wissen sollte?«, fragte ich, während sich ein ungutes Gefühl in mir breitmachte.

Deputy Miller kramte eine Plastiktüte aus seiner Jackentasche und hielt sie mir unter die Nase.

»Das hier haben die Kriminaltechniker in Dylans Wagen gefunden. Wir haben versucht, herauszufinden, wem es gehört, aber ohne Erfolg. Bis jetzt konnten wir den Anhänger niemandem zuordnen. Nun wollte ich Michelle fragen, ob sie ihn schon mal irgendwo gesehen hat.«

Ich griff nach der Plastiktüte und warf einen Blick auf den Anhänger. Irgendwie kam mir das Ding bekannt vor. Aber so sehr ich mir auch darüber den Kopf zerbrach, mir wollte partout nicht einfallen, wo ich ihn schon mal gesehen hatte.

Kopfschüttelnd gab ich Karl schließlich die Tüte zurück. »Ich meine ihn schon mal gesehen zu haben. Doch ich weiß nicht mehr, wo.«

Deputy Millers Gesichtszüge hellten sich auf. »Sollte es Ihnen noch einfallen, rufen Sie mich unbedingt an. Und zwar zu jeder Tages- und Nachtzeit. Und sollten Sie Michelle vor mir treffen, dann sagen Sie ihr bitte, sie soll sich bei mir melden. Es ist wichtig. Ich muss sie wegen der Sache dringend sprechen.«

Ich nickte. »Geht klar. Sobald ich sie sehe, richte ich es ihr aus.«

Gleich darauf verließ er das Hotel und ich ging auf mein Zimmer, um unter die Dusche zu gehen.

Kapitel 15

Michelle

Ungehalten klopfte ich mehrmals gegen Masons Haustür. Vielleicht hatte er vergessen, dass wir uns vor der Aufführung treffen wollten, und war gar nicht da. Ich schaute auf meine Uhr. Wenn ich mich nicht beeilte, würde ich zu spät ins Gemeindezentrum kommen, und die Kinder warteten bestimmt schon sehnsüchtig auf die Kostüme. Gerade, als ich mich umdrehen und wieder gehen wollte, schwang die Haustür auf.

»Da bist du ja«, sagte Mason freudestrahlend. »Komm doch rein.«

»Aber nur kurz«, gab ich zurück, als ich sein Haus betrat. »Wir sind spät dran. Lass uns schnell die Requisiten mitnehmen und uns dann schleunigst auf den Weg machen.«

»Ja, natürlich«, sagte Mason und machte die Haustür hinter mir zu. »Sie stehen im Wohnzimmer. Komm mit, ich zeige sie dir.«

Ich folgte ihm und blieb dann wie angewurzelt stehen. Mir schlug das Herz bis zum Hals, als ich sah, was Mason vorbereitet hatte.

Auf dem Esszimmertisch stand eine Flasche Wein, die passenden Gläser dazu und in einer Vase ein großer Strauß Rosen.

»Die Rosen habe ich extra für dich gekauft. Ich weiß, dass das deine Lieblingsblumen sind. Sie duften herrlich. Du darfst gerne daran riechen.«

Vor Nervosität schnürte es mir förmlich die Luft ab und ich wusste vor Schreck nicht, was ich sagen sollte.

»Das Essen ist gleich fertig. Setz dich doch«, forderte er mich auf und zog den Stuhl zurück. »Wir könnten ein Glas Wein trinken, bevor ich das Essen auftische.«

Die Zeit verrann, jetzt würde ich mit Sicherheit zu spät kommen.

»Was soll das denn?«, fragte ich, als ich meine Stimme endlich wiederfand.

Masons Lächeln verschwand. »Gefällt es dir etwa nicht? Ich habe mir große Mühe gegeben. Ich wollte, dass bei unserem ersten Date alles perfekt ist.«

Ich spürte Ärger in mir aufsteigen. »Wir haben kein Date. Hast du mich etwa deshalb hergelockt? Es gibt gar keine Requisiten, stimmt's? Deinetwegen verpasse ich das Theaterstück und die Kinder haben keine Kostüme! Ich werde jetzt gehen.«

Ich machte auf dem Absatz kehrt. Das durfte doch alles nicht wahr sein.

Plötzlich rannte er mir nach, packte mich am Handgelenk und hielt mich fest.

»Lass mich los«, schrie ich sofort und versuchte mit aller Macht, mich zu befreien.

Doch Mason packte fester zu. »Du gehst nirgendwohin«, sagte er barsch und stieß mich rückwärts. Darauf war ich nicht vorbereitet gewesen. Ich taumelte, stieß hart gegen ein kleines Tischchen, das ich mit zu Boden riss. Die Tüte mit den Kostümen fiel mir aus der Hand.

»Was soll das? Du bist doch verrückt!«, schrie ich und versuchte mir die Angst nicht anmerken zu lassen.

Mason starrte mich aus großen Augen an. Plötzlich war er ein anderer Mensch, so völlig anders, als ich ihn in den letzten Monaten kennengelernt und erlebt hatte.

Das Wohnzimmer wurde nur von den Kerzen erhellt. Hastig versuchte ich wieder auf die Beine zu kommen, als ich die Fotos entdeckte, die verstreut neben dem umgefallenen Tisch auf dem Boden lagen. Ungläubig starrte ich sie an.

Die Aufnahmen zeigten allesamt mich. Auf einem Bild stand ich vor meinem Laden, auf einem anderen stieg ich in mein Auto ein. Und auf dem nächsten kam ich gerade aus meinem Haus. Fassungslos wühlte ich in den Bildern herum, und dann fand ich auch die, die für unsere Website gedacht waren.

»Ich konnte nicht widerstehen«, sagte Mason plötzlich und ich zuckte angesichts der Feindseligkeit in seiner Stimme zusammen. »Ich musste die Fotos einfach mitnehmen.«

Und mir wurde alles klar. Die Puzzleteilchen fügten sich zusammen und all die offenen Fragen schienen geklärt.

»Es stimmte, was Dylan an dem Abend im Diner behauptet hat! Er wollte sich tatsächlich bei mir entschuldigen«, sagte ich.

Mason lachte höhnisch auf. »Du hast recht. Der liebe Dylan bemühte sich tatsächlich, ein guter Mensch zu werden. Leider zu spät«, fügte er hinzu und mir gefror das Blut in den Adern.

»Der Brief in meiner Küche war von dir, und du warst auch derjenige, der in mein Haus eingebrochen ist. Habe ich recht?«

Mason nickte. »Gut geschlussfolgert.«

Vor der nächsten Frage hatte ich Angst. Ich stellte sie trotzdem.

»Hast du Dylan umgebracht?«

Mason kam näher, reichte mir die Hand, um mir aufzuhelfen. Aber ich schlug sie beiseite. Er packte mich trotzdem, zog mich auf die Beine, und während ich mich heftig gegen ihn wehrte, schüttelte er mich. »Ich habe es für dich getan, für uns. Damit wir endlich zusammen sein können.«

Ich gab ihm einen heftigen Schubs und kam dann endlich frei.

»Wir werden niemals zusammen sein«, schrie ich und suchte panisch nach einem Fluchtweg.

»Versuch gar nicht erst abzuhauen«, riet mir Mason, der mich natürlich durchschaute.

»Wenn du mich gehen lässt, werde ich es niemandem erzählen«, log ich.

Aber Mason lachte nur. »Glaubst du etwa, ich bin bescheuert? Du würdest doch sofort zur Polizei laufen und mich verpfeifen. Weißt du, so weit hätte es gar nicht zwischen uns kommen müssen.«

»Bitte lass mich doch einfach nach Hause gehen.«

Aber Mason schüttelte unnachgiebig den Kopf.

»Immer wieder habe ich dich gefragt, ob du mit mir ausgehen willst. Aber du hast mich immer vertröstet. Nein, Mason, ich bin noch nicht bereit für eine neue Beziehung«, äffte er mich nach.

»Aber du hast gelogen. Als Sullivan in die Stadt gekommen ist, konntest du die Beine gar nicht schnell genug breitmachen.« Mason bekam vor Wut rote Wangen. »Was ist an ihm besser als an mir?«, donnerte er.

Voller Hass erwiderte ich: »Im Gegensatz zu dir ist er nicht verrückt.«

Mit vor Wut verzerrtem Gesicht stürzte Mason sich auf mich, warf mich wieder zu Boden. Ich schrie, als ich auf dem Parkett aufschlug und Mason seine Hände um meinen Hals legte und zudrückte.

»Niemand sagt je wieder Nein zu mir«, schrie er wie von Sinnen, während ich nach Luft rang und um mich schlug. Verzweifelt versuchte ich ihn zu kratzen und irgendwie von mir runterzustoßen. Aber er war zu stark. Ich konnte mich nicht befreien, schaffte es nicht, seine Hände von meinem Hals zu lösen.

Ich spürte, wie meine Kraft nachließ. Mason nahm mir die Luft zum Atmen und ich merkte, wie mir schwindelig wurde.

Kapitel 16

Tom

Als ich später zu Fuß zum Gemeindezentrum lief, spukte mir das Gespräch mit Deputy Miller immer noch im Kopf herum und damit auch der geheimnisvolle Anhänger. Er könnte durch Zufall in Dylans Auto gelegen haben. Vielleicht war es sogar Dylans. Oder er gehörte dem Mörder.

Als ich das Gemeindezentrum betrat, herrschte im Foyer rege Betriebsamkeit. Ich zog mir die Mütze vom Kopf und während ich sie in die Jackentasche schob, schaute ich mich nach Michelle um. Aber ich konnte sie nirgendwo sehen. Wahrscheinlich hielt sie sich hinter der provisorisch errichteten Bühne auf und war mit den letzten Vorbereitungen beschäftigt.

Ich betrat den Saal, in dem gleich die Theateraufführung stattfinden würde. Alle Stuhlreihen waren bereits gut besetzt. Ich ließ den Blick über die Menge schweifen. Aber auch hier war keine Spur von Michelle. Ich versuchte mir keine Gedanken zu machen. Bestimmt war alles okay. Sie musste sicher noch irgendetwas furchtbar Wichtiges erledigen.

»Tom, richtig?« Ich drehte mich um. Vor mir stand eine zierliche Frau mittleren Alters, mit roten Haaren, die in wilden Locken von ihrem Kopf abstanden.

»Ja, kennen wir uns?«

Die Frau tat meine Frage mit einer hektischen Handbewegung ab.

»Ich bin Sally und auf der Suche nach Michelle, ich kann sie aber nirgends finden, und dachte, Sie wüssten vielleicht, wo sie steckt.«

Okay, jetzt machte ich mir offiziell Sorgen.

»Nein, ich habe keine Ahnung, wo sie ist. Wir wollten uns hier treffen, und ich dachte eigentlich, sie wäre längst hier.«

»Ist sie aber nicht«, gab Sally ungehalten zurück. »Und jetzt fehlen uns die Kostüme für die Kindertanzgruppe.«

Sally bekam vor Aufregung ganz rote Wangen. Die Aufführung war mir persönlich egal. Ich wollte nur wissen, wo Michelle war und ob es ihr gut ging.

»Ich versuche sie anzurufen«, schlug ich vor und kramte mein Handy aus der Tasche. Sally winkte abermals ab. »Zeitverschwendung. Das habe ich bestimmt schon ein Dutzend Mal versucht. Michelle geht weder an ihr Handy noch an den Festnetzanschluss in ihrem Haus, und über das Telefon in ihrem Laden ist sie auch nicht zu erreichen. Es ist zum Haareraufen.«

»Wo könnte sie noch sein?«, überlegte ich laut und bemühte mich, einen kühlen Kopf zu bewahren.

Sally zuckte mit den Schultern. »Da fällt mir auch nichts ein. Vorhin habe ich Steve zu Michelle nach Hause geschickt. Aber er ist noch nicht wieder zurück.« Sally warf einen Blick auf ihre Armbanduhr. »Eigentlich müsste er längst wieder da sein«, murmelte sie ungeduldig. Und dann rief sie plötzlich »Steve, Steve« und gestikulierte mit den Händen wild in der Luft herum.

Als Steve bei uns angekommen war, fragten Sally und ich fast zeitgleich: »War sie zu Hause?«

Doch Steve schüttelte den Kopf. »Nein, in ihrem Haus war niemand.« Und da wusste ich, dass etwas passiert sein musste.

Fieberhaft überlegte ich, wo ich am besten nach ihr suchen sollte, als Reece zufällig an uns vorbeilief.

»Hey, warte mal«, sprach ich sie an, und Reece blickte verdutzt drein.

»Ach, du bist es. Du hast mich ganz schön erschreckt.«

»Weißt du, wo Michelle steckt? Wir suchen sie überall.«

Das Herz schlug mir vor Aufregung heftig gegen die Rippen und ich spürte mehr und mehr, dass mit Michelle etwas nicht stimmte. Ich hatte ein zutiefst ungutes Gefühl.

»Sie müsste längst hier sein. Ich glaube, sie wollte kurz bei Mason vorbeischauen. Er benötigte noch Hilfe, bei irgendwelchen Requisiten.«

»Requisiten?«, wunderte sich Sally. »Aber die wurden doch heute Morgen längst komplett aufgebaut. Was soll das denn?«, schimpfte sie. »Wer weiß, was Mason wieder im Schilde führt. Ich hätte gleich wissen müssen, dass er sich nicht an die Abmachungen hält und wieder irgendeinen Alleingang plant, und jetzt bringt er damit alles durcheinander. Die Kinder werden wohl ohne Kostüme auftreten müssen«, fügte sie resigniert nach einem weiteren Blick auf die Uhr hinzu.

Ich hörte Sallys Gerede nur mit einem halben Ohr zu. Stattdessen ließ ich die letzten Tage noch einmal Revue passieren. Dylan und den Streit, den wir im Diner hatten. Den Einbruch in Michelles Haus und das Gespräch mit Deputy Miller, heute Morgen im Hotel. Der Anhänger ließ mich einfach nicht los. Verdammt, wo zum Teufel hatte ich ihn schon einmal gesehen?

Und dann fiel es mir endlich ein. Ich fluchte lautstark und Sally, Reece und Steve schauten mich perplex an. Jetzt wusste ich, wann und wo ich den Anhänger gesehen hatte. Und zwar an dem Tag, als wir alle zusammen im Kino gewesen waren. Michelle hatte ihn auf dem Boden gefunden, und kurz bevor sie ihn in ihre Manteltasche fallen ließ, hatte ich einen Blick darauf erhascht.

»Es ist Mason«, sagte ich, und mein Herz drohte vor Panik auszusetzen.

»Mason ist was?«, fragte Sally verwirrt.

Aber ich hatte keine Zeit für irgendwelche Erklärungen.

»Ist von euch jemand mit dem Auto da?«, wollte ich wissen und Reece hob flüchtig die Hand. »Gib mir deine Schlüssel«, forderte ich ungehalten.

Reece zögerte nicht, sie schien die Einzige zu sein, die den Ernst der

Lage erahnte. Hastig drückte sie mir ihren Autoschlüssel in die Hand. »Es ist der rote Toyota. Dritte Parkreihe, linke Seite.«

Ohne zu zögern, rannte ich los. Auf dem Weg nach draußen rief ich noch: »Ruft die Cops und schickt sie zu Masons Haus. Die sollen sich beeilen.« Und schon war ich zur Tür hinaus, als hätte sich der Leibhaftige an meine Fersen geheftet.

Auf dem Parkplatz blieb ich stehen und fand Reece' Auto dank ihrer präzisen Angabe sofort. So schnell ich konnte, steuerte ich den Toyota vom Parkplatz und bog auf die Hauptstraße ein. Ich wusste, wo Mason wohnte, weil ich einmal gesehen hatte, wie er morgens sein Haus verließ. Reiner Zufall also, und jetzt mein großes Glück. Ich fuhr für die heutigen Witterungsverhältnisse viel zu schnell, aber das war egal, ich wollte einfach nur zu Michelle.

Kapitel 17

Michelle

So gut ich konnte, setzte ich mich gegen meinen Angreifer zur Wehr. Immer wieder versuchte ich mich zu befreien und ihn von mir zu stoßen. Aber ich konnte nicht mehr viel länger durchhalten. Das ist mein Ende, schoss es mir durch den Kopf. Tränen stiegen mir in die Augen, als ich in Masons angespanntes Gesicht starrte. Seine Hände lagen noch immer um meinen Hals, drückten unnachgiebig zu. Ich würgte, rang verzweifelt nach Luft. Mason würde der letzte Mensch sein, den ich sah. Mir wurde schwarz vor Augen, meine Hände sanken zu Boden und ich spürte, wie mein Bewusstsein schwand. Es gab keine Rettung mehr. Jetzt blieb mir nur zu hoffen, dass es schnell vorüber war.

Doch plötzlich tauchte Toms Gesicht hinter Mason auf. Ich konnte nicht unterscheiden zwischen Einbildung und Wirklichkeit.

Aber dann sah ich, wie Tom Mason packte, ihn von mir runterzerrte. »Nimm deine dreckigen Finger von ihr«, schrie er rasend vor Wut, während er Mason zu Boden schleuderte.

Als Masons Hände endlich von meinem Hals verschwunden waren und ich das Gewicht seines Körpers nicht mehr auf mir spürte, schnappte ich nach Luft. Mühsam rollte ich mich zur Seite und rappelte mich dann langsam auf. Ich hockte am Boden und rang noch immer nach Luft. Mir schlug das Herz heftig gegen die Rippen, als ich aufgewühlt dabei zusah, wie Tom Mason auf die Beine zerrte. Die beiden rangen miteinander und Mason versuchte, Tom einen Kinnhaken zu verpassen. Der aber wich gekonnt aus und packte Masons Arm. Ruckartig drehte er ihn ihm auf den Rücken. Ich hörte Knochen brechen und mir wurde übel. Mason schrie auf und ging dann mit schmerzverzerrtem Gesicht zu Boden. Regungslos blieb er liegen. Wahrscheinlich war er ohnmächtig geworden. Tom kniete sich neben Mason auf den Boden, prüfte seine Atmung und ob er wirklich außer Gefecht war.

»Er lebt noch«, sagte er, als er zu mir gestürzt kam und mich schwer atmend anblickte. Er löste meine Hände von meinem Hals und tastete nach den roten Malen, die wahrscheinlich auf der Haut sichtbar waren. »Geht es dir gut?«, fragte er besorgt und zog mich dann in eine innige Umarmung.

»Ja, weil du da bist«, murmelte ich an seiner Schulter, und dann fing ich an zu weinen. Vor Erleichterung und weil mir der Schreck noch immer in den Knochen saß.

Während Tom mich festhielt, näherten sich Polizeisirenen.

Ich schaute Tom an, der mir die Tränen abwischte.

»Jetzt ist es wirklich vorbei«, sagte er und nahm mich wieder fest in die Arme.

Ich konnte es erst richtig glauben, als ich einen Blick über Toms Schulter warf. Mason lag noch immer regungslos am Boden. Im gleichen Moment stürmten auch schon Deputy Miller und seine Kollegen ins Haus.

Kapitel 18

Michelle

Es war Weihnachten, als Tom und ich mein Haus verließen, um zu Riley und Sienna zu gehen. Kane und Sam würden auch da sein, um mit uns zu feiern. Während Tom seinen Arm um meine Schultern legte, kuschelte ich mich enger an ihn. Schweigend liefen wir nebeneinander her. Es war bitterkalt und trotzdem fielen dicke Schneeflocken vom Himmel. Sie tanzten im Schein der Straßenbeleuchtung.

»Wann bekomme ich das Geschenk, von dem du vorhin gesprochen hast?«, fragte Tom.

»Alles zu seiner Zeit«, gab ich lächelnd zurück.

»Ich habe dir noch gar nicht erzählt, dass ich einen Anruf meines Captains bekommen habe.«

»Stimmt, hast du nicht. Was wollte er denn?«, fragte ich und spürte, wie mir flau im Magen wurde.

»Meine Suspendierung wurde aufgehoben. Er will mich unbedingt zurückhaben.«

So was in der Art hatte ich befürchtet.

»Wann fährst du nach Boston zurück?«, fragte ich und wappnete mich innerlich gegen seine Antwort.

»Ich werde gleich nach Jahreswechsel fahren«, erwiderte er, während wir die Stufen zu Rileys und Siennas Veranda hinaufstiegen.

Mein Herz zog sich zusammen, als ich daran dachte, dass Tom nun doch wieder aus meinem Leben verschwinden würde.

Vor der Eingangstür blieben wir stehen und Tom nahm meine Hand.

»Ich denke, ich werde eine Woche weg sein, bevor ich wiederkomme.«

Überrascht blickte ich zu ihm auf. »Du kommst wieder?«

Tom lachte. »Klar tue ich das. Aber es wird ein bisschen Zeit in Anspruch nehmen, meine Wohnung zu räumen, und auf Arbeit muss ich auch noch ein paar Dinge regeln.«

Überschwänglich umarmte ich ihn und küsste ihn auf den Mund. Tom lachte. »Ehrlich gesagt habe ich mir so eine Reaktion erhofft.«

Doch dann ließ ich ihn abrupt los. »Aber du bist doch gerne Cop. Ich will nicht, dass du meinetwegen deinen Job aufgibst.«

Tom zuckte mit den Schultern. »Mache ich ja auch nicht. Deputy Miller hat den Stadtrat von meiner Einstellung überzeugt. Sobald ich in Boston gekündigt habe, arbeite ich offiziell bei der hiesigen Polizeibehörde.«

Mir blieb vor Überraschung der Mund offenstehen.

»Hast du dir das gut überlegt? Der Job ist mit Sicherheit ziemlich langweilig, und außerdem wolltest du nie ein Kleinstadtcop werden.«

Tom küsste mich, bevor er antwortete. »Jetzt aber schon. Denn ich will unbedingt hier bei dir bleiben. Ich liebe dich nämlich wie verrückt und kann mir ein Leben ohne dich gar nicht mehr vorstellen. Kleinstadt hin oder her.« Versonnen lächelte er mich an. »Außerdem glaube ich, dass wir beide eine Menge Spaß miteinander haben werden.«

Erneut schlang ich meine Arme um ihn. »Wahnsinnig viel Spaß«, gab ich zurück und sagte dann: »Ich liebe dich auch, und zwar von ganzem Herzen.«

Tom hauchte mir einen Kuss auf die Nasenspitze. »Das Einzige, was mir noch fehlt, ist ein Platz, an dem ich wohnen kann«, sagte er schmunzelnd. »Fällt dir da zufällig etwas ein? Das Hotel ist nämlich nichts auf die Dauer.«

»Ja, vielleicht weiß ich da wirklich etwas.«

Ich machte mich von ihm los und zog ein kleines Kästchen aus meiner Manteltasche hervor.

»Hier, für dich«, sagte ich und überreichte es Tom.

»Mein Geschenk! Endlich darf ich es aufmachen.«

Er nahm es entgegen und öffnete wortlos den Deckel. Seine Mundwinkel verzogen sich zu einem umwerfenden Lächeln, als er den Inhalt erblickte, und dieses Lächeln ließ mein Herz sofort auf Hochtouren schlagen.

Er nahm den Schlüssel heraus und drehte ihn zwischen den Fingern.

»Der gehört nicht zufällig zu deinem Haus, oder?«

Ich lachte. »Aber klar, was denkst du denn?«

Tom ließ den Schlüssel in seine Jackentasche gleiten und zog mich wieder in seine Arme.

»Danke«, raunte er an meinem Mund, und dann deutete er mit einem Kopfnicken nach oben. Ich folgte seinem Blick. Über uns hing ein Mistelzweig.

Ich packte Tom am Kragen seiner Jacke und zog ihn zu mir herab. Innig küssten wir uns.

»Ich liebe dich so sehr«, flüsterte ich, und doch reichten Worte nicht aus, um meine Gefühle für ihn zu beschreiben.

»Und ich liebe dich. Ich kann mir nicht vorstellen, je wieder ohne dich zu sein«, gab Tom zurück. Dann drückte er endlich auf den Klingelknopf.

»Habe ich dir eigentlich schon gesagt, dass ich auch eine Überraschung für dich habe?«

Ich schüttelte den Kopf. »Nein, hast du nicht.«

Tom grinste mich an. »Dann wirst du gleich schwer beeindruckt sein.«

Einen Augenblick später öffnete Sienna die Tür. »Da seid ihr ja endlich. Wir warten schon auf euch. Kommt schnell rein.«

Tom schob mich als Erstes durch die Tür und ich hatte das Gefühl, vor Glück gleich zu explodieren.

»Was macht ihr denn hier?«, fragte ich und war völlig baff, denn nicht nur Sienna, Riley, Sam und Kane, Toms Nichten und seine Eltern hatten auf uns gewartet. Mom, Dad, Stella und sogar Josh standen mir plötzlich gegenüber.

Ich schaute mich gerührt zu Tom um. »Überraschung«, sagte er lachend, und dann fügte er hinzu: »Ich dachte, es wird Zeit, dass sich endlich die ganze Familie kennenlernt.«

Überglücklich fiel ich ihm um den Hals. »Du bist der Beste«, flüsterte ich und Tom flüsterte zurück: »Ich weiß.«

Lachend drückte er mir einen Kuss auf den Mund und zwinkerte mir zu. »Später werde ich es dir noch mal beweisen.«

Ich gab ihm einen Klaps auf die Brust. »Du bist unverbesserlich.«

»Und dafür liebst du mich«, konterte Tom und zog mich in eine erneute Umarmung.

Montana Kisses

Riverside, Montana: wo harte Kerle ihren weichen Kern und Citygirls die große Liebe finden!

Alexandra Görner

Verlieben ausdrücklich erlaubt

ISBN 978-3-95818-935-5

Eine bezaubernde Kleinstadt, ein sexy Tischler und die atemberaubende Kulisse Montanas

Band 1 der Montana Kisses-Reihe

Alexandra Görner

Küssen ausdrücklich erwünscht

ISBN 978-3-95818-969-0

Das Herz im Heuhaufen verlieren und die Liebe seines Lebens aufgabeln

Band 2 der Montana Kisses-Reihe

Alexandra Görner

Verliebt und Zugeschneit

ISBN 978-3-95818-388-9

Eine neue Liebe zur schönsten Zeit des Jahres

Band 3 der Montana Kisses-Reihe

FOREVER